ARSÈNE LUPIN

MAURICE LEBLANC

ARSÈNE LUPIN
E A ROLHA DE CRISTAL

Tradução
Michele Gerhardt MacCulloch

Esta é uma publicação Principis, selo exclusivo da Ciranda Cultural
© 2021 Ciranda Cultural Editora e Distribuidora Ltda.

Original *Le bouchon de cristal*	**Revisão** Fernanda R. Braga Simon
Traduzido da publicação em inglês *The crystal stopper*, 1922	**Produção editorial e projeto gráfico** Ciranda Cultural
Texto Maurice Leblanc	**Diagramação** Linea Editora
Tradução Michele Gerhardt MacCulloch	**Imagens** Agnieszka Karpinska/Shutterstock.com; VectorPot/Shutterstock.com;
Preparação Jéthero Cardoso	alex74/Shutterstock.com; YurkaImmortal/Shutterstock.com; Zdenek Sasek/Shutterstock.com

Dados Internacionais de Catalogação na Publicação (CIP) de acordo com ISBD

L445a	Leblanc, Maurice, 1864-1941
	    Arsène Lupin e a rolha de cristal / Maurice Leblanc ; traduzido por Michele Gerhardt MacCulloch. - Jandira, SP : Principis, 2021.
	    256 p. ; 15,5cm x 22,6cm. - (Clássicos da literatura mundial)
	
	    Tradução de: Le bouchon de crystal
	    ISBN: 978-65-5552-320-1
	
	    1. Literatura francesa. 2. Ficção. I. MacCulloch, Michele Gerhardt.
	II. Título.

2021-268	CDD 843 CDU 821.133.1-3

Elaborado por Vagner Rodolfo da Silva - CRB-8/9410

Índice para catálogo sistemático:
1. Literatura francesa : Ficção 843
2. Literatura francesa : Ficção 821.133.1-3

1ª edição em 2021
www.cirandacultural.com.br
Todos os direitos reservados.
Nenhuma parte desta publicação pode ser reproduzida, arquivada em sistema de busca ou transmitida por qualquer meio, seja ele eletrônico, fotocópia, gravação ou outros, sem prévia autorização do detentor dos direitos, e não pode circular encadernada ou encapada de maneira distinta daquela em que foi publicada, ou sem que as mesmas condições sejam impostas aos compradores subsequentes.

SUMÁRIO

As detenções...7

Nove menos oito igual a um 25

A vida privada de Alexis Daubrecq.....................44

O chefe dos inimigos...63

Os vinte e sete 79

A sentença de morte... 102

O perfil de Napoleão... 126

A Torre dos Amantes 144

No escuro... 160

Extra-dry? 179

A Cruz de Lorena 194

O cadafalso 216

A última batalha 231

AS DETENÇÕES

Os dois barcos, amarrados ao pequeno cais que se alongava desde o jardim, balançavam à sombra. Aqui e ali era possível ver janelas iluminadas através da espessa névoa que cobria as margens do lago. Do outro lado, as luzes do cassino de Enghien cintilavam, embora já fosse final de setembro. Poucas estrelas apareciam entre as nuvens. Uma leve brisa agitava a superfície da água.

Arsène Lupin saiu da casa de veraneio onde estava fumando um cigarro e inclinou-se para a frente na ponta do cais:

– Grognard? – ele chamou. – Le Ballu? Vocês estão aí?

De cada barco levantou-se um homem, e um deles respondeu:

– Estamos sim, patrão.

– Estejam preparados. Estou escutando o carro de Gilbert e Vaucheray se aproximar.

Ele atravessou o jardim, deu a volta na casa que estava em construção cujo andaime estava exposto, e com cuidado abriu a porta que dava para a Avenida de Ceinture. Não estava enganado: uma luz forte iluminou quando um automóvel aberto fez a curva e parou. Dele saíram dois homens usando sobretudos, com as golas viradas para cima, e gorros.

Eram Gilbert e Vaucheray: Gilbert, um jovem de 20 ou 22 anos, com um rosto simpático e corpo forte e ágil; Vaucheray era mais baixo, o cabelo grisalho e rosto pálido e cansado.

– Bem – Lupin começou –, vocês o viram? O deputado?

– Sim, patrão – respondeu Gilbert –, nós o vimos pegar o trem das dezenove e quarenta para Paris, como imaginávamos que faria.

– Então estamos livres para agir?

– Totalmente. Villa Marie-Thérèse está à nossa disposição.

O chofer permanecera em seu lugar. Lupin ordenou:

– Não espere aqui. Pode chamar atenção. Volte às nove e meia em ponto, a tempo de carregar o carro, a não ser que todo o negócio dê errado.

– Por que daria errado? – questionou Gilbert.

O automóvel se afastou, e Lupin, pegando o caminho para o lago com seus dois companheiros, respondeu:

– Por quê? Porque não fui eu quem preparou o plano; e, quando eu mesmo não faço alguma coisa, não fico totalmente confiante.

– Ora, patrão, trabalho para o senhor há três anos já… Estou começando a conhecê-lo!

– Sim, meu rapaz, está começando – concordou Lupin –, e é exatamente por isso que temo os erros… Aqui, venha comigo… E você, Vaucheray, entre no outro barco… É isso… Agora, vamos, rapazes… e façam o mínimo de barulho possível.

Grognard e Le Ballu, os dois remadores, seguiram diretamente para a outra margem, um pouco à esquerda do cassino.

Eles cruzaram com um barco em que um casal se abraçava, à deriva, e outro em que várias pessoas cantavam a plenos pulmões. E só.

Lupin aproximou-se de seu companheiro e disse baixinho:

– Gilbert, me diga, foi você quem pensou nesse trabalho ou foi ideia de Vaucheray?

– Juro para o senhor, não sei bem dizer: nós dois estamos discutindo isso há semanas.

– A questão é que eu não confio em Vaucheray: ele é um mau-caráter. Não sei por que não me livro dele.

– Ah, patrão!

– Sim, sim! Estou dizendo, ele é um camarada perigoso, sem contar que deve ter alguns delitos guardados na consciência.

Lupin ficou quieto por um momento, depois continuou:

– Então você tem certeza absoluta de que viu o deputado Daubrecq?

– Vi com meus próprios olhos, patrão.

– E tem certeza de que ele tem um compromisso em Paris?

– Ele vai ao teatro.

– Muito bem; mas os empregados dele continuam na vila em Enghien…

– A cozinheira foi dispensada. Quanto ao criado, Leonard, que é o confidente de Daubrecq, vai aguardar o mestre em Paris. Eles não vão voltar da cidade antes de uma hora da manhã. Mas…

– Mas o quê?

– Devemos considerar algum possível capricho da parte de Daubrecq, uma mudança de planos, uma volta inesperada, e providenciar para que tudo esteja terminado em uma hora.

– E quando você conseguiu esses detalhes?

– Hoje de manhã. Vaucheray e eu concordamos que era um momento favorável. Escolhi o jardim da casa em construção, de onde acabamos de sair, como o melhor lugar para se começar, já que não é vigiada durante a noite. Chamei dois camaradas para remarem e telefonei para o senhor. Isso é tudo.

– Você tem as chaves?

– Da porta da frente.

– É aquela vila que vejo daqui, rodeada por um parque?

– Sim, Villa Marie-Thérèse; e as outras duas, uma de cada lado, com jardins em volta, estão desocupadas há uma semana, assim poderemos tirar o que quisermos; e eu juro, patrão, vale muito a pena.

– O trabalho é muito simples – murmurou Lupin. – Não tem nenhum charme!

Eles atracaram em uma pequena enseada de onde subiam alguns degraus, escondidos embaixo de um telhado podre. Lupin refletiu que trazer os móveis para o barco seria uma tarefa fácil. Mas, de repente, ele disse:

– Tem alguém na vila. Olhe… uma luz.

– É uma lâmpada a gás, patrão. A luz não está se movendo.

Grognard continuou no barco, com instruções para ficar de vigia, enquanto Le Ballu, o outro remador, foi para o portão na Avenida de Ceinture, e Lupin e seus dois companheiros rastejaram nas sombras até os degraus.

Gilbert subiu primeiro. Tateando no escuro, introduziu primeiro a grande chave da porta, e depois a do trinco. Ambas viraram com facilidade, a porta se abriu, e os três homens entraram.

Uma lâmpada a gás estava acesa no vestíbulo.

– Está vendo, patrão… – disse Gilbert.

– Estou, sim – respondeu Lupin, com a voz baixa –, mas acho que a luz que vi acesa não vinha daqui…

– Vinha de onde, então?

– Não sei dizer… Esta é a sala de estar?

– Não – replicou Gilbert, que não temia falar alto –, não. Por precaução, ele mantém tudo no primeiro andar, no quarto dele e nos outros dois quartos, ao lado.

– E onde ficam as escadas?

– À direita, atrás da cortina.

Lupin foi até a cortina e estava puxando-a quando, de repente, a quatro passos à esquerda, uma porta se abriu e uma cabeça apareceu, a cabeça de um homem pálido, com olhos aterrorizados.

– Socorro! Assassino! – gritou o homem.

E voltou apressadamente para dentro do cômodo.

– É Leonard, o criado! – afirmou Gilbert.

– Se ele fizer escândalo, vou atirar nele – ameaçou Vaucheray.

– Você não vai fazer nada disso, entendeu, Vaucheray? – avisou Lupin, em um tom veemente. E saiu atrás do criado. Primeiro, entrou na sala de jantar, onde viu um lampião ainda aceso, com pratos e uma garrafa em volta, e encontrou Leonard nos fundos de um escritório, tentando em vão abrir uma janela.

– Não se mova, camarada! Não estou de brincadeira! Não tente ser valente!

Lupin se jogou no chão ao ver Leonard levantar o braço para ele. Três tiros foram disparados de dentro da escuridão do escritório; e então o camareiro caiu trêmulo no chão, derrubado por Lupin, que tirou a arma dele e agarrou-o pela garganta:

– Saia daqui, seu valentão! – ordenou Lupin. – Por pouco ele não me acertou... Vaucheray, amarre este cavalheiro!

Ele lançou a luz de sua lanterna de bolso no rosto do criado e riu:

– Não é um cavalheiro bonito... Sua consciência não pode estar limpa, Leonard; e ainda é o fantoche do deputado Daubrecq! Acabou, Vaucheray? Não quero esperar a noite toda!

– Não tem perigo, patrão – disse Gilbert.

– Mesmo? Então você acha que tiros não podem ser ouvidos de longe?

– Praticamente impossível.

– Não importa, precisamos ser rápidos. Vaucheray, pegue o lampião e vá lá para cima.

Lupin pegou Gilbert pelo braço e, enquanto o arrastava pelo primeiro andar, disse:

– Seu imbecil, é assim que você se informa? Agora, me diga se eu não estava certo com as minhas dúvidas!

– Veja bem, patrão, eu não tinha como saber que ele ia mudar de ideia e voltar para jantar.

– É preciso saber tudo quando temos a honra de invadir a casa de uma pessoa. Seu idiota! Vou me lembrar disso quando você e Vaucheray... dois inúteis!

A visão da mobília do primeiro andar acalmou Lupin, e ele começou seu inventário com o ar de satisfação de um amador que encontra algumas obras de arte:

– Nossa! Não tem muita coisa, mas o que tem é autêntico! Esse representante do povo tem bom gosto. Quatro cadeiras Aubusson... Uma escrivaninha assinada por Percier-Fontaine... Duas luminárias Gouttieres... Um Fragonard genuíno e um Nattier falso, que qualquer milionário americano daria um olho para ter: em resumo, uma fortuna... E há miseráveis fingindo que não sobrou nada de autêntico. Santo Deus, por que não fazem como eu? Que procurem!

Gilbert e Vaucheray, seguindo as ordens e instruções de Lupin, na mesma hora começaram a remover os móveis maiores de forma metódica. Em meia hora o primeiro barco estava cheio; então decidiram que Grognard e Le Ballu deveriam ir na frente e começar a carregar o automóvel.

Lupin foi ver a partida deles. Ao voltar para a casa, passando pelo vestíbulo, achou ter escutado uma voz no escritório. Foi até lá e encontrou Leonard deitado de bruços, sozinho, com as mãos amarradas nas costas:

– Então é você resmungando, fantoche de confiança? Não se anime, já estamos quase acabando. Mas, se você fizer muito barulho, vai nos obrigar a tomar medidas mais sérias... Você gosta de pera? Podemos enfiar uma na sua boca para ficar quieto!

Ao subir as escadas, escutou de novo o mesmo barulho e, parando para prestar atenção, captou estas palavras, sussurradas com uma voz rouca, que, sem dúvida, vinha do escritório:

– Socorro! Assassino! Socorro! Vão me matar! Avisem o comissário!

– O camarada está completamente louco! – murmurou Lupin. – Francamente! Perturbar a polícia às nove horas da noite, quanta indiscrição!

Ele voltou ao trabalho. Demorou mais do que esperava, já que descobriram que havia nos armários todo tipo de bibelôs valiosos que não podiam negligenciar, e, em contrapartida, Vaucheray e Gilbert estavam sendo tão meticulosos em suas investigações que ele estava desconcertado.

Finalmente, perdeu a paciência:

– Isso basta! – ordenou ele. – Não vamos estragar o trabalho todo fazendo o carro esperar por causa de uns bibelôs. Vou para o barco.

Já estavam perto da água e Lupin desceu os degraus. Gilbert o segurou:

– Escute, patrão, precisamos voltar mais uma vez, cinco minutos, não mais do que isso.

– Mas que diabos, para quê?

– Bem, é o seguinte, ficamos sabendo de um antigo relicário, algo surpreendente...

– Bem?

– Não conseguimos colocar as mãos nele, e eu estava pensando... tem um armário com um grande cadeado no escritório... Não podemos...

Ele já estava voltando para a porta. Vaucheray corria apressado.

– Vou dar-lhes dez minutos, nem um segundo mais! – gritou Lupin. – Em dez minutos vou embora.

Mas os dez minutos se passaram e ele ainda estava esperando. Olhou no relógio:

– Nove e quinze – disse para si mesmo. – Isso é loucura.

Além disso, lembrou-se de que Gilbert e Vaucheray haviam se comportado de forma estranha enquanto tiravam as coisas, sempre um perto do outro e se entreolhando. O que poderia estar acontecendo?

Sem nem perceber, Lupin voltou à casa, motivado por uma sensação de ansiedade que não conseguia explicar; e, ao mesmo tempo, ouvia um som oco que vinha de longe, da direção de Enghien, que parecia estar se aproximando... Pessoas passeando, sem dúvida...

Deu um assobio agudo e, então, foi para o portão principal, para olhar para a avenida. Mas de repente, enquanto abria o portão, um tiro estourou, seguido por um grito de dor. Voltou correndo, deu a volta na casa, subiu as escadas e correu para a sala de jantar:

– Que diabos vocês dois estão fazendo?

Gilbert e Vaucheray, em um furioso corpo a corpo, estavam rolando no chão, gritando palavras de raiva. As roupas deles estavam encharcadas de sangue. Lupin correu para separá-los. Mas Gilbert já tinha abatido o adversário e estava sacando um objeto que Lupin não teve tempo de ver. E Vaucheray, que estava perdendo sangue por uma ferida no ombro, desmaiou.

– Quem o feriu? Foi você, Gilbert? – questionou Lupin, furioso.

– Não. Foi Leonard.

– Leonard? Mas ele estava amarrado!

– Ele conseguiu se soltar e pegar o revólver.

– Aquele canalha! Onde ele está?

Lupin pegou o lampião e foi para o escritório.

O criado estava deitado de costas, com os braços estendidos, um punhal enfiado em sua garganta, com o rosto lívido. Uma linha vermelha escorria de sua boca.

– Oh – exclamou Lupin, após examiná-lo –, ele está morto!

– Você acha? Você acha? – gaguejou Gilbert, com a voz trêmula.

– Ele está morto, já disse.

Gilberto gaguejou:

– Foi Vaucheray... foi Vaucheray quem matou...

Pálido de raiva, Lupin o segurou:

– Foi Vaucheray, foi? E você também, seu patife, já que estava lá e não fez nada para impedi-lo! Sangue! Sangue! Vocês bem sabem que eu não aceito isso... Bem, nós nos deixamos pegar... Vocês vão ter que pagar, meus companheiros, e não vai ser barato... Lembrem-se da guilhotina!

Olhar o cadáver o deixou nervoso e, sacudindo Gilbert violentamente, ele disse:

– Por quê? Por que Vaucheray o matou?

– Ele queria procurar as chaves do armário nos bolsos dele. Quando se debruçou sobre ele, viu que o homem tinha soltado os braços. Ele ficou assustado... e o acertou...

– Mas e o tiro com o revólver?

– Foi Leonard... ele estava com o revólver na mão... ele conseguiu atirar antes de morrer.

– E a chave do armário?

– Vaucheray pegou.

– Ele abriu?

– Abriu.

– E encontrou o que estava procurando?

– Encontrou.

– E você quis pegar a coisa dele. O que era? O relicário? Não, era muito pequeno para isso... Então o que era? Responda...

Pela expressão silenciosa e determinada de Gilbert, Lupin percebeu que não conseguiria uma resposta. Com um gesto ameaçador, ele falou:

– Vou fazê-lo falar. Ou não me chamo Lupin. Mas, por enquanto, temos que sair daqui. Venha, me ajude a levar Vaucheray para o barco...

Eles voltaram para a sala de jantar, e Gilbert estava debruçado sobre o homem ferido quando Lupin falou:

– Ouça.

Eles se entreolharam, alarmados. Alguém estava falando no escritório. Uma voz muito baixa, estranha, distante... Entretanto, conforme eles se certificaram imediatamente, não havia ninguém no escritório além do morto, cujo corpo escuro estava estendido no chão.

E a voz falou de novo, em alguns momentos estridente, em outros abafada, gaguejando, gritando, assustada. Pronunciava palavras indistintas, sílabas soltas.

Lupin sentiu sua cabeça ficar coberta de suor. O que era essa voz incoerente, tão misteriosa quanto uma voz que vem de outro mundo?

Ele se ajoelhara ao lado do criado. A voz ficou em silêncio, depois recomeçou:

– Ilumine aqui – pediu a Gilbert.

Estava tremendo um pouco, abalado por um terror que não conseguia controlar, pois não havia dúvida: quando Gilbert tirou a cobertura da lanterna, Lupin percebeu que a voz vinha do cadáver, sem que o corpo sem vida fizesse qualquer movimento, sem nem um tremor da boca ensanguentada.

– Patrão, estou com medo – gaguejou Gilbert.

Mais uma vez a mesma voz, o mesmo sussurro anasalado.

De repente, Lupin caiu na gargalhada, agarrou o corpo e o puxou para o lado.

– Exatamente! – disse ele, colocando os olhos em um objeto de metal polido. – Exatamente, é isso! Nossa, demorei para descobrir!

No chão, no lugar de onde ele tirou o corpo, estava o receptor de um telefone, cujo fio ia até o aparelho preso na parede, na altura usual.

Lupin colocou o receptor no ouvido. O barulho recomeçou na mesma hora, mas era uma mistura de sons, formada por diferentes chamadas, exclamações, gritos confusos, barulho produzido por várias pessoas falando ao mesmo tempo.

– Você está aí?… Ele não responde. Que terrível… Devem tê-lo matado. O que é?… Fique calmo. A polícia… os soldados… estão a caminho.

– Droga! – reclamou Lupin, largando o telefone.

A verdade se mostrou uma visão terrível. Bem no começo, enquanto tiravam as coisas do andar de cima, Leonard, que não estava bem amarrado, conseguira ficar de pé, pegar o receptor, provavelmente com os dentes, deixou cair e pediu ajuda para a central telefônica de Enghien.

E foram essas palavras que Lupin tinha ouvido depois que o primeiro barco partiu:

– Socorro! Assassino! Vão me matar!

E essa era a resposta da central telefônica. A polícia estava a caminho. Lupin se lembrou dos sons que escutara do jardim, quatro ou cinco minutos antes, no máximo.

– A polícia! Corra! – gritou ele, atravessando a sala de jantar.

– E Vaucheray? – perguntou Gilbert.

– Sinto muito, mas não podemos ajudar!

Mas Vaucheray, acordando de seu torpor, suplicou enquanto ele passava:

– Patrão, o senhor não me deixaria aqui assim!

Lupin parou, apesar do perigo, e estava levantando o homem ferido, com a ajuda de Gilbert, quando um barulho alto veio do lado de fora.

– Tarde demais! – exclamou.

Naquele momento, pancadas fizeram a porta dos fundos da casa balançar. Lupin correu para os degraus da frente: alguns homens já tinham dado a volta na casa correndo. Ele até poderia conseguir correr na frente deles, com Gilbert, e chegar à água. Mas qual a chance de embarcar e fugir sob o fogo inimigo?

Ele fechou e trancou a porta.

– Estamos cercados… e acabados – balbuciou Gilbert.

– Cale a boca – ordenou Lupin.

– Mas eles nos viram, patrão. Olhe, eles estão batendo à porta.

– Cale a boca – repetiu Lupin. – Nem uma palavra. Nem um gesto.

Permaneceu inabalável, com uma expressão totalmente calma, a postura pensativa de alguém que tem todo o tempo do mundo para examinar a situação delicada de todos os pontos de vista. Ele alcançara um daqueles minutos que chamava de "momentos superiores da existência", aqueles em que se dá valor à vida. Nessas ocasiões, por mais ameaçador que fosse o perigo, ele sempre começava a contar devagar para si mesmo: um, dois, três, quatro, cinco, seis... até que os batimentos de seu coração voltassem ao normal. Só então ele refletia, mas com tanta intensidade, com tanta perspicácia, com tanta intuição das possibilidades. Todos os aspectos do problema estavam presentes em sua mente. Ele previa tudo. Admitia tudo. E tomava sua decisão com toda a lógica e certeza.

Após trinta ou quarenta segundos, enquanto os homens do lado de fora batiam nas portas e arrombavam as fechaduras, ele disse para seu companheiro:

– Siga-me.

Voltando para a sala de jantar, Lupin abriu a janela devagar e puxou as venezianas de uma janela lateral. Pessoas iam e vinham, tornando a fuga impossível.

Então ele começou a gritar com toda a sua força, com uma voz ofegante:

– Aqui! Socorro! Eu os peguei! Aqui!

Ele apontou o revólver e deu tiros no topo das árvores. Então, voltou para Vaucheray, debruçou-se sobre ele e esfregou o sangue do homem machucado em suas mãos e rosto. Por último, virando-se para Gilbert, pegou-o violentamente pelos ombros e jogou-o no chão.

– O que o senhor quer, patrão? Teve uma ideia?

– Deixe-me ir – disse Lupin, destacando cada sílaba de forma imperativa. – Eu vou responder por tudo... por vocês dois... Deixe-me ir. Vou tirar vocês dois da prisão. Mas só posso fazer isso se estiver livre.

Gritos excitados vinham da janela aberta.

– Aqui! – gritou ele. – Eu os peguei! Me ajudem!

E, baixinho, em um sussurro:

– Pense bem... Você tem alguma coisa para me dizer? Alguma coisa que seja útil para nós?

Gilbert estava confuso, furioso, chateado demais para entender o plano de Lupin. Vaucheray, mais perspicaz e sem esperança de fugir por causa de seu ferimento, falou:

– Deixe o patrão fazer do jeito dele, seu idiota! Contanto que ele saia, isso não é o principal?

De repente, Lupin se lembrou do objeto que Gilbert colocara em seu bolso, depois de pegá-lo de Vaucheray. Tentou pegá-lo.

– Isso nunca! – rebateu Gilbert, tentando se soltar.

Lupin o derrubou mais uma vez. Mas dois homens de repente apareceram na janela; e Gilbert cedeu, entregando o objeto para Lupin, que o colocou no bolso sem nem olhar, e sussurrou:

– Aqui está, patrão. Eu vou explicar. Pode ter certeza disso...

Ele não teve tempo de terminar... Dois policiais e depois outros homens atrás deles e soldados que entraram por todas as portas e janelas vieram ajudar Lupin.

Na mesma hora, pegaram Gilbert e amarraram-no. Lupin retirou-se.

– Que bom que vocês chegaram – exclamou ele. – O outro homem me deu muito trabalho, eu o feri. Mas este aqui...

O comissário de polícia logo perguntou:

– O senhor viu o criado? Eles o mataram?

– Não sei – respondeu ele.

– O senhor não sabe?

– Ora, eu vim com vocês de Enghien, ao saber do assassinato! Mas, enquanto vocês davam a volta pela esquerda da casa, eu fui pela direita. Uma janela estava aberta. Eu escalei quando esses dois bandidos estavam prestes a pular. Eu atirei neste aqui – contou ele, apontando para Vaucheray –, e segurei o parceiro dele.

Como poderiam suspeitar disso? Ele estava coberto de sangue. Entregara os assassinos do camareiro. Várias pessoas tinham testemunhado o final da luta que ele heroicamente travara.

Além disso, o tumulto estava muito grande para alguém querer discutir ou perder tempo com dúvidas. Durante a primeira confusão, os vizinhos invadiram a vila. Todos em pânico. Corriam para todos os lados, subiam, desciam, entravam em cada cômodo. Faziam perguntas entre si, gritavam, e ninguém pensou em verificar o testemunho de Lupin, que parecia plausível.

Entretanto, a descoberta do corpo no escritório restaurou o senso de responsabilidade do comissário. Ele deu ordens, esvaziou a casa e colocou guardas no portão para não deixar ninguém entrar nem sair. Então, sem demora, examinou o local e começou sua investigação. Vaucheray deu seu nome; Gilbert se recusou a dar o seu, alegando que só falaria na presença de um advogado. Mas, quando ele foi acusado de assassinato, denunciou Vaucheray, que se defendeu acusando o outro, e os dois começaram a falar ao mesmo tempo, com o claro desejo de monopolizar a atenção do comissário. Quando este se virou para Lupin para pedir seu testemunho, percebeu que o estranho não estava mais lá.

Sem a menor suspeita, ele pediu a um dos policiais:

– Vá chamar o cavalheiro e diga que gostaria de lhe fazer algumas perguntas.

Eles procuraram o cavalheiro. Alguém o vira na escada, acendendo um cigarro. Depois, disseram que ele dera cigarros para um grupo de soldados e caminhara na direção do lago, dizendo que podiam chamá--lo se quisessem.

Eles o chamaram. Ninguém respondeu.

Um soldado veio correndo. O cavalheiro acabara de entrar em um barco e saíra remando.

O comissário olhou para Gilbert e percebeu que fora enganado.

– Precisamos pará-lo – gritou ele. – Atirem nele! Ele é cúmplice!

Ele próprio saiu correndo, seguido por dois policiais, enquanto os outros permaneciam com os prisioneiros. Ao chegar à margem, ele viu o cavalheiro, a uns cem metros de distância, acenando com o chapéu para ele no crepúsculo.

Um dos policiais descarregou seu revólver sem pensar.

O vento trouxe o som das palavras. O cavalheiro estava cantando enquanto remava:

"Vá, barquinho,
Flutue pelo escurinho...".

O comissário, então, viu um barco preso ao cais da propriedade vizinha. Atravessou a cerca que separava os jardins e, depois de ordenar que os policiais vigiassem as margens do lago e amarrassem o fugitivo se ele tentasse desembarcar, reuniu dois de seus homens e saíram atrás de Lupin.

Era uma tarefa bem fácil, já que a luz intermitente da lua iluminava os movimentos dele, mostrando que estava tentando cruzar o lago seguindo para a direita, ou seja, na direção de Saint-Gratien. Além disso, o comissário logo percebeu que, com a ajuda de seus homens e graças à leveza de seu barco, ele estava ganhando velocidade. Em dez minutos ele tinha diminuído pela metade a distância entre os barcos.

– É isso! – entusiasmou-se. – Nós nem vamos precisar dos soldados para evitar que ele desembarque. Eu realmente quero conhecer esse camarada. Não lhe falta coragem!

O engraçado era que agora a distância estava diminuindo de uma forma anormal, como se o fugitivo tivesse percebido que era inútil tentar. Os policiais redobraram seus esforços. O barco disparou pela água com extrema rapidez. Mais cem metros e eles alcançariam o homem.

– Pare! – gritou o comissário.

O inimigo, cuja silhueta agachada eles conseguiam distinguir, não se mexia mais. Os remos estavam sendo levados pela correnteza. E essa ausência de movimento era perturbadora. Um bandido desse naipe podia muito bem estar deitado à espera de seus adversários, esperando para morrer bravamente ou para atirar para matá-los antes que tivessem a chance de atacá-lo.

– Entregue-se! – gritou o comissário.

Naquele momento, o céu estava escuro. Os três homens deitaram no fundo do barco, pois percebiam uma ameaça.

O barco, sendo levado pelo próprio ímpeto, estava se aproximando do outro.

O comissário falou:

– Não vamos nos deixar enganar. Vamos atirar nele. Vocês estão prontos? – E, mais uma vez, ameaçou: – Entregue-se, ou nós...

Nenhuma resposta.

O inimigo não se moveu.

– Entregue-se! Mãos ao alto! Você se recusa? Pior para você! Vou começar a contar: um... dois...

Os policiais não esperaram a ordem. Atiraram e na mesma hora se debruçaram sobre seus remos, dando um impulso tão forte no barco que chegaram ao destino com poucos movimentos.

O comissário assistia a tudo, revólver na mão, pronto para o menor movimento. Levantou o braço:

– Se você se mexer, estouro seus miolos!

Mas o inimigo não se mexeu por um momento e, quando os dois barcos se bateram e os policiais, soltando os remos, prepararam-se para o formidável assalto, o comissário compreendeu o motivo da atitude passiva: não havia ninguém no barco. O inimigo escapara nadando, deixando para trás alguns dos objetos roubados que, amontoados embaixo de um paletó e de um chapéu-coco, podiam ser confundidos na semiescuridão com a silhueta de um homem.

À luz de fósforos, eles examinaram as roupas deixadas pelo inimigo. Não havia iniciais gravadas no interior do chapéu. Não havia documentos nem carteira no paletó. Mas eles fizeram uma descoberta que daria celebridade ao caso e que teria uma péssima influência no destino de Gilbert e Vaucheray: em um dos bolsos o fugitivo deixara para trás um cartão de visita, o cartão de Arsène Lupin.

Praticamente no mesmo instante, enquanto a polícia, rebocando o barco capturado atrás deles, continuava sua busca vã e enquanto os soldados nas margens se esforçavam para acompanhar o combate naval, Arsène Lupin estava calmamente desembarcando no mesmo local do qual saíra duas horas antes.

Ali, encontrou seus outros dois cúmplices, Grognard e Le Ballu, deu-lhes qualquer explicação, entrou no automóvel, entre as cadeiras do deputado Daubrecq e outros objetos valiosos, envolveu-se em peles e seguiu pelas estradas desertas até seu depósito em Neuilly, onde deixou o chofer. Um táxi o levou de volta a Paris, deixando-o na igreja de Saint-Philippe-du-Roule, que não era longe da Rua Matignon, onde ele tinha um apartamento no térreo, do qual ninguém do seu bando, com exceção de Gilbert, sabia, e que tinha entrada privativa.

Ficou satisfeito em tirar as roupas e se esfregar; apesar de sua constituição forte, estava congelando. Antes de ir para a cama, esvaziou os bolsos, como sempre, na cornija da lareira. Só então viu, perto de sua carteira e das chaves, o objeto que Gilbert colocara em sua mão no último instante.

E ficou muito surpreso. Era uma pequena rolha de cristal, como aquelas que colocamos em garrafas. E não havia nada de especial nessa rolha. O máximo que Lupin observou foi que era multifacetada com detalhes dourados. Mas, para falar a verdade, esse detalhe não lhe chamava a atenção.

– E foi a esse pedaço de vidro que Gilbert e Vaucheray deram tanta importância! – disse para si mesmo. – Foi por isso que mataram o camareiro, brigaram, perderam tempo, se arriscaram a serem presos... serem condenados à guilhotina! Droga, é tudo muito estranho!

Cansado demais para continuar pensando no assunto, por mais que fosse excitante, ele colocou a rolha sobre a cornija e foi para a cama.

Teve pesadelos. Gilbert e Vaucheray estavam ajoelhados nas lajes de suas celas, esticando as mãos para ele e gritando com medo:

– Socorro!… Socorro! – eles clamavam.

Mas, apesar de todos os seus esforços, ele não conseguia se mexer. Estava amarrado por cordas invisíveis. E, tremendo, obcecado por uma visão monstruosa, ele assistia aos preparativos fúnebres, ao corte de cabelo dos condenados, ao drama sinistro.

– Meu Deus! – exclamou quando acordou após uma série de pesadelos. – Que maus presságios! Felizmente, não somos supersticiosos. Caso contrário… – E ele acrescentou: – Na verdade, temos um talismã que, a julgar pelo comportamento de Gilbert e Vaucheray, com a ajuda de Lupin, deve ser suficiente para acabar com o azar e garantir o triunfo da boa causa. A rolha de cristal.

Ele se levantou da cama para pegar o objeto e examiná-lo com mais atenção. Deixou escapar uma exclamação. A rolha de cristal desaparecera…

NOVE MENOS OITO IGUAL A UM

A despeito do meu relacionamento amigável com Lupin e das muitas provas lisonjeiras de confiança que ele me dera, há uma coisa que nunca fui capaz de entender: a organização da sua quadrilha.

A existência da quadrilha é um fato indubitável. Algumas aventuras podem ser explicadas apenas pelos diversos atos de devoção, pelos esforços arrebatadores e pela cumplicidade, que mostram forças obedecendo a uma vontade única e formidável. Mas como se exerce essa vontade? Por meio de quais intermediários, por meio de quais subordinados? Isso é o que eu não sei. Lupin guarda seu segredo; e os segredos que Lupin escolhe guardar são, por assim dizer, impenetráveis.

A única suposição que me atrevo a fazer é que sua quadrilha, a qual, na minha opinião, é limitada em número e, portanto, ainda mais formidável, se completa pela adição de unidades independentes, membros provisórios, escolhidos em todas as classes da sociedade e em todos os países do mundo, os quais são os agentes executores de uma autoridade que muitas vezes eles nem conhecem. Entre eles e o mestre, entram e saem companheiros, iniciados, fiéis, aqueles que desempenham os papéis principais sob o comando direto de Lupin.

Gilbert e Vaucheray evidentemente pertenciam à quadrilha principal. E foi por isso que a lei se mostrou tão implacável para eles. Pela primeira vez tinham cúmplices de Lupin nas mãos, cúmplices declarados, inegáveis, e que tinham cometido um assassinato. Se o assassinato era premeditado, se a acusação de homicídio doloso pudesse ser provada por evidências substanciais, isso significava a guilhotina. Havia pelo menos uma prova evidente, o pedido de socorro que Leonard fizera pelo telefone poucos minutos antes de sua morte:

– Socorro! Assassinos! Vão me matar!

O apelo desesperado fora ouvido por dois homens, o operador de plantão e um de seus colegas, que afirmou categoricamente o que ouviu. E, por causa desse apelo, o comissário de polícia, assim que foi informado, seguiu para Villa Marie-Thérèse, escoltado por seus homens e vários soldados de licença.

Lupin tinha uma noção bem clara do perigo desde o começo. A luta intensa que ele travava contra a sociedade estava entrando em uma nova e terrível fase. Sua sorte estava mudando. Agora não era mais uma questão de atacar os outros, mas de se defender e salvar a pele de seus dois companheiros.

Uma pequena anotação que eu copiei de um dos cadernos em que ele costumava expor um resumo das situações que o perturbavam vai nos mostrar como o cérebro dele funcionava:

"Um fato definitivo, para começar, é que Gilbert e Vaucheray me enganaram. A expedição em Enghien, que aparentemente se destinava a roubar objetos da Villa Marie-Thérèse, tinha um propósito secreto. Esse propósito confundiu a mente deles durante toda a operação; e o que eles estavam procurando, embaixo dos móveis e dentro dos armários, era apenas uma única coisa: a rolha de cristal. Portanto, se quero ver claramente daqui para a frente, preciso primeiro entender o que isso significa. Está claro que, por

alguma razão oculta, aquele pedaço de vidro misterioso tem um valor inestimável para eles. E não apenas para eles, já que, ontem à noite, alguém teve a audácia e a habilidade para entrar em meu apartamento e roubar de mim o objeto em questão".

Esse roubo do qual ele foi a vítima intrigou Lupin de maneira singular.

Dois problemas, ambos igualmente difíceis de solucionar, apresentavam-se em sua mente. Primeiro, quem era o visitante misterioso? Gilbert, que gozava de sua inteira confiança e agia como seu secretário particular, era a única pessoa que sabia de seu retiro na Rua Matignon. Mas Gilbert estava preso. Lupin deveria desconfiar de que Gilbert o traíra e colocara a polícia atrás dele? Nesse caso, por que ficaram satisfeitos em levar a rolha de cristal em vez de prender Lupin?

Mas havia algo ainda mais estranho. Admitindo que tinham conseguido arrombar a porta do apartamento, e ele até se forçava a admitir isso, embora não houvesse nenhuma marca na porta para provar, como eles haviam conseguido entrar no quarto? Ele virou a chave e puxou o ferrolho como fazia todas as noites, conforme um hábito que nunca abandonava. Contudo, o fato era inegável: a rolha de cristal desaparecera sem que a fechadura e o ferrolho tivessem sido tocados. E, embora Lupin se gabasse de ter ouvidos aguçados, mesmo enquanto dormia, nenhum som o despertara!

Não precisava pensar muito. Conhecia esses enigmas bem demais para ter esperança de que pudesse ser esclarecido por outros meios que não os eventos subsequentes. Mas, sentindo-se muito desconcertado e preocupado, fechou seu apartamento na Rua Matignon e jurou que nunca mais colocaria o pé ali de novo.

E, imediatamente, pôs-se a pensar na questão de se corresponder com Vaucheray ou Gilbert.

Agora, um novo problema o esperava. A Justiça, embora não pudesse estabelecer a cumplicidade de Lupin, decidiu que o caso seria investigado não pelo departamento de Seine-et-Oise, mas em Paris, e anexado à investigação geral aberta contra ele. Gilbert e Vaucheray estavam encarcerados na prisão de La Santé. E tanto lá como no Palácio de Justiça havia ordens claras de que toda comunicação entre Lupin e os prisioneiros precisava ser evitada, e diversas precauções foram determinadas pelo chefe de polícia e estavam sendo minuciosamente respeitadas pelos seus subordinados. Dia e noite, policiais treinados, sempre os mesmos homens, vigiavam Gilbert e Vaucheray e nunca os perdiam de vista.

Lupin, nessa época, ainda não havia sido promovido, em honra de sua carreira, a chefe de Segurança, e, consequentemente, não podia entrar no Palácio de Justiça para garantir a execução de seus planos. Após quinze dias de tentativas infrutíferas, ele foi obrigado a curvar-se, algo que fez com o coração furioso e sentindo uma inquietação crescente.

Ele sempre dizia: "A parte difícil de um caso não é o fim, mas o começo".

Por onde ele poderia começar nas circunstâncias atuais? Que caminho deveria seguir?

Seus pensamentos se voltavam para o deputado Daubrecq, dono original da rolha de cristal, que provavelmente sabia de sua importância. De outro lado, como Gilbert conhecia os fatos e os gestos do deputado Daubrecq? Quais meios ele empregara para observá-lo? Quem lhe contara onde Daubrecq passaria aquela noite? Todas essas eram questões interessantes de se responder.

Imediatamente após o assalto à Villa Marie-Thérèse, Daubrecq se mudara para sua casa de inverno em Paris, no lado esquerdo da pequena Praça Lamartine, que termina na Avenida Victor-Hugo.

Disfarçado de um velho aposentado de bengala, Lupin passou um tempo na vizinhança, sentado nos bancos da praça e da avenida. No primeiro dia, fez uma descoberta. Dois homens, vestidos como trabalhadores, mas com um comportamento que não deixava dúvidas sobre seus objetivos, estavam vigiando a casa do deputado. Quando Daubrecq saía, eles o seguiam; e chegavam logo atrás dele quando voltava para casa. À noite, assim que as luzes se apagavam, eles iam embora.

Por sua vez, Lupin os seguiu. Eles eram detetives.

– Ora, ora! – disse para si mesmo. – Isso não é exatamente o que eu esperava. Então Daubrecq também é suspeito?

Mas no quarto dia, ao anoitecer, outros seis homens se juntaram a esses dois e conversaram na parte mais escura da Praça Lamartine. Entre os recém-chegados, Lupin ficou impressionado ao reconhecer, por seu porte e comportamento, o famoso Prasville, o antigo advogado, esportista e explorador, agora favorito no Palácio do Élysée, que, por alguma razão misteriosa, havia sido nomeado secretário-geral da polícia.

De repente Lupin se lembrou de que dois anos antes Prasville e o deputado Daubrecq brigaram na Praça du Palais-Bourbon. Ninguém sabia o motivo do encontro. No mesmo dia, Prasville enviou suas testemunhas. Daubrecq se recusou a lutar.

Um pouco depois Prasville foi nomeado secretário-geral.

– Muito estranho, muito estranho – concluiu Lupin, que estava imerso em seus pensamentos enquanto continuava observando os movimentos de Prasville.

Às sete horas o grupo de homens de Prasville se afastou alguns metros na direção da Avenida Henri-Martin. A porta de um pequeno jardim à direita da casa se abriu, e Daubrecq saiu. Os dois detetives seguiram-no de perto e, quando ele pegou o trem na Rua Taitbout, entraram logo atrás dele.

Prasville, na mesma hora, cruzou a praça e tocou a campainha. O portão do jardim ficava entre a casa e a portaria. A zeladora veio e abriu. Conversaram rapidamente e, logo em seguida, Prasville e seus colegas puderam entrar.

– Uma visita domiciliar – disse Lupin. – Secreta e ilegal. Pelas regras da boa educação, eu deveria ser convidado. Minha presença é indispensável.

Sem a menor hesitação, ele se dirigiu à casa, cuja porta não havia sido fechada, e, ao passar na frente da zeladora, que estava olhando para o lado de fora, perguntou de forma apressada, como se estivesse atrasado para um compromisso:

– Os cavalheiros já entraram?

– Já, o senhor os encontrará no escritório.

Seu plano era bem simples: se alguém o visse, fingiria ser um vendedor. Entretanto não precisou usar esse subterfúgio. Após passar pelo vestíbulo vazio, conseguiu entrar na sala de jantar, onde também não havia ninguém, mas de onde, pelo painel de vidro que a separava do escritório, conseguia ver Prasville e seus cinco colegas.

Prasville abriu todas as gavetas com a ajuda de chaves falsas. Depois, examinou todos os papéis, enquanto seus colegas tiravam os livros das prateleiras, balançavam as páginas de cada um e apalpavam as encadernações.

– É claro que eles estão procurando por algum papel – disse Lupin. – Notas bancárias, talvez…

Prasville exclamou:

– Que droga! Não vamos encontrar nada!

Mas ele obviamente não perdeu todas as esperanças de encontrar o que queria, já que de repente pegou as quatro garrafas do bar, tirou as quatro rolhas e as inspecionou.

– Ora! – pensou Lupin. – Agora ele está inspecionando as rolhas das garrafas! Então não é um papel? Bem, eu desisto.

Então Prasville levantou e examinou diferentes objetos; depois perguntou:

– Quantas vezes você esteve aqui?

– Seis vezes no último inverno – foi a resposta.

– E você procurou pela casa toda?

– Cada cômodo, em uma das vezes, por dias, enquanto ele estava visitando seu eleitorado.

– Ainda assim... – acrescentou ele – ele não tem empregados?

– Faz as refeições fora, e a zeladora mantém a casa da melhor maneira que pode. A mulher é fiel a nós...

Prasville continuou sua investigação por quase uma hora e meia, mexendo em todos os bibelôs, mas tomando cuidado para colocar tudo exatamente onde encontrara. Às nove horas, porém, os dois detetives que haviam seguido Daubrecq entraram no escritório:

– Ele está voltando!

– A pé?

– Sim.

– Temos tempo?

– Temos, sim!

Prasville e os homens da polícia saíram, sem pressa, depois de dar uma última olhada pelo cômodo para se certificarem de que nada denunciaria sua visita.

A situação de Lupin estava ficando crítica. Ele corria o risco de topar com Daubrecq, se saísse, ou de não conseguir sair, se permanecesse lá. Mas, ao avaliar que as janelas da sala de jantar eram um meio de saída direta para a praça, ele resolveu ficar. Além disso, a oportunidade de observar Daubrecq de perto era boa demais para recusar; e, como Daubrecq saíra para jantar, não era provável que entrasse ali.

Lupin, portanto, esperou, preparando-se para se esconder atrás de uma cortina de veludo que podia ser puxada pela parede de vidro se fosse necessário.

Ouviu o barulho de portas sendo abertas e fechadas. Alguém entrou no escritório e acendeu a luz. Reconheceu Daubrecq.

O deputado era um homem robusto, atarracado, com o pescoço curto, quase calvo, uma barba grisalha, e usava um pincenê escuro por cima dos óculos, já que seus olhos estavam cansados.

Lupin notou os traços fortes, o queixo quadrado, as maçãs do rosto proeminentes. As mãos eram grandes e cobertas por pelos, as pernas eram curvadas, e as costas, arqueadas, alternando o peso ora em um quadril, ora no outro, o que fazia com que sua marcha parecesse a de um gorila. O rosto era coroado por uma enorme testa, cheia de linhas, cavidades e saliências.

O conjunto dava uma aparência bestial, repugnante, selvagem à personalidade do homem. Lupin lembrou-se de que, na Câmara dos Deputados, o apelido de Daubrecq era "Homem da Floresta", e esse rótulo não era apenas porque ele estava sempre distante e nunca se misturava com os outros membros, mas também por causa de sua aparência, seu comportamento, seu passo peculiar e seu desenvolvimento muscular sólido.

Ele se sentou à sua escrivaninha, tirou do bolso um cachimbo de Meerschaum e, entre vários pacotes de tabaco que secavam em um vaso, escolheu um do tipo caporal, abriu a embalagem, encheu o cachimbo e acendeu. Então começou a escrever cartas.

Após um momento, parou o trabalho e ficou pensando, sua atenção fixa em um ponto da escrivaninha.

Ele levantou uma pequena caixa de carimbo e examinou-a. Então verificou a posição de diferentes objetos que Prasville tocara e recolocara no lugar; observou-os, pegou com as mãos, debruçando-se sobre eles como se alguns sinais, que apenas ele próprio conhecia, fossem capazes de lhe dizer o que desejava saber.

Finalmente, tocou uma campainha. A zeladora apareceu um minuto depois.

Ele perguntou:

– Eles vieram, não vieram?

Como a mulher hesitou em responder, ele insistiu:

– Vamos, Clémence, a senhora abriu essa caixa de carimbo?

– Não, senhor.

– Bem, eu fechei a tampa com uma fita de papel com cola. A fita foi rasgada.

– Mas posso garantir para o senhor... – a mulher começou.

– Por que mentir – questionou ele –, considerando que eu mesmo a instruí a receber essas visitas?

– O fato é que...

– O fato é que a senhora quer ficar bem com os dois lados... Muito bem! – Ele entregou a ela uma nota de cinquenta francos e repetiu: – Eles vieram?

– Sim, senhor.

– Os mesmos homens que vieram na primavera?

– Sim, todos os cinco... e mais um, que deu as ordens.

– Um homem alto e moreno?

– Sim.

Lupin viu a mandíbula de Daubrecq se contrair. Daubrecq continuou:

– Isso é tudo?

– Outro chegou um pouco depois e se juntou a eles... depois, mais dois, aqueles que estão sempre de vigia do lado de fora da casa.

– Eles ficaram no escritório?

– Sim, senhor.

– E eles foram embora quando eu voltei? Poucos minutos antes, talvez?

– Sim, senhor.

– Isso é tudo.

A mulher saiu do escritório. Daubrecq voltou a escrever sua carta. Então, esticando o braço, escreveu alguns símbolos em um bloco de papel branco, que estava na ponta de sua escrivaninha, e colocou em uma posição como se quisesse mantê-lo à vista. Os símbolos eram números, e Lupin conseguiu ler a seguinte subtração:

$$"9 - 8 = 1"$$

E Daubrecq, falando entre os dentes, pronunciou as sílabas com um ar pensativo:

– Nove menos oito é igual a um… Não há dúvida sobre isso – acrescentou em voz alta. Escreveu mais uma carta, bem curta, e endereçou o envelope com uma inscrição que Lupin conseguiu decifrar quando a carta foi colocada ao lado do bloco:

"Para o senhor Prasville, secretário-geral do Departamento de Polícia".

Então ele tocou a campainha de novo:

– Clémence, a senhora frequentou a escola quando criança? – perguntou para a zeladora.

– Sim, senhor, claro que frequentei.

– E aprendeu cálculo?

– Ora, senhor…

– Bem, a senhora não é muito boa em subtração.

– Por que diz isso?

– Porque a senhora não sabe que nove menos oito é igual a um. E isso, veja, é um fato da mais alta importância. A vida se torna impossível quando se ignora essa verdade fundamental.

Ao falar, ele se levantou e andou pelo cômodo, com as mãos para trás, balançando os quadris. Fez isso mais uma vez. Então, parando na sala de jantar, abriu a porta.

– Podemos colocar o problema de outra forma. Tirando oito de nove, resta um. E o que resta está aqui, não? Correto! E o senhor nos dá uma prova brilhante, não é mesmo?

Ele bateu na cortina de veludo na qual Lupin se enrolara apressadamente.

– Na verdade, o senhor deve estar sufocando embaixo disso! Sem falar que eu poderia ter me divertido enfiando um punhal na cortina. Lembra a loucura de Hamlet e a morte de Polônio: "Que é isso? Um rato? Morto! Aposto um ducado; morto!" Vamos, senhor Polônio, saia do seu buraco.

Essa era uma daquelas situações às quais Lupin não estava acostumado e que detestava. Prender os outros em uma armadilha, zombar deles, podia admitir; mas era bem diferente quando as pessoas riam à sua custa. Mas o que ele poderia responder?

– O senhor está um pouco pálido, Polônio… Ora, se não é o respeitável cavalheiro que tem andado pela praça nos últimos dias! Então o senhor também é da polícia, Polônio? Vamos, controle-se, não vou machucá-lo!… Está vendo, Clémence, como meu cálculo estava certo? A senhora me disse que nove espiões entraram na casa. Quando eu estava chegando, contei oito a distância. Nove menos oito resta um: esse um que evidentemente ficou para trás para ver o que poderia ver. *Ecce homo*!

– Então? – disse Lupin, que sentia uma vontade louca de voar no camarada e fazê-lo calar a boca.

– E então? Nada, meu bom homem… O que mais o senhor quer? A farsa acabou. Só vou pedir que leve esse pequeno bilhete para o senhor Prasville, seu patrão. Clémence, por favor, acompanhe o senhor Polônio até a porta. E, se ele aparecer outra vez, as portas estarão abertas. Considere-se em casa, senhor Polônio. Seu servo, senhor!

Lupin hesitou. Gostaria de se despedir em alto estilo, com uma frase de efeito, como um ator fazendo uma saída triunfante do palco, e pelo menos desaparecer da guerra com honras. Mas essa derrota foi tão lastimável que não conseguia pensar em nada melhor do que enfiar o chapéu na cabeça e seguir a zeladora até a porta. Não era uma boa vingança.

– Seu patife safado! – gritou ele, assim que passou pela porta, sacudindo o punho para as janelas de Daubrecq. – Miserável! Desgraçado, escória do mundo, deputado, vai me pagar por isso! Ah, se me permite, senhor...! Eu juro por Deus, senhor, que qualquer dia desses...

Estava espumando de raiva, ainda mais porque, no fundo, reconhecia a força de seu novo inimigo e não podia negar a maneira magistral com que ele tratara o assunto.

A frieza de Daubrecq, a confiança com que enganou os policiais, o desprezo com o qual aceitava as visitas à sua casa e, principalmente, a sua admirável compostura, a sua descontração e a impertinência do seu comportamento perante o nono personagem que o espionava: tudo isso mostrava um homem de caráter, forte, com uma mente equilibrada, lúcido, ousado, confiante em si mesmo e nas cartas na sua mão.

Mas quais eram as cartas dele? Que jogo ele estava jogando? Quem estava apostando? E como os jogadores se colocavam de cada lado? Lupin não sabia. Não sabia de nada, mergulhou de cabeça na briga, entre os adversários desesperadamente envolvidos, embora ele ignorasse totalmente suas posições, suas armas, suas fontes e seus planos secretos. Porque, por fim, não podia admitir que o objetivo de tanto esforço fosse a posse de uma rolha de cristal!

Uma única coisa o deixou satisfeito: Daubrecq não descobrira seu disfarce. Daubrecq acreditou que ele era funcionário da polícia. Portanto, nem ele nem a polícia suspeitaram da intrusão de um terceiro ladrão no negócio. Esse era seu único trunfo, um trunfo que lhe daria a liberdade de ação àquilo que dava mais importância.

Sem mais demora, ele abriu a carta que Daubrecq lhe entregara para levar para o secretário-geral da polícia. Continha estas poucas linhas:

"Ao alcance das suas mãos, meu caro Prasville! Você o tocou! Um pouco mais e teria conseguido... Mas é muito estúpido. E pensar que não conseguiram ninguém melhor do que você para

me derrubar. Pobre França! Adeus, Prasville. Mas, se eu pegá-lo no ato, já aviso que vai ficar ruim para o seu lado: meu lema é atirar na hora.

Assinado: DAUBRECQ.”

– Ao alcance das suas mãos – repetiu Lupin, após ler o bilhete. – E pensar que ele pode ter escrito a verdade! Os esconderijos mais elementares são os mais seguros. Mesmo assim, tenho que procurar. E também preciso descobrir por que Daubrecq mantém o objeto em estrita supervisão e obter algumas informações sobre ele.

As informações que Lupin conseguira com um escritório de investigações foram as seguintes:

“Alexis Daubrecq há dois anos é deputado de Bouches-du--Rhone; está entre os membros independentes. Opiniões políticas não estão bem definidas, mas sua posição eleitoral é muito forte, devido à enorme quantia que ele gastou em sua candidatura. Não possui fortuna pessoal. Entretanto possui uma casa em Paris, uma vila em Enghien e outra em Nice, e perde muito em jogos, embora ninguém saiba de onde vem o dinheiro. Tem muita influência e consegue tudo o que deseja, embora não frequente os ministérios e não pareça ter amizades ou conexões nos círculos políticos”.

– Isso é uma ficha comercial – disse Lupin para si mesmo. – O que eu quero é uma ficha pessoal, policial, que me fale sobre a vida privada desse cavalheiro e me ajude a trabalhar com mais facilidade nas sombras e saber se não vou me enrolar ao investigar o tal Daubrecq. Droga, o tempo urge!

Uma das casas que Lupin ocupava naquele período e que usava com mais frequência do que as outras ficava na Rua Chateaubriand, perto do Arco do Triunfo. Ali ele era conhecido como Michel Beaumont.

Tinha um apartamento confortável e um criado, Achille, fiel aos seus interesses e cujo principal dever era centralizar as comunicações telefônicas para Lupin.

Ao voltar para casa, com muita surpresa, Lupin ficou sabendo que uma mulher o esperava havia quase uma hora:

– Como? Nunca alguém vem me visitar aqui! Ela é jovem?

– Acredito que não, senhor.

– Você acredita que não!

– Ela está usando um xale de renda por cima da cabeça, no lugar de um chapéu, e não é possível ver seu rosto… Ela parece uma funcionária de escritório ou de uma loja. Não é elegante.

– Quem ela procurou?

– O senhor Michel Beaumont – respondeu o criado.

– Estranho. E por que a visita?

– Ela apenas disse que era sobre o negócio em Enghien… Então eu pensei que…

– O quê? O negócio de Enghien! Então ela sabe que estou envolvido nesse negócio… Então ela sabe que vindo aqui…

– Não consegui mais nenhuma informação com ela, mas, ao mesmo tempo, achei melhor deixá-la entrar.

– Fez bem. Onde ela está?

– Na sala de estar. Acendi as luzes.

Lupin cruzou apressadamente o vestíbulo e abriu a porta da sala de estar.

– Do que você está falando? – questionou ele para o criado. – Não tem ninguém aqui.

– Não tem ninguém? – retrucou Achille, correndo até lá.

E a sala, de fato, estava vazia.

– Bem, não faz sentido – justificou-se o criado. – Vinte minutos atrás, entrei para conferir e ela estava sentada bem ali. E não tem nada de errado com a minha visão!

– Veja bem – Lupin começou, irritado. – Onde você estava enquanto a mulher esperava?

– No vestíbulo, patrão! Não saí dali nem por um segundo! Eu a teria visto sair! Puxa vida!

– Mas ela não está aqui agora!

– Estou vendo – gemeu o criado, confuso. – Ela deve ter se cansado de esperar e foi embora. Mas eu gostaria de saber como ela saiu, droga!

– Como ela saiu? – questionou Lupin. – Não precisa ser um gênio para descobrir.

– Como assim?

– Ela saiu pela janela. Olhe, ainda está entreaberta. Estamos no térreo… A rua está quase sempre deserta à noite. Não tenho dúvida sobre isso.

Ele já olhara em volta e estava satisfeito, pois nada tinha sido levado nem tirado do lugar. Quanto a isso, não havia nada de valor na sala, nenhum documento importante que explicasse a visita da mulher, seguida por seu repentino desaparecimento. Mas por que essa fuga inexplicável?

– Alguém telefonou? – perguntou ele.

– Não.

– Alguma carta?

– Sim, o último carteiro trouxe uma.

– Onde está?

– Coloquei-a na cornija da lareira, patrão, como sempre.

O quarto de Lupin era perto da sala de estar, mas ele trancava permanentemente a porta entre os dois cômodos. Portanto, teve de passar pelo vestíbulo de novo.

Lupin acendeu a luz e, no momento seguinte, disse:

– Não estou vendo…

– Coloquei ao lado do jarro de flores.

– Não tem nada aqui.

– O senhor deve estar procurando no lugar errado, patrão.

Achille mexeu o jarro, levantou o relógio, agachou-se, mas a carta não estava lá.

– Céus! – murmurou ele. – Ela fez isso... ela pegou a carta e, então, foi embora. Ah, aquela vadia!

Lupin objetou:

– Você está maluco! Não tem como passar de um cômodo ao outro.

– Então, quem pegou, patrão?

Ambos ficaram em silêncio. Lupin se esforçou para controlar a ira e organizar as ideias. Ele perguntou:

– Você olhou o envelope?

– Olhei sim, senhor.

– Alguma particularidade?

– Nada, apenas o endereço escrito a lápis.

– A lápis?

– E parecia ter sido escrito às pressas.

– A quem a carta estava endereçada? – perguntou Lupin, com a voz ansiosa. – Você se lembra?

– Lembro sim, porque achei engraçado...

– Então, fale logo!

– Dizia: "Senhor de Beaumont, Michel".

Lupin pegou o criado pelos ombros e sacudiu:

– Dizia "de" Beaumont? E "Michel" depois de "Beaumont"? Tem certeza?

– Certeza absoluta.

– Ah! – exclamou Lupin, com a voz embargada. – Era uma carta de Gilbert!

Ele ficou parado, um pouco pálido, com o rosto contraído. Não tinha dúvida: a carta era de Gilbert. Era a forma de endereçar a carta que, sob as ordens de Lupin, Gilbert usara para se corresponder com ele por anos. Finalmente, Gilbert, após uma longa espera e sabe-se lá a que custas, encontrou um jeito de enviar uma carta da prisão e,

ARSÈNE LUPIN E A ROLHA DE CRISTAL

apressadamente, escrevera para ele. E agora a carta fora interceptada! O que dizia? Que instruções o infeliz prisioneiro lhe dava? Que ajuda ele esperava? Qual estratagema sugeria?

Lupin olhou em volta do quarto, que, ao contrário da sala, tinha documentos importantes. Mas nenhuma das fechaduras havia sido arrombada; e ele precisou admitir que o único objetivo da mulher era pegar a carta de Gilbert. Segurando-se para manter a calma, ele perguntou:

– A carta chegou enquanto a mulher estava aqui?

– Ao mesmo tempo. O carteiro tocou no mesmo instante.

– Ela pôde ver o envelope?

– Sim.

A conclusão era evidente. Só faltava descobrir como a visitante conseguira efetuar o roubo. Pulando de uma janela para a outra, por fora do apartamento? Impossível: Lupin deixou a janela do seu quarto fechada. Abrindo a porta entre os cômodos? Impossível: Lupin deixou-a fechada e trancada com os dois ferrolhos internos.

Entretanto uma pessoa não pode passar através de uma parede apenas pela força de vontade. Para entrar e sair de um cômodo é preciso haver uma passagem; e, como o ato foi realizado em poucos minutos, era necessário, nas circunstâncias, que a passagem já existisse antes e, claro, que a mulher soubesse de sua existência. Essa hipótese simplificou a busca, fazendo-o se concentrar na porta; como não havia nada na parede, nenhum armário, lareira ou quadros de qualquer tipo, não havia como esconder a menor passagem.

Lupin voltou para a sala e se preparou para avaliar a porta. Mas encontrou na mesma hora. Assim que olhou, percebeu que o painel inferior esquerdo dos seis pequenos painéis que ficavam entre as barras transversais não estava mais na mesma posição de antes e a luz não passava mais por ele. Ao se inclinar, viu duas tachinhas, uma de cada lado, sustentando o painel, como uma placa de madeira atrás de uma moldura. Só precisou mexer nele. Na mesma hora o painel se soltou.

Achille soltou um grito, espantado. Mas Lupin objetou:

– E daí? Não avançamos muito. Temos um retângulo vazio, com uns dezoito centímetros de largura e quarenta de altura. Você não vai sugerir que uma mulher consiga passar por essa abertura que não comportaria nem a mais magra criança de 10 anos!

– Não, mas ela pode ter passado o braço e soltado os ferrolhos.

– O ferrolho de baixo, sim – afirmou Lupin –, mas o de cima, não. É muito distante. Tente você mesmo e veja.

Achille tentou e teve de desistir.

Lupin não respondeu. Ficou pensando por um longo tempo. Então, de repente, disse:

– Achille, me dê meu chapéu e meu casaco...

Saiu apressado, motivado por uma ideia. E, no momento em que chegou à rua, acenou para um táxi:

– Rua Matignon, depressa!

Assim que chegaram à casa de onde lhe roubaram a rolha de cristal, ele saiu do táxi, abriu sua entrada privativa, subiu as escadas, correu para a sala de estar, acendeu a luz e abaixou-se na frente da porta que levava para o seu quarto.

Sua suposição estava certa. Um dos pequenos painéis estava solto da mesma forma.

E, assim como em seu outro apartamento na Rua Chateaubriand, a abertura era grande o suficiente para passar um braço e um ombro, mas não para que conseguisse abrir o ferrolho superior.

– Que desgraça! – gritou Lupin, incapaz de segurar a raiva que estava fervendo havia duas horas. – Droga! Será que nunca vou conseguir resolver esse problema?

De fato, parecia que um azar incrível o estava perseguindo, fazendo com que ele ficasse tateando aleatoriamente, sem permitir que usasse os elementos de sucesso que sua própria persistência ou força de vontade colocara ao alcance de suas mãos. Gilbert lhe dera a rolha de cristal. Gilbert lhe enviara uma carta. E ambas desapareceram logo.

E não era, como ele acreditara até então, uma série de circunstâncias independentes e fortuitas. Não, era a manifestação do efeito de uma vontade adversa buscando um objeto definido com prodigiosa habilidade e incrível ousadia, atacando-o, Lupin, em seus retiros mais seguros e atingindo-o com golpes tão severos e tão inesperados que ele não sabia bem contra quem precisava se defender. Nunca, no curso de suas aventuras, encontrara obstáculos como esses com que se deparava agora.

E, pouco a pouco, bem no fundo de si, crescia um medo do futuro. Diante de seus olhos, uma data se agigantava, a terrível data que ele, inconscientemente, designara para a justiça realizar sua vingança, a data em que, à luz de uma manhã pálida de abril, dois homens iriam para a guilhotina, dois homens que caminharam ao seu lado, dois camaradas que ele não conseguira salvar de uma pena terrível...

A VIDA PRIVADA DE ALEXIS DAUBRECQ

Quando o deputado Daubrecq chegou do almoço um dia depois de a polícia ter feito a busca na casa dele, Clémence, sua zeladora, parou-o no portão e disse que havia encontrado uma cozinheira inteiramente de confiança.

A cozinheira chegou alguns minutos depois e mostrou cartas de recomendação de alto gabarito, assinadas por pessoas com quem seria fácil conferir essas referências. Ela era uma mulher muito ativa, embora tivesse certa idade, e concordou em fazer o serviço da casa sem a ajuda de um criado, já que essa era uma condição na qual Daubrecq insistira, pois preferia reduzir as chances de espionagem.

O último emprego dela fora com um membro da Câmara dos Deputados, o conde de Saulevat, a quem Daubrecq telefonou na mesma hora. O mordomo do conde deu as melhores recomendações, e ela foi contratada.

Assim que ela trouxe a mala, começou a trabalhar e limpou e esfregou até a hora de preparar o jantar.

Daubrecq jantou e saiu.

Às onze horas, depois que a zeladora já havia ido para a cama, a cozinheira cuidadosamente abriu a porta do jardim. Um homem entrou.

– É o senhor? – perguntou ela.

– Sim, sou eu, Lupin.

Ela o levou para seu quarto no terceiro andar, com vista para o jardim, e logo começou suas lamentações:

– Mais um dos seus truques, nada além de truques! Por que o senhor não me deixa em paz, em vez de ficar me mandando fazer seu trabalho sujo?

– Como posso evitar, minha querida Victoire? Quando preciso de uma pessoa com aparência respeitável e moral incorruptível, só consigo pensar na senhora. Deveria ficar lisonjeada.

– Assim o senhor me comove! – ela murmurou. – Está me colocando em perigo mais uma vez e acha que é engraçado!

– Qual perigo?

– Como assim qual perigo? Todas as minhas cartas de recomendação são falsas.

– Cartas de recomendação são sempre falsas.

– E se o senhor Daubrecq descobrir? Se ele se informar?

– Ele já se informou.

– Como? O que o senhor está dizendo?

– Ele telefonou para o mordomo do conde de Saulevat, com quem a senhora disse que teve a honra de trabalhar.

– Está vendo? Para mim, basta!

– O mordomo do conde lhe fez muitos elogios.

– Ele não me conhece.

– Mas eu o conheço. Eu que consegui o posto dele com o conde de Saulevat. Então, se me entende…

Victoire pareceu acalmar-se um pouco.

– Bem – disse ela –, que seja feita a vontade de Deus... ou a sua. E qual é o meu papel em tudo isso?

– Primeiro, me colocar para dentro. A senhora foi minha ama de leite. Pode muito bem dividir o quarto comigo. Posso dormir na poltrona.

– E depois?

– Depois? Alimentar-me.

– E depois?

– Depois? Fazer, comigo, e sob a minha supervisão, uma série de buscas com o objetivo de...

– De quê?

– De descobrir o precioso objeto do qual eu lhe falei.

– O que é?

– Uma rolha de cristal.

– Uma rolha de cristal. Deus do céu, quanto trabalho! E se não encontrarmos sua bendita rolha?

Lupin segurou gentilmente o braço dela e, com a voz séria, falou:

– Se nós não a encontrarmos, o jovem Gilbert, que a senhora conhece e tanto ama, vai correr o risco de perder a cabeça, assim como Vaucheray.

– Não me importo com Vaucheray, um canalha como ele! Mas Gilbert...

– A senhora viu os jornais nesta noite? A situação está cada vez pior. Como era de se esperar, Vaucheray acusa Gilbert de dar a punhalada no camareiro; mas acontece que o punhal que Vaucheray usou pertence a Gilbert. Descobriram isso hoje de manhã. Então Gilbert, que é inteligente, mas se assusta facilmente, começou a gaguejar e a contar histórias e mentiras que vão acabar mal. Essa é a situação atual. A senhora vai me ajudar?

Depois desse dia, por vários dias, Lupin moldou sua vida à de Daubrecq, começando suas investigações no momento em que o deputado saía de casa. Sua busca era metódica, dividindo cada cômodo em seções que ele não abandonava até que tivesse procurado em cada cantinho e esgotado todas as possibilidades.

Victoire também procurava. E também não se esquecia de nenhum lugar. Pés das mesas, armações de cadeiras, molduras de espelhos e quadros, relógios, bases de estatuetas, bainhas de cortinas, telefones e instalações elétricas; qualquer lugar que uma imaginação engenhosa poderia ter escolhido como esconderijo foi revirado.

E eles também observavam todos os movimentos do deputado, mesmo os mais inconscientes, a expressão de seu rosto, os livros que lia e as cartas que escrevia.

Era fácil. Daubrecq parecia viver sua vida de forma transparente. Nenhuma porta ficava fechada. Ele não recebia visitas. E sua rotina funcionava com uma regularidade mecânica. Ele ia à Câmara à tarde e ao clube à noite.

– Contudo – disse Lupin –, deve existir alguma coisa nada ortodoxa por trás disso tudo.

– Não tem nada – reclamou Victoire. – O senhor está perdendo tempo, e nós vamos ser pegos.

A presença dos detetives e suas idas e vindas pelas janelas a enlouqueciam. Ela se recusava a acreditar que eles estivessem lá por algum outro motivo além de preparar uma armadilha para ela, Victoire. E toda vez que saía para ir ao mercado se surpreendia por nenhum desses homens encostar nela.

Um dia, voltou bem chateada. A cesta de compras tremia em seus braços.

– O que houve, querida Victoire? – perguntou Lupin. – A senhora está verde.

– Verde? Devo estar mesmo! O senhor também estaria…

Ela se sentou e mal conseguiu gaguejar após algumas tentativas:

– Um homem… um homem falou comigo… na barraca de frutas.

– Meu Deus! Ele queria sequestrá-la?

– Não, ele me entregou uma carta…

– Então de que a senhora está reclamando? Era uma carta de amor, com certeza!

– Não. Ele disse: "É para o seu patrão". Perguntei "Meu patrão?", e ele respondeu "Sim, aquele cavalheiro que está hospedado no seu quarto". "Como assim?".

Foi a vez de Lupin estremecer:

– Victoire, me dê a carta – ordenou ele, pegando a carta da mão dela. O envelope não tinha endereço. Mas havia outro dentro, em que estava escrito:

"Senhor Arsène Lupin. Aos cuidados de Victoire".

– Droga! – exclamou ele. – Isso já está passando dos limites! – Ele rasgou o segundo envelope. Dentro havia uma folha de papel com estas palavras, escritas em letras maiúsculas:

"Tudo o que você está fazendo é inútil e perigoso. Desista".

Victoire gemeu e desmaiou. Lupin sentiu seu rosto ficar vermelho, como se tivesse sido insultado. Ele sentiu a humilhação que um duelista sentiria se escutasse o conselho mais secreto que tivesse recebido da boca de um adversário irônico.

Mas não disse uma palavra. Victoire voltou ao trabalho. E ele passou o dia no quarto, pensando.

Não dormiu naquela noite.

Ficava repetindo para si mesmo:

– De que adianta pensar? Estou diante de um daqueles problemas que não são solucionados com pensamentos. É certo que não estou sozinho e que, entre Daubrecq e a polícia, existe, além do terceiro ladrão, que sou eu, um quarto ladrão, que está trabalhando por conta própria, que me conhece e que compreende meu jogo. Mas quem é o quarto ladrão? Será que posso estar errado? Droga! Melhor dormir!

Mas ele não conseguia dormir e passou boa parte da noite assim, inquieto.

Às quatro da manhã, pensou ter escutado um barulho na casa. Levantou rapidamente e, do topo das escadas, viu Daubrecq descer e se dirigir para o jardim.

Um minuto depois, após abrir o portão, o deputado voltou com um homem que estava com a cabeça enterrada em uma enorme gola de pele e o levou para o escritório.

Pensando em uma eventualidade como aquela, Lupin tomara suas precauções. Como as janelas do escritório e de seu quarto ficavam para os fundos da casa, com vista para o jardim, ele amarrou uma escada de corda na sua varanda, desenrolou-a devagar e desceu até que estivesse em cima da janela do escritório.

Venezianas cobriam essa janela, mas, como eram arqueadas, sobrava um espaço semicircular pelo qual Lupin conseguia ver o que se passava lá dentro, embora não conseguisse ouvir.

Foi então que ele percebeu que a pessoa que ele acreditara ser um homem era uma mulher, ainda jovem, embora já houvesse alguns fios grisalhos em seu cabelo escuro, alta e vestida com uma elegância simples, cujos traços traziam a expressão de cansaço e melancolia de quem está acostumada a sofrer.

– Onde foi que eu a vi antes? – Lupin perguntou para si mesmo. – Eu certamente conheço esse rosto, esse olhar, essa expressão.

Ela estava de pé, encostada na mesa, impassível, escutando Daubrecq, que também estava de pé e falava animadamente. Ele estava de costas para Lupin; mas este, ao se esticar para a frente, conseguia ver a imagem do deputado refletida em um espelho. E ficou assustado com o olhar estranho no rosto dele, o ar de desejo brutal com que Daubrecq encarava sua visitante.

Isso pareceu perturbá-la também, já que se sentou e baixou o olhar. Então Daubrecq se debruçou sobre ela e pareceu que ia envolvê-la com seus longos braços e mãos enormes. E, de repente, Lupin percebeu que grandes lágrimas escorriam pelo rosto triste da mulher.

Talvez tenham sido as lágrimas que fizeram Daubrecq perder a cabeça e, com um movimento brusco, agarrar a mulher e puxá-la para si. Ela o empurrou com uma violência que demonstrava todo o seu ódio. Depois de uma breve luta, durante a qual Lupin conseguiu ver a expressão contorcida e bestial do homem, os dois ficaram cara a cara, com um olhar de ódio de inimigos mortais.

Então eles pararam. Daubrecq se sentou. Havia maldade e sarcasmo em seu rosto. E começou a falar de novo, dando tapinhas na mesa como se estivesse ditando regras.

Ela não se mexeu mais. Ficou sentada em sua cadeira, com sua postura arrogante, distraída, o olhar vago. Lupin, atraído por aquele semblante poderoso e triste, continuou observando-a e tentava em vão recordar quem ou do que ela o lembrava, quando percebeu que ela havia virado a cabeça de leve e estava mexendo o braço de forma imperceptível.

O braço foi se estendendo e Lupin viu que, na ponta da mesa, havia uma garrafa com uma rolha dourada. Sua mão pegou a garrafa, apalpou-a, levantou-a devagar e avaliou a rolha. Um leve movimento com a cabeça. Um olhar, e a garrafa foi colocada de volta em seu lugar. Obviamente, não era o que a mulher esperava encontrar.

– Droga! – exclamou Lupin. – Ela também está atrás da rolha de cristal! O caso está ficando mais complicado a cada dia, sem dúvida!

Mas, ao voltar a observar a visitante, ele ficou pasmo ao perceber a repentina e inesperada mudança no semblante dela, uma expressão terrível, implacável, feroz. E viu que sua mão continuava explorando a mesa e, com um movimento ininterrupto e habilidoso, estava empurrando os livros e aproximando-se de um punhal cuja lâmina cintilava entre os papéis espalhados.

Ela pegou o punhal.

Daubrecq continuava falando. Pelas costas dele, a mão levantou, firme, pouco a pouco; e Lupin viu os olhos desesperados e furiosos da mulher fixos no ponto do pescoço em que pretendia cravar o punhal.

"A senhorita está fazendo uma tolice", pensou Lupin.

Ele já estava começando a pensar nas melhores formas de escapar e de levar Victoire com ele.

A mulher, porém, hesitou, com o braço levantado. Mas foi apenas uma fraqueza momentânea. Ela cerrou os dentes. O rosto todo, contraído de ódio, ficou ainda mais retorcido. E ela fez o temido movimento.

No mesmo instante, Daubrecq se abaixou e, pulando de sua cadeira, virou-se e agarrou o frágil pulso da mulher.

Por estranho que pareça, ele não a repreendeu, como se o feito não o tivesse surpreendido mais do que um ato natural, ordinário e simples. Balançou os ombros, como um homem acostumado àquele tipo de perigo, e ficou andando de um lado para outro em silêncio.

Ela largara a arma e agora estava chorando, segurando a cabeça entre as mãos, com soluços que sacudiam seu corpo todo.

Em seguida, ele se aproximou dela e disse algumas palavras, mais uma vez dando tapinhas na mesa enquanto falava.

Ela acenou negativamente e, como ele insistiu, ela, por sua vez, bateu o pé no chão e exclamou, alto o suficiente para Lupin escutar:

– Jamais! Jamais!

Então, sem mais nenhuma palavra, Daubrecq pegou a gola de pele com que ela chegara e pendurou sobre os seus ombros, enquanto ela envolvia o rosto em uma renda.

Ele a acompanhou até a saída.

Dois minutos depois, o portão do jardim estava trancado de novo.

"Uma pena não poder correr atrás daquela mulher estranha", pensou Lupin, "e conversar com ela sobre Daubrecq. Tenho a impressão de que nós dois poderíamos fazer bons negócios juntos".

Em todo caso, havia um ponto a ser esclarecido: o deputado Daubrecq, cuja vida era tão ordenada, tão aparentemente respeitável, tinha o hábito de receber visitas à noite, quando sua casa não estava sendo vigiada pela polícia.

Lupin mandou Victoire falar com dois membros de sua quadrilha para vigiarem a casa. E ele próprio ficou acordado na noite seguinte.

Como na madrugada anterior, escutou um barulho às quatro da manhã. Como na madrugada anterior, o deputado recebeu alguém.

Lupin desceu pela escada e, quando chegou ao espaço livre sobre as venezianas, viu um homem rastejar aos pés de Daubrecq, lançar os braços nos joelhos do deputado em desespero e chorar convulsivamente.

Daubrecq, rindo, empurrava-o, mas o homem se segurava em suas pernas. Ele se comportava quase como uma pessoa que perdeu a cabeça, e finalmente, em um genuíno ato de loucura, meio em pé, pegou o deputado pelo pescoço e jogou-o em uma cadeira. Daubrecq lutou, impotente no começo, enquanto as veias de suas têmporas cresciam. Logo, com uma força muito além da normal, ele reconquistou o controle da situação e tirou toda a chance de o adversário se mover. Então, segurando-o com uma das mãos, deu dois socos no rosto dele com a outra.

O homem se levantou devagar. Estava lívido e mal conseguia ficar em pé. Esperou por um momento, como se para recuperar o equilíbrio. Então, com uma calma aterrorizante, tirou um revólver no bolso e apontou para Daubrecq.

Daubrecq não se mexeu. Nem mesmo sorriu, exibindo um ar desafiador e sem mostrar nenhum medo, como se a arma apontada para ele fosse de brinquedo.

O homem ficou imóvel por uns quinze ou vinte segundos, encarando o inimigo, com o braço estendido. E com a mesma lentidão deliberada, demonstrando um autocontrole que era ainda mais impressionante, pois se seguia a um surto de extrema agitação, ele guardou o revólver e pegou sua carteira.

Daubrecq deu um passo à frente.

O homem abriu a carteira. Várias cédulas apareceram.

Daubrecq as pegou e contou. Eram notas de mil francos e havia trinta delas.

O homem assistiu a isso, sem o menor sinal de revolta ou protesto. Ele obviamente entendia a futilidade das palavras. Daubrecq era daquelas pessoas que não sabem ceder. Por que seu visitante perderia tempo implorando ou fazendo ameaças e insultos vazios? Ele não tinha esperança de derrotar aquele inimigo inacessível. Nem mesmo a morte de Daubrecq o livraria de Daubrecq.

Ele pegou seu chapéu e saiu.

Às onze horas da manhã, ao voltar do mercado, Victoire entregou a Lupin um bilhete de seus cúmplices.

Ele abriu e leu:

"O homem que veio ver Daubrecq ontem à noite é o deputado Langeroux, líder da esquerda independente. Um homem pobre, com família grande."

– Ora – disse Lupin –, Daubrecq não passa de um chantagista. Mas seus meios de ação são indubitavelmente eficazes.

Os eventos subsequentes levaram Lupin a confirmar sua suposição. Três dias depois, outro visitante entregou uma grande quantia de dinheiro a Daubrecq. E, dois dias depois disso, veio outro e deixou um colar de pérolas.

O primeiro se chamava Dachaumont, senador e ex-ministro. O segundo era o marquês d'Albufex, um deputado bonapartista, antigo chefe de gabinete do príncipe Napoleão.

A cena, em ambos esses casos, foi muito similar àquela com o deputado Langeroux, violenta e trágica, terminando com a vitória de Daubrecq.

"E assim vai continuar", pensou Lupin, ao receber essas informações. "Estive presente em quatro visitas. Não vou descobrir nada mais se estiver em dez, ou vinte, ou trinta. Para mim, basta que os meus amigos sentinelas me digam os nomes dos visitantes. Devo ir falar com eles? Para quê? Eles não têm razão para confiar em mim. De outro lado, devo insistir nas investigações aqui que não estão progredindo e que Victoire pode muito bem continuar sem mim?"

Ele estava perplexo. As notícias do caso contra Gilbert e Vaucheray pioravam a cada dia, o tempo estava voando, e não se passava nem uma hora sem que Lupin se perguntasse, agoniado, se todos os seus esforços, mesmo se fossem bem-sucedidos, não acabariam tendo resultados ridículos, totalmente alheios ao objetivo que estava buscando. Enfim, supondo que ele descobrisse os negócios escusos de Daubrecq, isso lhe daria os meios de resgatar Gilbert e Vaucheray?

Naquele dia ocorreu um incidente que colocou um fim na sua indecisão. Depois do almoço, Victoire entreouviu uma conversa de Daubrecq ao telefone. Pelo que Victoire relatou, Lupin supôs que o deputado tinha um encontro com uma mulher às oito e meia e que ele a levaria ao teatro:

– Vou pegar um camarote, como aquele em que ficamos seis semanas atrás – dissera Daubrecq, e acrescentou, com uma gargalhada:

– Espero que não assaltem a minha casa desta vez.

Não havia dúvidas na mente de Lupin. Daubrecq faria esta noite a mesma coisa que fizera seis semanas antes, enquanto eles estavam invadindo a vila dele em Enghien. Descobrir quem ele ia encontrar e, talvez, como Gilbert e Vaucheray ficaram sabendo que Daubrecq ficaria fora das oito da noite até uma da manhã: essas eram questões da maior importância.

Lupin saiu da casa à tarde, com a ajuda de Victoire. Ela lhe informara que Daubrecq viria jantar mais cedo do que de costume.

Ele foi para seu apartamento na Rua Chateaubriand, telefonou para três amigos, vestiu-se como seu personagem favorito, o príncipe russo, com cabelo claro e costeleta curta.

Os cúmplices chegaram em um automóvel.

Naquele momento, Achille, seu criado, entregou-lhe um telegrama, endereçado a senhor Michel Beaumont, Rua Chateaubriand, que dizia:

"Não vá ao teatro hoje. Sua intervenção pode colocar tudo a perder."

Havia um vaso de flores na cornija da lareira ao seu lado. Lupin pegou-o e quebrou em pedacinhos.

– É isso, é isso – disse ele, irritado. – Eles estão brincando comigo da mesma forma que eu costumava brincar com os outros. Mesmo comportamento, mesmos truques. Mas tem uma diferença...

Qual diferença? Ele mal sabia. A verdade era que ele também estava desconcertado, profundamente perturbado até, e que só continuava agindo por obstinação, por um senso de dever, por assim dizer, sem colocar seu costumeiro bom humor e alto astral no trabalho.

– Venham – chamou seus cúmplices.

Seguindo as suas instruções, o chofer os deixou perto da Praça Lamartine, mas ficou com o motor ligado. Lupin previu que Daubrecq, para escapar dos detetives que vigiavam sua casa, entraria no primeiro táxi, e ele não queria ficar para trás.

Não daria chance para a perspicácia de Daubrecq.

Às sete e meia, as duas portas do jardim foram abertas, uma luz forte brilhou, e uma motocicleta saiu para a rua, contornou a praça, virou na frente do carro e disparou em uma velocidade tão alta que eles seriam loucos de tentar ir atrás.

– Vá com Deus! – disse Lupin, tentando fazer piada, mas, no fundo, morrendo de raiva.

Olhou para seus cúmplices na esperança de que um deles desse um risinho irônico. Como ele ficaria satisfeito de descontar sua raiva neles!

– Vamos para casa – ordenou aos seus companheiros.

MAURICE LEBLANC

Deu jantar a eles, depois fumou um charuto e saiu de novo de carro para passar pelos teatros, começando com aqueles que estavam exibindo operetas ou comédias musicais, pelas quais ele presumia que Daubrecq e sua senhora teriam preferência. Pegava um assento, verificava os camarotes e ia embora.

Então foi para os teatros mais sérios: o Renaissance, o Gymnase.

Finalmente, às dez da noite, ele viu um camarote quase completamente protegido por suas telas, e mediante uma gorjeta ficou sabendo que ali dentro havia um cavalheiro de certa idade, baixo e atarracado, e uma senhora que usava um véu de renda.

O camarote seguinte estava vazio. Pegou-o, voltou para dar instruções a seus companheiros e se sentou vizinho do casal.

Durante o intervalo, quando as luzes se acenderam, ele viu o perfil de Daubrecq. A mulher permanecia no fundo do camarote, invisível.

Os dois conversavam baixinho; quando a cortina subiu de novo, eles continuaram falando, mas de tal forma que Lupin não conseguia distinguir uma palavra.

Dez minutos se passaram. Alguém bateu à porta deles. Era um inspetor do teatro.

– O senhor é o deputado Daubrecq? – perguntou.

– Sim – respondeu Daubrecq, surpreso. – Mas como o senhor sabe o meu nome?

– Há um cavalheiro pedindo para falar com o senhor ao telefone. Ele me disse para me dirigir ao camarote 22.

– Mas quem é?

– O senhor marquês de Albufex.

– Como?

– O que devo dizer, senhor?

– Eu vou... eu vou...

Daubrecq levantou-se apressadamente de seu assento e seguiu o inspetor até o escritório.

Lupin ainda não o tinha perdido de vista quando saiu do seu camarote, abriu a porta ao lado e se sentou ao lado da senhora.

Ela engoliu um grito.

– Cale-se – ordenou ele. – Preciso falar com a senhora. É muito importante.

– Ah! – exclamou ela, entre os dentes. – Arsène Lupin!

Ele ficou pasmo. Por um momento, ficou sentado em silêncio. A mulher o conhecia! E não apenas o conhecia como o havia reconhecido mesmo disfarçado! Por mais que estivesse acostumado aos eventos mais extraordinários e insólitos, isso o deixou desconcertado.

Ele nem sonhou em protestar, e perguntou gaguejando:

– Então a senhora… me conhece?

Bruscamente, ele arrancou o véu dela antes que ela pudesse se defender.

– Como é possível? – murmurou ele, ainda mais perplexo.

Era a mulher que ele vira na casa de Daubrecq alguns dias antes, a mulher que o ameaçara com um punhal e que tivera a intenção de atingi-lo com toda a força de seu ódio.

Dessa vez, ela ficou surpresa:

– O quê? O senhor já me viu antes?

– Já, na outra noite na casa dele… Eu vi o que a senhora tentou fazer.

Ela fez um movimento de que ia fugir, mas ele a segurou e falou:

– Preciso saber quem é a senhora – disse ele. – Foi por isso que armei esse telefonema para Daubrecq.

Ela parecia assustada:

– O senhor está dizendo que não era o marquês de Albufex?

– Não, é um dos meus assistentes.

– Então Daubrecq vai voltar?

– Vai, mas temos tempo. Escute-me, precisamos nos encontrar outra vez. Ele é seu inimigo. Posso salvá-la dele.

– Por que faria isso? Qual é o seu objetivo?

– Não desconfie de mim. Provavelmente nossos interesses são os mesmos. Onde posso encontrá-la? Amanhã? A que horas? Onde?

– Bem…

Ela olhou para ele com óbvia hesitação, sem saber o que fazer, prestes a falar, mas ainda cheia de incertezas e dúvidas.

Ele pressionou:

– Por favor, eu imploro… responda… apenas um momento! E agora ele vai voltar, não seria bom me encontrar aqui! Eu imploro…

Com a voz clara, ela respondeu:

– Não importa meu nome. Vamos nos encontrar primeiro para que o senhor me explique tudo. Isso, vamos nos encontrar… amanhã, às três da tarde, na esquina do Boulevard…

Naquele exato momento, a porta do camarote se abriu, e Daubrecq apareceu.

– Droga! – reclamou Lupin baixinho, furioso por ser pego antes de conseguir o que queria.

Daubrecq riu sarcasticamente:

– Então é isso! Eu sabia que alguma coisa estava acontecendo. O velho truque do telefone, isso já está ultrapassado, senhor! Não cheguei nem na metade do caminho antes de voltar.

Ele empurrou Lupin para a parte da frente do camarote e, sentando-se ao lado da senhora, disse:

– E então, quem é o senhor? Um funcionário da delegacia de polícia? Tem uma aparência profissional.

Ele encarou Lupin, que não mexeu um músculo, e tentou dar um nome àquele rosto, mas não reconheceu o homem que ele chamara de Polônio.

Lupin, sem tirar os olhos de Daubrecq, refletiu. Por nada neste mundo ele desperdiçaria aquela oportunidade de chegar a um acordo com seu inimigo mortal.

A mulher continuava sentada no canto, sem mexer um músculo, e observava os dois.

Lupin disse:

– Vamos sair, senhor. Isso facilitaria nossa conversa.

– Não, meu senhor, aqui – respondeu o deputado. – Vai ser aqui dentro, durante o intervalo. Assim, não vamos perturbar ninguém.

– Mas...

– Não se preocupe, bom homem, o senhor não sairá daqui.

Ele pegou Lupin pelo colarinho, com a clara intenção de não o soltar antes do intervalo.

Gesto imprudente! Como Lupin poderia aceitar tal atitude, principalmente diante de uma mulher a quem ele oferecera uma aliança, uma mulher que, agora ele percebia, era muito bonita e cuja beleza o atraía? Seu orgulho de homem borbulhou.

Entretanto, não disse nada. Aceitou o peso da mão sobre seu ombro e até se dobrou em dois, como se estivesse derrotado, impotente, quase assustado.

– Esperto – zombou o deputado. – Parece que não perdemos a cabeça.

O palco estava cheio de atores que brigavam e faziam barulhos.

Daubrecq afrouxara seu aperto e Lupin sentiu que havia chegado o momento.

Com a lateral da mão, deu um golpe violento na parte interna do braço do deputado, como teria feito com uma machadinha.

A dor descompensou Daubrecq. Lupin conseguiu se soltar totalmente e voou para cima do outro para pegá-lo pelo pescoço. Mas Daubrecq foi rápido em se colocar na defensiva e deu um passo atrás, e as quatro mãos se agarraram.

Eles se agarraram com uma energia sobre-humana, a força dos dois adversários concentrada naquelas mãos. As de Daubrecq tinham um tamanho monstruoso; e Lupin, preso naquele torno de ferro, sentia como se não estivesse lutando com um homem, mas com uma terrível fera, um enorme gorila.

Eles se seguravam contra a porta, curvados, como dois lutadores apalpando e tentando se agarrar. Seus ossos estalavam. O que cedesse primeiro seria pego pelo pescoço e estrangulado. E tudo isso aconteceu no momento de um silêncio repentino, já que os atores no palco agora estavam escutando um deles que falava baixo.

A mulher recostou-se na parede, olhando para eles aterrorizada. Se ela escolhesse um dos lados, com apenas um movimento a vitória seria decidida na mesma hora para o escolhido. Mas qual deles ela ajudaria? O que Lupin representava para ela? Um amigo? Um inimigo?

Rapidamente, ela foi para a parte da frente do camarote, forçou a tela e, inclinando-se, pareceu fazer um sinal. Então, voltou e tentou escapulir para a porta.

Lupin, como se quisesse ajudá-la, sugeriu:

– Por que não move a cadeira?

Ele estava falando de uma cadeira pesada que caíra entre ele e Daubrecq e sobre a qual os dois estavam lutando.

A mulher abaixou-se e tirou a cadeira. Era o que Lupin estava esperando. Uma vez livre do obstáculo, ele deu um chute no queixo de Daubrecq com a ponta de sua bota de couro. O resultado foi o mesmo do golpe que dera no braço dele. A dor causou uma distração de um segundo, da qual ele logo tirou vantagem para largar as mãos de Daubrecq e enterrar os dez dedos no pescoço do adversário.

Daubrecq resistiu, tentou afastar as mãos que o enforcavam, mas estava começando a sufocar e sentiu sua força diminuir.

– Ah, seu macaco velho! – Lupin grunhiu, forçando-o para o chão. – Por que não grita pedindo ajuda? Está com medo de um escândalo?

Ao som da queda, eles bateram na divisória do outro lado.

– Saia da frente – disse Lupin, baixinho. – A peça está acontecendo no palco. Isso aqui é problema meu e, até que eu derrube esse gorila…

Não demorou muito. O deputado estava sufocando. Lupin deu um soco no maxilar dele. Então, só precisava pegar a mulher e fugir antes que o alarme fosse dado.

Mas, quando se virou, viu que a mulher tinha ido embora.

Não poderia estar longe. Saindo do camarote, começou a correr, sem se preocupar com os porteiros e fiscais do teatro.

Ao chegar ao *lobby* de entrada, viu-a por uma porta aberta, atravessando a Rua de Chaussée d'Antin.

Ela estava entrando em um automóvel quando ele se aproximou.

Ela fechou a porta.

Ele agarrou a maçaneta e tentou puxar.

Mas um homem apareceu e deu um soco no rosto de Lupin, com menos habilidade, mas não menos força do que Lupin usara ao socar Daubrecq.

Por mais surpreso que estivesse com o soco, teve tempo de reconhecer o homem e o motorista do carro, apesar do disfarce. Eram Grognard e Le Ballu, os dois homens que controlaram os barcos na noite em Enghien, dois amigos de Gilbert e Vaucheray: ou seja, dois cúmplices de Lupin.

Quando chegou ao seu apartamento na Rua Chateaubriand, Lupin, depois de lavar o sangue do rosto, ficou sentado por quase uma hora. Pela primeira vez em sua vida sentira a dor da traição. Pela primeira vez seus companheiros de luta estavam se virando contra o chefe.

De forma mecânica, para distrair os pensamentos, pegou sua correspondência e rasgou a embalagem do jornal noturno. Entre as últimas notícias, encontrou estas linhas:

"O CASO DA VILA MARIE-THÉRÈSE

A verdadeira identidade de Vaucheray, um dos supostos assassinos de Leonard, o camareiro, foi finalmente descoberta.

Ele é um bandido da pior espécie, um criminoso que já foi condenado por homicídio duas vezes, sob outro nome.

Sem dúvida, a polícia acabará descobrindo o nome real do seu cúmplice, Gilbert. De qualquer modo, o juiz responsável está determinado a encaminhar o caso para julgamento assim que possível.

O povo não terá motivos para reclamar de atrasos na justiça."

Entre os jornais e prospectos havia uma carta. Lupin deu um pulo ao vê-la. Estava assim endereçada:

"Senhor de Beaumont, Michel."

– Ah! – exclamou Lupin. – Uma carta de Gilbert!
Continha poucas palavras:

"Patrão, me ajude! Estou com medo! Muito medo!"

Mais uma vez Lupin passou a noite alternando entre insônia e pesadelos. Mais uma vez ele estava atormentado por visões atrozes e aterrorizantes.

O CHEFE DOS INIMIGOS

– Pobre rapaz – murmurou Lupin quando olhou a carta de Gilbert na manhã seguinte. – Como ele deve estar se sentindo!

No dia em que colocou os olhos sobre ele, passou a gostar do jovem tão distraído, alegre e de bem com a vida. Gilbert era dedicado ao patrão, teria aceitado a morte a um sinal dele. E Lupin também adorava sua franqueza, seu bom humor, sua simplicidade, seu rosto aberto e simpático.

– Gilbert – ele costumava dizer –, você é um homem honesto. Se eu fosse você, abandonaria esse negócio e me tornaria um homem honesto para sempre.

– Só depois que o senhor fizer isso, patrão – respondia ele com uma gargalhada.

– Você faria isso?

– Não, patrão. Um homem honesto é aquele que trabalha, que sua a camisa. Talvez eu tenha sentido esse gostinho quando era criança; mas eles me fizeram não querer mais.

– Quem são eles?

Gilbert ficou em silêncio. Ele sempre ficava em silêncio quando era questionado sobre o começo de sua vida; Lupin só sabia que era órfão desde a infância e que vivera em todo tipo de lugar, mudando de nome e aceitando os trabalhos mais bizarros. Tudo era um mistério em que ninguém conseguia penetrar e, pelo que parecia, a polícia não estava se saindo muito melhor.

No entanto, também não parecia que a polícia iria atrasar o processo por causa desse mistério. Eles mandariam o cúmplice de Vaucheray a julgamento, usando o nome de Gilbert ou qualquer outro nome, e lhe dariam o mesmo castigo inevitável.

– Pobre rapaz – repetia Lupin. – Estão perseguindo-o só por minha causa. Estão com medo de que ele fuja, por isso estão correndo para terminar o processo: o veredito primeiro, depois… a execução. Ah, esses açougueiros! Um rapaz de 20 anos, que não matou ninguém, que nem é cúmplice do homicídio…

Infelizmente, Lupin bem sabia que isso era algo impossível de provar e que precisava concentrar todos os seus esforços em outra questão. Mas em qual? Deveria abandonar o rastro da rolha de cristal?

Não conseguia se decidir. Sua única distração da busca foi ir a Enghien, onde Grognard e Le Ballu moravam, e se certificar de que ninguém sabia deles desde o assassinato na Villa Marie-Thérèse. Além disso, concentrou-se na questão de Daubrecq e nada mais.

Recusava-se até a pensar em um problema que estava bem diante dele: a traição de Grognard e Le Ballu; a conexão deles com a senhora de cabelo grisalho; a espionagem cujo objeto era ele mesmo…

– Calma, Lupin – disse ele. – Ninguém pensa direito no calor do momento. Então, fique quieto. Nada de deduções! Nada é mais tolo do que deduzir um fato a partir de outro antes de encontrar um ponto de partida. É assim que você se coloca em maus lençóis. Escute seus instintos. Aja de acordo com os seus instintos. E, já que está convencido, apesar de todos os argumentos lógicos, de que esse negócio gira em torno da bendita rolha, vá atrás dela. Grude em Daubrecq e no cristal dele!

Lupin não esperou chegar a essa conclusão para agir. No momento em que chegava a ela com clareza, três dias depois da cena no teatro, estava sentado, vestido como um comerciante aposentado, com um sobretudo velho e um cachecol no pescoço, em um banco na Avenida Victor-Hugo, a alguma distância da Praça Lamartine. Tinha dado instruções a Victoire para passar por aquele banco toda manhã, à mesma hora.

– Sim – repetiu para si mesmo –, a rolha de cristal: tudo gira em torno dela. Quando eu colocar as mãos nela...

Victoire chegou, com sua cesta de compras pendurada no braço. Na mesma hora ele percebeu a agitação e a palidez dela.

– O que houve? – perguntou Lupin, caminhando ao lado da velha ama de leite.

Ela entrou em um grande mercado, que estava cheio, e virou-se para ele:

– Aqui – disse ela, com a voz emocionada. – Aqui está o que o senhor estava procurando.

E, pegando algo na cesta, entregou a ele.

Lupin ficou estarrecido: em sua mão estava a rolha de cristal.

– Isso é verdade? Isso é verdade? – murmurou, como se a solução fácil o tivesse desequilibrado.

Mas o fato estava ali, visível e palpável. Ele reconheceu pela forma, pelo tamanho, pelo ouro gasto de suas facetas. Reconheceu, sem a menor possibilidade de dúvida, a rolha de cristal que ele já vira. Até notou um pequeno arranhão do qual se lembrava perfeitamente.

Era uma rolha de cristal, só isso. Não havia nada de especial para distingui-la de outras rolhas. Não havia nenhum sinal, nenhuma marca e, como fora feita de uma única peça, não continha nenhum objeto dentro.

– E agora?

Então Lupin teve uma rápida visão sobre a profundidade de seu erro. De que valeria ficar com a rolha de cristal se não sabia seu valor? Aquele pedaço de cristal não continha um valor por si, mas contava com um significado dado a ela. Antes de pegá-la, ele precisava saber. E como poderia saber que, ao pegá-la, ao roubá-la de Daubrecq, não estaria cometendo um ato de estupidez?

Era uma questão à qual era impossível responder, mas se impunha a ele com um rigor singular.

– Nada de erros – murmurou para si mesmo, ao guardar a rolha no bolso. – Nesse negócio maldito, erros são fatais.

Não tirara os olhos de Victoire. Acompanhada por um vendedor, ela ia de balcão em balcão, no meio de uma porção de clientes. Depois, parou no caixa e passou na frente de Lupin.

Ele sussurrou as instruções:

– Encontre-me atrás do Liceu Janson.

Ela o encontrou em uma rua pouco movimentada.

– Acha que fui seguida? – perguntou ela.

– Não – declarou ele. – Prestei atenção. Escute-me. Onde encontrou a rolha?

– Na gaveta da mesinha de cabeceira dele.

– Mas já tínhamos procurado lá.

– Sim, mas procurei hoje de novo. Pensei que ele poderia ter colocado lá ontem à noite.

– E ele deve querer pegá-la na gaveta – opinou ele.

– É bem provável.

– Suponha que ele não encontre.

Victoire pareceu amedrontada.

– Responda – insistiu Lupin. – Se ele descobrir que sumiu, vai acusá--la de roubo, não vai?

– Com certeza.

– Então coloque de volta no lugar, o mais rápido possível.

– Ah, meu Deus! – exclamou ela. – Espero que ele não tenha tido tempo de descobrir. Rápido, me devolva.

– Ela está aqui.

Ele apalpou o bolso do sobretudo.

– Então? – questionou Victoire, estendendo a mão.

– Então – respondeu ele após um momento – ela sumiu.

– O quê?

– Eu lhe dou minha palavra, ela sumiu... alguém tirou de mim.

Ele caiu na gargalhada, uma gargalhada que, desta vez, não tinha a menor amargura.

Victoire se indignou.

– Como você pode rir nessas circunstâncias?

– Como não rir? Você deve confessar que é engraçado. Não é mais uma tragédia que estamos encenando, mas um conto de fadas, como *O gato de botas* ou *João e o pé de feijão*. Vou escrever essa história quando tirar algumas semanas de folga: *A rolha mágica* ou *Os contratempos do pobre Arsène*.

– Bem, quem a pegou de você?

– Do que a senhora está falando? Ela sumiu, desapareceu do meu bolso: escafedeu-se!

Ele deu um leve empurrão na criada e disse com o tom mais sério:

– Vá para casa, Victoire, e não se preocupe. Com certeza alguém viu quando a senhora me deu a rolha e se aproveitou que o mercado estava cheio e a pegou do meu bolso. Isso só mostra que estamos sendo vigiados mais de perto do que eu imaginava e por adversários de primeira categoria. Mas fique calma. As pessoas honestas sempre dão a última palavra. A senhora tem mais alguma coisa para me contar?

– Sim. Alguém entrou na casa ontem à noite enquanto o senhor Daubrecq estava fora. Eu vi as luzes refletidas nas árvores do jardim.

– A zeladora?

– Ela estava acordada.

– Então deve ter sido um daqueles detetives; eles ainda estão procurando. Victoire, nos vemos mais tarde. A senhora precisa me deixar entrar de novo.

– O quê? O senhor quer...

– Qual é o risco? Seu quarto fica no terceiro andar. Daubrecq não desconfia de nada.

– Mas e os outros?

– Os outros? Se eles quisessem me pregar uma peça, já teriam tentando antes. Eu estou no caminho deles, só isso. Eles não têm medo de mim. Até mais tarde, Victoire, às cinco em ponto.

Mais uma surpresa esperava Lupin. À noite, sua velha ama de leite lhe contou que abriu a gaveta da mesa de cabeceira por curiosidade e encontrou a rolha de cristal lá dentro de novo.

Lupin não estava mais animado com esses incidentes miraculosos. Simplesmente disse para si mesmo:

– Então trouxeram de volta. A pessoa que fez isso, e entrou nesta casa por meios inexplicáveis, considerou, assim como eu, que a rolha não deveria desaparecer. Ainda assim, Daubrecq, que sabe que está sendo vigiado até no próprio quarto, mais uma vez deixou a rolha na gaveta, como se não desse a menor importância a ela! O que pensar disso?

Embora ainda não tivesse uma opinião formada, Lupin não conseguia escapar de alguns argumentos, algumas associações de ideias que lhe davam uma vaga amostra da luz que uma pessoa vê ao se aproximar da saída de um túnel.

– Da forma como o caso está andando, é inevitável que logo terá de haver um encontro entre mim e os outros. A partir de então serei o dono da situação.

ARSÈNE LUPIN E A ROLHA DE CRISTAL

Cinco dias se passaram sem que Lupin descobrisse nada. No sexto dia, de manhã, Daubrecq recebeu a visita do deputado Laybach, que, assim como seus colegas, se jogou no chão desesperado e, no final, entregou vinte mil francos.

Mais dois dias e então, à noite, parado no patamar do segundo andar, Lupin ouviu uma porta se abrir, percebeu que era a porta da frente, que comunicava o vestíbulo ao jardim. No escuro, ele distinguiu, ou supôs, a presença de duas pessoas, que subiram as escadas e pararam no primeiro andar, na frente da porta do quarto de Daubrecq.

O que eles estavam fazendo ali? Não era possível entrar no quarto, porque Daubrecq trancava toda noite. Então o que eles esperavam?

Pelos sons ocos que vinham, era evidente que estavam trabalhando na porta. Então, algumas palavras sussurradas:

– Deu certo?

– Sim, perfeitamente, mas mesmo assim acho melhor deixarmos para amanhã, porque…

Lupin não escutou o final da frase. Os homens já estavam descendo as escadas. A porta foi fechada bem devagar, depois o portão.

"É curioso", pensou Lupin. "Aqui nesta casa onde Daubrecq cuidadosamente esconde suas patifarias e está sempre, por um bom motivo, de guarda contra espiões, todo mundo entra e sai como se estivesse em uma feira livre. Victoire me deixa entrar, a zeladora deixa os emissários da polícia entrar; tudo bem, mas quem está enganando quem? Devemos supor que eles estejam trabalhando sozinhos? Mas que destemidos! E como conheciam bem a casa!"

À tarde, durante a ausência de Daubrecq, ele examinou a porta do quarto do primeiro andar. E, à primeira vista, ele entendeu: um dos painéis inferiores tinha sido habilidosamente cortado e colocado de volta no lugar com tachas invisíveis. Portanto, as pessoas que fizeram esse serviço eram as mesmas que tinham feito isso em seus dois apartamentos, na Rua Matignon e na Rua Chateaubriand.

Ele também descobriu que o trabalho tinha sido feito antes, ou seja, nesse caso a abertura já tinha sido feita de antemão, antecipando circunstâncias favoráveis ou alguma necessidade imediata.

O dia não pareceu longo para Lupin. Logo ficaria sabendo. Não apenas descobriria a maneira pela qual seus adversários usavam aquelas pequenas aberturas, que pareciam impossíveis de ser usadas, já que não permitiam que a pessoa alcançasse os ferrolhos superiores, como também descobriria quem eram seus enérgicos e engenhosos adversários, com os quais repetida e inevitavelmente vinha se confrontando.

Um incidente o aborreceu. À noite, Daubrecq, que reclamara de cansaço durante o jantar, voltou para casa às dez horas e, ao contrário do seu costume, fechou os ferrolhos da porta de entrada. Nesse caso, como os outros conseguiriam levar seu plano adiante e subir até o quarto de Daubrecq? Lupin esperou uma hora depois que o deputado apagou a luz. Então, desceu para o escritório, deixou uma das janelas entreabertas e voltou para o terceiro andar, onde preparou sua escada de corda para que, se precisasse, pudesse chegar ao escritório sem a necessidade de cruzar a casa. Por fim, voltou ao seu posto no patamar do segundo andar.

Não precisou esperar muito. Uma hora mais cedo do que na véspera, alguém tentou abrir a porta da frente. Como não conseguiu, seguiram-se alguns minutos de absoluto silêncio. Lupin estava começando a achar que os homens tinham abandonado a ideia, quando levou um susto. Sem fazer o menor som para quebrar o silêncio, alguém havia passado. Ele não teria nem percebido, já que o som dos passos era totalmente abafado pelo carpete da escada, e se o corrimão, que ele próprio segurava, não tivesse balançado de leve. Alguém estava subindo pela escada.

E, conforme a subida continuava, Lupin ficou consciente da inquietante sensação de não ouvir nada além do que escutara antes. Ele sabia, por causa do corrimão, que alguma coisa estava vindo e conseguia contar o número de degraus pela vibração do corrimão; mas nenhuma outra indicação que lhe mostrasse a presença que ele sentia pelos movimentos distintos, mas que não via nem ouvia. Mas uma sombra mais escura devia ter se formado na escuridão e alguma coisa devia, pelo menos, ter modificado a qualidade do silêncio. Não, poderia ter acreditado que ninguém estava lá.

E, embora não quisesse, Lupin acabou acreditando nisso, já que o corrimão não se moveu mais, então achou que talvez tivesse tido uma ilusão.

E isso durou um longo tempo. Ele hesitou, sem saber o que fazer, sem saber o que pensar. Mas uma circunstância bizarra o deixou impressionado. O relógio batia duas horas. Ele reconheceu o som do relógio de Daubrecq. E o som não parecia ser interrompido por uma porta.

Lupin desceu a escada e foi até a porta. Estava fechada, mas havia um espaço no lado inferior esquerdo, um espaço deixado quando tiraram um pequeno painel.

Ele escutou. Daubrecq, naquele momento, virou-se na cama; e logo sua respiração voltou ao normal, apenas um pouco mais grave. Lupin ouviu perfeitamente o som de roupas sendo remexidas. Sem a menor dúvida, a coisa estava lá, remexendo as roupas que o deputado deixara ao lado da cama.

"Mas como", pensou Lupin, "o invasor entrou? Será que conseguiu puxar os ferrolhos e abrir a porta? Mas, então, por que cometeria o erro de fechá-la de novo?"

Nem por segundo, uma anomalia curiosa em um homem como Lupin, uma anomalia que só podia ser explicada pela sensação bizarra que essa aventura causava nele, nem por um segundo ele suspeitou da simples verdade que estava prestes a lhe ser revelada. Continuando a descer, ele se agachou em um dos degraus inferiores, colocando-se entre o quarto e a porta da frente, no caminho que o inimigo de Daubrecq passaria inevitavelmente para se juntar a seus cúmplices.

Ele questionou a escuridão com uma angústia inexplicável. Estava prestes a desmascarar o inimigo de Daubrecq, que também era seu adversário. Frustraria os planos dele. E Lupin, por sua vez, pegaria o que fora roubado de Daubrecq, enquanto este dormia e enquanto os cúmplices escondidos por trás da porta ou do lado de fora do portão esperavam o retorno do líder.

E esse retorno aconteceu. Lupin sabia pela vibração do corrimão. Mais uma vez, com cada nervo tenso, ele se esforçou para discernir a coisa misteriosa que estava vindo em sua direção. De repente, apenas a poucos metros de distância, ele percebeu. Ele próprio, escondido em um canto escuro, não podia ser visto. E o que viu, de forma bem vaga, estava se aproximando degrau a degrau, com um cuidado enorme, segurando o corrimão.

– Com quem estou lidando? – perguntou-se Lupin, enquanto seu coração disparava dentro do peito.

A catástrofe se precipitou. O estranho parou, percebeu um movimento incauto de Lupin, que temeu que o outro virasse as costas e fugisse. Pulou no adversário e ficou pasmo ao encontrar nada além de espaço e bater no corrimão sem conseguir agarrar a forma que vira. Na mesma hora, correu, cruzou o vestíbulo e viu seu antagonista exatamente quando ele estava chegando à abertura da porta para o jardim.

Houve um suspiro de medo, seguido por outros suspiros do outro lado da porta.

– Ah, o que é isso? – murmurou Lupin, cujos braços tinham se fechado em volta de uma coisinha minúscula e chorosa.

De repente, compreendendo, ele ficou imóvel e boquiaberto por um momento, sem saber o que fazer com sua presa recém-conquistada. Mas os outros estavam gritando e batendo pelo lado de fora da porta.

Então, temendo que Daubrecq acordasse, enfiou a coisinha por baixo de seu paletó, contra seu peito, abafando o choro com seu lenço, e correu os três lances de escada acima.

– Aqui – disse ele para Victoire, que acordou sobressaltada. – Eu lhe trouxe o indomável chefe de nossos inimigos, o Hércules da quadrilha. Você tem uma mamadeira?

Ele colocou na poltrona um menino de uns seis ou sete anos de idade, uma figurinha minúscula, vestindo uma camisa cinza e um gorro de lã, cujos traços pálidos e lindos estavam manchados por lágrimas que escorriam de olhos assustados.

– Onde você pegou essa criança? – perguntou Victoire, chocada.

– Na escada, quando estava saindo do quarto de Daubrecq – respondeu Lupin, apalpando a camisa na esperança de que o menino tivesse trazido alguma coisa do quarto.

Victoire foi tomada pela compaixão:

– Coitadinho, está tentando não chorar! Por todos os santos, as mãos dele parecem gelo! Não tenha medo, filhinho, nós não vamos machucar você. Esse senhor não é mau.

– Sim – disse Lupin –, este senhor aqui não é mau, mas tem um homem muito malvado que vai acordar se eles continuarem fazendo tanto barulho do lado de fora. Está escutando, Victoire?

– Quem são?

– Os capangas do nosso jovem Hércules, o indomável líder da quadrilha.

– Bem… – gaguejou, muito nervosa.

– Bem, como eu não quero ser pego com a boca na botija, vou começar limpando o campo. Você vem comigo, Hércules?

Ele enrolou o menino em um cobertor, de maneira que apenas a cabeça ficasse para fora, amordaçou-o da forma mais gentil que conseguiu e pediu que Victoire o amarrasse nos seus ombros.

– Viu, Hércules? Vamos fazer uma brincadeira. Você nunca pensou que acharia um homem para brincar de cavalinho com você às três da manhã! Vamos voar. Espero que não tenha vertigem.

Lupin passou pela borda da janela e colocou o pé em um dos degraus da escada de corda. Chegou ao jardim em um minuto.

Ele não deixou de ouvir, e agora ouvia ainda mais alto as batidas na porta da frente. Estava surpreso por Daubrecq não ter acordado com tanto tumulto.

– Se eu não puser um fim nisso, eles vão estragar tudo – falou consigo mesmo.

Parou em uma quina da casa, invisível na escuridão, e mediu a distância entre ele e o portão, que estava aberto. À sua direita, viu os degraus, no topo dos quais as pessoas se agitavam; à sua esquerda estava o cômodo ocupado pela zeladora.

A mulher havia saído de seu quarto e estava parada perto do portão, suplicando:

– Fiquem quietos! Ele vai escutar!

– Perfeito! – exclamou Lupin. – Por Deus, ela também é cúmplice deles!

Ele foi até ela e, pegando-a pelo pescoço, sussurrou:

– Vá e diga a eles que eu estou com a criança. Que venham pegá-la comigo na minha casa, na Rua Chateaubriand.

Um pouco afastado, na avenida, havia um táxi, que Lupin presumiu que estivesse com a quadrilha. Falando de forma autoritária, como se fosse um dos cúmplices, entrou no carro e mandou o homem levá-lo para casa.

– Bem – disse para a criança –, espero que não esteja muito abalado. O que acha de descansarmos um pouco?

Enquanto seu criado, Achille, dormia, Lupin acomodou o menino e fez carinho em seu cabelo.

O menino parecia sonolento. O pobre rostinho petrificado em uma expressão rígida que mostrava, ao mesmo tempo, medo e não querer demonstrar o medo, de querer gritar, mas fazer um esforço enorme para não gritar.

– Pode chorar, pequenino – disse Lupin. – Vai ser bom para você.

O menino não chorou, mas a voz foi tão gentil que ele relaxou os músculos tensos e, agora, seus olhos estavam mais tranquilos, e sua boca, menos retorcida. Lupin, que o estava examinando de perto, encontrou ali alguma coisa, uma semelhança indubitável.

De novo, isso confirmou certos fatos de que ele suspeitava e que já vinha articulando em sua mente havia um tempo. Na verdade, a não ser que estivesse errado, a situação estava ficando bem diferente, e ele logo saberia a direção dos eventos. Depois disso…

A campainha soou uma vez, depois mais duas.

– Viu? – disse Lupin para o menino. – A mamãe veio pegá-lo. Não se mova.

Ele correu e abriu a porta.

Uma mulher entrou, desesperada.

– Meu filho! – ela gritou. – Meu filho! Onde ele está?

– No meu quarto – respondeu Lupin.

Sem mais nenhuma pergunta, provando que sabia o caminho, ela correu para o quarto.

– Como eu imaginei – murmurou Lupin. – A jovem de cabelo grisalho: amiga e inimiga de Daubrecq.

Foi até a janela e olhou pelas cortinas. Dois homens estavam andando de um lado para outro na calçada do outro lado: Grognard e Le Ballu.

– E eles nem estão se escondendo – disse para si mesmo. – Isso é um bom sinal. Eles acham que não podem continuar sem mim e que devem obedecer ao patrão. Com isso, sobra a bonita dama de cabelo grisalho. Isso será mais difícil. Agora, somos eu e você, mamãe!

Ele encontrou a mãe e o menino abraçados; ela, em estado de alerta, com os olhos úmidos de lágrimas, estava dizendo:

– Você está machucado? Tem certeza? Ah, como deve ter ficado com medo, pobrezinho do meu Jacques!

– Um rapazinho durão – comentou Lupin.

Ela não respondeu. Estava apalpando a blusa do menino, como Lupin fizera mais cedo, sem dúvida para ver se ele tinha conseguido cumprir sua missão noturna; e ela perguntou a ele em um sussurro.

– Não, mamãe – respondeu ele –, juro que não.

Ela o beijou com doçura e fez carinho até que, um pouco depois, o menino, exausto pela fadiga e pela tensão, pegou no sono. Ela permaneceu debruçada sobre ele por um longo tempo. Também parecia esgotada e precisando de um descanso.

Lupin não interrompeu sua contemplação. Fitava-a de forma ansiosa, com uma atenção que ela não percebia, e ele notou as manchas escuras embaixo de seus olhos e as marcas mais profundas de rugas. Ainda assim, considerava-a mais bonita do que pensara, com aquela beleza comovente que o sofrimento habitual traz para alguns rostos que ficam mais humanos, mais sensíveis do que outros.

A expressão dela era tão triste que, em uma explosão de empatia, ele se aproximou e disse:

– Eu não sei quais são os seus planos, mas, quaisquer que sejam, a senhora precisa de ajuda. Não conseguirá sozinha.

– Não estou sozinha.

– Aqueles homens lá fora? Eu os conheço. Não são bons. Eu suplico que me use. Lembra-se da outra noite, no camarote do teatro? A senhora estava prestes a falar. Não hesite hoje.

Ela virou os olhos para ele, encarou-o fixamente e, como que incapaz de fugir daquela vontade, falou:

– O que o senhor sabe exatamente? O que sabe sobre mim?

– Tem muitas coisas que eu não sei, seu nome, por exemplo. Mas sei...

Ela o interrompeu com um gesto, de forma convincente, dominando o homem que a estava convencendo a falar:

– Isso não importa – exclamou ela. – O que o senhor sabe não é muito e não tem importância. Mas quais são os seus planos? O senhor me oferece a sua ajuda: com qual objetivo? Para qual trabalho? O senhor mergulhou de cabeça nesse negócio. Não consigo fazer nada sem encontrá-lo no meu caminho. O senhor deve ter algum objetivo... Qual?

– Qual objetivo? Eu lhe dou a minha palavra, a minha conduta...

– Não, não – ela retrucou enfaticamente. – Nada de frases prontas! O que eu e o senhor precisamos é de certezas. E para alcançá-las precisamos ser francos. Vou dar um exemplo. O senhor Daubrecq possui um objeto de inestimável valor, não pelo que é, mas pelo que representa. O senhor sabe o que é. Esteve com ele em suas mãos duas vezes. Bem, isso me leva a acreditar que, ao tentar obtê-lo, o senhor deseja usar o poder atribuído a ele em benefício próprio.

– O que a faz pensar assim?

– Sim, o senhor deseja usá-lo nos seus próprios esquemas, nos interesses dos seus negócios, de acordo com os seus hábitos de...

– De ladrão e vigarista – disse Lupin, completando a frase para ela.

Ela não protestou. Ele tentou ler os pensamentos secretos dela no fundo de seus olhos. O que ela queria dele? De que tinha medo? Se ela desconfiava dele, ele também não tinha razões para desconfiar dessa mulher que duas vezes pegara a rolha de cristal dele para devolver para Daubrecq? Por mais que fosse inimiga mortal do deputado, até que ponto ela continuava se submetendo à vontade dele? Ao se entregar a ela, não estaria se arriscando a se entregar para Daubrecq? Mas ele nunca olhara dentro de olhos mais graves nem de um rosto mais honesto.

Sem mais hesitação, ele afirmou:

– Meu objetivo é muito simples: soltar meus amigos Gilbert e Vaucheray.

– Isso é verdade? Jura que é verdade? – questionou ela com um olhar ansioso, e tremendo bastante.

– Se a senhora me conhecesse...

– Eu conheço o senhor... Sei quem é. Há meses faço parte da sua vida, sem que desconfie... ainda assim, por algumas razões, ainda duvido...

Ele disse, em um tom de voz mais incisivo:

– A senhora não me conhece. Se conhecesse, saberia que não vou ficar em paz até que meus dois companheiros tenham escapado do terrível destino que os espera.

Ela correu até ele, pegou-o pelos ombros e, angustiada, disse:

– O quê? O que disse? Terrível destino? Então o senhor acredita... acredita...

– Eu realmente acredito – ele confirmou, percebendo como essa ameaça mexia com ela –, realmente acredito que, se eu não chegar a tempo, Gilbert estará perdido.

– Cale-se! Cale-se! – gritou ela, segurando-o com força. – Cale-se... Não tem razão para... É só uma suposição sua que...

– Não apenas eu, Gilbert também...

– O quê? Como o senhor sabe?

– Ele mesmo falou.

– Ele mesmo?

– Sim, Gilbert, que não tem mais nenhuma esperança, a não ser em mim. Gilbert, que sabe que apenas um único homem no mundo pode salvá-lo e que me mandou um apelo desesperado da prisão. Aqui está a carta.

Ela agarrou o papel e leu gaguejando:

– "Patrão, me ajude! Estou com medo! Muito medo!"

A mulher largou a carta, as mãos agitadas no ar. Era como se estivesse tendo uma visão sinistra que também aterrorizava Lupin. Ela deu um grito de horror, tentou levantar-se e desmaiou.

OS VINTE E SETE

O menino estava dormindo tranquilamente na cama. A mãe não se mexeu do sofá em que Lupin a deitara; mas sua respiração mais fácil e o sangue que começava a voltar para seu rosto anunciavam sua recuperação iminente do desmaio.

Ele percebeu que ela usava uma aliança de casamento. Ao ver um medalhão pendurado em seu pescoço, inclinou-se e, virando-o, encontrou uma fotografia minúscula representando um homem com uns quarenta anos e um rapaz, um adolescente, usando uniforme. Observou o rosto jovem com cabelo cacheado.

– Como eu pensei – disse ele. – Pobre mulher!

A mão que ele segurava entre as suas foi esquentando. Os olhos se abriram, então se fecharam de novo. Ela murmurou:

– Jacques...

– Não se preocupe, ele está bem, dormindo ainda.

Ela recuperou a consciência completamente. Mas, como não falou nada, Lupin fez perguntas para que ela sentisse a necessidade gradual de se abrir. Apontando para o medalhão, ele perguntou:

– O menino de uniforme é Gilbert, não é?

– É, sim – respondeu ela.

– Gilbert é seu filho?

Ela estremeceu e sussurrou:

– Sim, Gilbert é meu filho, meu filho mais velho.

Então ela era mãe de Gilbert, aquele que estava preso em La Santé, sendo implacavelmente perseguido pelas autoridades e, agora, aguardando seu julgamento por homicídio!

Lupin continuou:

– E o outro na foto?

– Meu marido.

– Seu marido?

– Sim, ele morreu há três anos.

Agora ela estava se sentando. A vida voltava a circular por suas veias, junto a todo o horror de viver e todas as coisas terríveis que a ameaçavam. Lupin continuou perguntando:

– Qual era o nome de seu marido?

Ela hesitou por um momento e respondeu:

– Mergy.

– Victorien Mergy, o deputado?

– Isso.

Houve uma longa pausa. Lupin se lembrava do incidente e da agitação que causou. Três anos antes, o deputado Mergy estourou os próprios miolos no *lobby* da Câmara, sem deixar nenhuma explicação; e nunca alguém descobriu a razão daquele suicídio.

– Você sabe a razão? – perguntou Lupin, completando seu pensamento em voz alta.

– Sei, sim.

– Gilbert, talvez?

– Não, Gilbert já tinha desaparecido havia alguns anos, expulso de casa e amaldiçoado por meu marido. Foi um enorme sofrimento, mas houve outro motivo.

– Qual foi? – questionou Lupin.

Não era mais necessário Lupin fazer perguntas. Madame Mergy não conseguiria mais manter o silêncio e, a princípio lentamente, com toda a angústia do passado que precisava ser relembrado, ela contou sua história:

– Vinte e cinco anos atrás, quando meu nome era Clarisse Darcel e meus pais ainda eram vivos, conheci três jovens em Nice. Assim que eu falar os nomes deles, o senhor terá ideia da tragédia atual: Alexis Daubrecq, Victorien Mergy e Louis Prasville. Os três eram velhos amigos, haviam estudado juntos e servido no mesmo regimento. Naquela época, Prasville estava apaixonado por uma cantora da ópera de Nice. Os outros dois, Mergy e Daubrecq, estavam apaixonados por mim. Vou ser breve quanto isso, já que os fatos contam a sua própria história. Eu me apaixonei por Victorien Mergy à primeira vista. Talvez eu tenha errado ao não me declarar logo. Mas o amor verdadeiro é sempre tímido e hesitante. E eu só anunciei a minha escolha quando me senti segura e livre. Infelizmente, o período de espera, tão prazeroso para aqueles que nutrem uma paixão secreta, permitiu que Daubrecq tivesse esperança. A raiva dele foi terrível.

Clarisse Mergy parou por alguns segundos e então continuou, com a voz embargada:

– Nunca vou esquecer... Nós três estávamos na sala de estar. Ainda posso escutar as terríveis palavras de ódio e ameaça que ele pronunciou! Victorien ficou totalmente perplexo. Nunca vira o amigo daquele jeito, com aquele rosto repugnante, com aquela expressão bestial: sim, a expressão era de uma fera descontrolada... Daubrecq rangia os dentes. Batia os pés. Os olhos, que ainda não precisavam de óculos naquela época, estavam injetados de sangue e reviravam, e ele ficava repetindo: "Eu vou me vingar, eu vou me vingar, vocês não sabem do que sou capaz! Posso esperar dez, vinte anos, se necessário, mas vou voltar como um raio! Ah, vocês não me conhecem! Vou me vingar, vou fazer vocês sofrerem! Vai ser uma alegria! Eu nasci para fazer o mal. E vocês dois vão me implorar perdão de joelhos". Naquele momento meu pai entrou na sala e, com a ajuda dele e de seu criado, Victorien Mergy conseguiu colocar a criatura odiosa para fora. Seis semanas depois, eu me casei com Victorien.

– E Daubrecq? – perguntou Lupin, interrompendo-a. – Ele tentou...

– Não, mas, no dia do nosso casamento, Louis Prasville, que era o melhor amigo do meu marido e tinha ficado contra Danbrecq, chegou a casa e encontrou a garota que amava, a cantora de ópera, morta, estrangulada...

– O quê? – questionou Lupin, surpreso. – Daubrecq...

– Todos sabiam que Daubrecq a vinha perseguindo com suas atenções havia uns dias, mas apenas isso. Não conseguiram descobrir quem entrou e quem saiu enquanto Prasville estava fora. Não deixaram nem um rastro, absolutamente nada.

– Mas Prasville...

– Não havia dúvida para Prasville nem para nós. Daubrecq havia tentado fugir com a garota, talvez tenha tentado forçá-la, apressá-la e, durante a luta, enlouquecido, ele perdeu a cabeça, agarrou-a pelo pescoço e a matou, talvez sem saber o que estava fazendo. Mas não havia provas de nada disso, e Daubrecq não foi nem interrogado.

– E o que aconteceu com ele depois disso?

– Passamos alguns anos sem saber nada dele. Só sabíamos que ele havia perdido todo o dinheiro em apostas e viajado para a América. Eu acabei esquecendo o ódio e as ameaças dele e estava disposta a acreditar que ele não me amava mais e não pensava mais em vingança. Além disso, eu estava tão feliz que nem pensava em nada além da minha felicidade, do meu amor, da carreira política do meu marido, da saúde do meu filho Antoine.

– Antoine?

– Sim, Antoine é o nome verdadeiro de Gilbert. O infeliz pelo menos conseguiu esconder sua identidade.

Lupin perguntou, um pouco hesitante:

– Em que ponto... Gilbert começou a...?

– Não sei exatamente. Gilbert, prefiro chamá-lo assim e não pronunciar seu verdadeiro nome, quando criança era como ele é hoje: adorável, todos gostavam dele, charmoso, mas preguiçoso e rebelde. Quando ele completou 15 anos, nós o colocamos em um colégio interno no subúrbio, com o objetivo deliberado de que não ficasse muito em casa. Depois de dois anos, ele foi expulso da escola e enviado de volta para casa.

– Por quê?

– Por causa do comportamento. Os professores descobriram que ele costumava fugir à noite e desaparecia por algumas semanas, fingindo que estava em casa conosco.

– E o que ele fazia?

– Ele se divertia, apostando em corridas de cavalo, ficando em cafés e dançando em casas noturnas.

– Então ele tinha dinheiro?

– Tinha.

– Quem dava a ele?

– O gênio do mal, que secretamente, sem que os pais soubessem, o atraiu para longe da escola, o homem que o afastou de nós, o corrompeu, o tirou de nós e o ensinou a mentir, a pecar e a roubar.

– Daubrecq?

– Daubrecq.

Clarisse Mergy cobriu o rosto com as mãos para enconder que estava corada. Ela continuou, com a voz cansada:

– Daubrecq tinha conseguido sua vingança. Um dia depois de o meu marido ter expulsado nosso filho de casa, Daubrecq nos enviou uma carta cínica na qual revelava o odioso papel que desempenhara e as maquinações que o levaram a conseguir depravar nosso filho. E ele ainda disse: "Qualquer dia desses, o reformatório. Depois, a prisão... E então, quem sabe, a guilhotina".

Lupin exclamou:

– O quê? Daubrecq tramou a situação atual?

– Não, não, foi apenas um acidente. A odiosa profecia foi apenas um desejo que ele expressou. Ah, mas como isso me aterrorizou! Eu estava doente na época; meu outro filho, meu pequeno Jacques, tinha acabado de nascer, e todos os dias recebíamos notícias dos malfeitos de Gilbert: falsificação, fraude. Então decidimos espalhar a notícia para os mais próximos de que ele havia viajado para o exterior e morrido lá. A vida se tornou um tormento e piorou ainda mais quando estourou a tempestade política em que meu marido se afundaria.

– Como assim?

– Basta dizer que o nome do meu marido estava na lista dos Vinte e Sete.

– Ah!

O véu de repente foi levantado dos olhos de Lupin e ele entendeu, com clareza, toda uma legião de coisas que até então estavam escondidas no escuro.

Clarisse Mergy continuou, com a voz mais firme:

– Sim, o nome dele estava na lista, mas por engano, por um azar inacreditável do qual foi vítima. É verdade que Victorien Mergy era membro do comitê designado para analisar a questão do Canal dos Dois Mares. É verdade que ele votou com os membros que eram favor do esquema da companhia. Ele até recebeu dinheiro. Sim, estou sendo tão franca que vou até mencionar a quantia, quinze mil francos. Mas ele recebeu em nome de outro, um dos amigos políticos, um homem em quem tinha absoluta confiança e de quem era apenas um instrumento. Ele achou que estava fazendo uma boa ação para o amigo, mas se perdeu. Só no dia seguinte ao suicídio do presidente da companhia e do desaparecimento da secretária, no dia em que o caso do canal foi publicado nos jornais, com uma série de fraudes e sujeiras, é que meu marido soube que vários de seus colegas tinham recebido suborno e tomou conhecimento da misteriosa lista da qual as pessoas de repente começaram a falar, e de que seu nome estava nela, junto com o nome de outros deputados, líderes de partidos e políticos influentes. Nossa, que dias terríveis foram aqueles! A lista seria publicada? Seu nome apareceria? Foi uma tortura! O senhor deve se lembrar da loucura da Câmara; a atmosfera de terror e denúncia prevalecia. Com quem estava a lista? Ninguém sabia. Só se sabia da sua existência. Dois nomes foram arrastados pela tempestade. E ainda não sabíamos de onde vinha a denúncia e nas mãos de quem estavam os documentos acusatórios.

– Daubrecq – sugeriu Lupin.

– Não, não! – retrucou madame Mergy. – Daubrecq não era nada na época, ainda não tinha entrado em cena. Não, o senhor não se lembra, a verdade foi revelada de repente por quem a guardava: Germineaux, ex-ministro da Justiça, primo do presidente da Companhia do Canal. Tuberculoso, em seu leito de morte, ele escreveu ao chefe de polícia revelando que, após a sua morte, ele encontraria a lista em um cofre de ferro no seu quarto. A casa foi cercada pela polícia, e o chefe se colocou ao lado do doente. Germineaux morreu. O cofre foi aberto e estava vazio.

– Daubrecq, dessa vez – declarou Lupin.

– Sim, Daubrecq – afirmou madame Mergy, cuja agitação estava aumentando. – Alexis Daubrecq, que por seis meses se disfarçara e estava servindo como secretário de Germineaux. Não importa como ele descobriu que Germineaux tinha a posse do documento em questão. O fato é que ele abriu o cofre na véspera da morte. Isso foi provado na investigação, e a identidade de Daubrecq foi revelada.

– Mas ele não foi preso?

– Para quê? Eles sabiam muito bem que ele devia ter guardado a lista em algum lugar seguro. Sua prisão só causaria um escândalo, a reabertura do caso...

– Então...

– Então eles fizeram um acordo.

Lupin riu:

– Engraçado, fazer um acordo com Daubrecq!

– Sim, muito engraçado – concordou a senhora Mergy, com amargura. – Durante esse tempo, ele agiu sem demora, sem pudor, indo direto para seu objetivo. Uma semana depois do roubo, ele foi à Câmara dos Deputados, mandou chamar meu marido e exigiu que lhe pagasse trinta mil francos dentro de vinte e quatro horas. Ele o ameaçou com a exposição e a desgraça se não pagasse. Meu marido conhecia o homem com quem estava lidando, sabia que era implacável e cheio de ódio. Ele perdeu a cabeça e se matou.

– Que absurdo! – Lupin não conseguiu deixar de falar. – Que absurdo! Daubrecq possui a lista dos vinte e sete nomes. Ele será obrigado a dar um desses nomes se quiser que deem crédito à sua denúncia, ou publicar a própria lista, renunciar ao documento, ou pelo menos mostrar uma fotografia. Ao fazer isso, causaria um escândalo, mas ele prefere usar como meio de chantagem.

– Sim e não – respondeu ela.

– Como a senhora sabe?

– Pelo próprio Daubrecq. O mau caráter me procurou e cinicamente me contou a conversa dele com meu marido e as palavras que foram ditas. Bem, há mais do que a lista, mais do que aquela famosa folha de papel na qual a secretária escreveu os nomes e as quantias pagas e que, o senhor deve se lembrar, o presidente da companhia, antes de morrer, assinou com sangue. Ainda há mais. Existem algumas provas não tão precisas de que os interessados não têm conhecimento: a correspondência entre o presidente e a secretária, entre o presidente e seu conselheiro, e assim por diante. Claro, a lista escrita naquela folha de papel é a única prova que conta, é a prova incontestável, e não seria útil copiá-la ou fotografá-la, já que sua genuinidade pode ser comprovada. Mas as outras provas ainda são perigosas. Elas foram suficientes para acabar com dois deputados. E Daubrecq é incrivelmente inteligente ao levar isso em consideração. Ele escolhe sua vítima, a deixa totalmente assustada, mostra o inevitável escândalo, e a vítima paga a quantia que ele exige. Ou se mata, como meu marido fez. Entende agora?

– Entendo – afirmou Lupin.

E, no silêncio que se seguiu, ele formou uma imagem mental da vida de Daubrecq. Ele o viu como dono da lista, usando seu poder, emergindo gradualmente das sombras, esbanjando o dinheiro que extorquia de suas vítimas, assegurando sua eleição como conselheiro distrital e deputado, mantendo o controle por meio de ameaças e de terror, impune, invulnerável, inatacável, temido pelo governo, que prefere se submeter às suas ordens a declarar guerra contra ele, respeitado pelas autoridades públicas; tão poderoso que nomearam Prasville como secretário-geral de polícia, contra todos que tinham prioridade na escolha, por uma única razão: ele tinha um ódio pessoal por Daubrecq.

– E a senhora o viu de novo? – perguntou ele.

– Sim. Eu precisava. Meu marido estava morto, mas sua memória continuava intacta. Ninguém desconfiava da verdade. Para pelo menos defender o nome que ele me deixou, eu aceitei o primeiro encontro com Daubrecq.

– O primeiro, sim, mas houve outros.

– Muitos outros – confessou ela, com a voz embargada. – Sim, muitos outros. No teatro, ou à noite, em Enghien, ou em Paris... eu tinha vergonha de me encontrar com aquele homem e não queria que as pessoas soubessem. Mas era necessário. Um dever mais imperativo do que qualquer outro: o dever de vingar meu marido...

Ela se inclinou sobre Lupin e confessou:

– Sim, vingança tem sido o motivo do meu comportamento e a única preocupação da minha vida. Vingar meu marido, vingar meu filho arruinado, vingar a mim mesma por todo o mal que ele me causou. Eu não tinha outro sonho na minha vida, nenhum outro objetivo. Tudo que eu queria era ver aquele homem destruído, reduzido à pobreza, às lágrimas, como se ele ainda soubesse chorar, soluçando em desespero...

– A senhora queria a morte dele – disse Lupin, lembrando-se da cena entre eles no escritório de Daubrecq.

– Não, sua morte, não. Eu até cheguei a pensar nisso, cheguei até a levantar meu braço para acertá-lo, mas de que adiantaria? Ele deve ter tomado suas precauções. O papel continuaria existindo. E não existe vingança em matar um homem. Meu ódio ia além disso, eu queria sua ruína, sua queda, e para conseguir isso só havia um jeito: cortar suas garras. Daubrecq, sem o documento que lhe dá tanto poder, deixa de existir. Significaria falência imediata e desastre, sob as mais deploráveis condições. É isso que tenho buscado.

– Mas Daubrecq deve saber das suas intenções?

– Certamente. E, posso lhe garantir, nossos encontros são muito estranhos: observá-lo de perto, tentando adivinhar seu segredo por trás das ações e palavras, e ele...

– E ele – disse Lupin, completando o pensamento de Clarisse – esperando a presa que deseja... a mulher que nunca deixou de amar, a mulher que ele cobiça com toda a sua força e fúria...

Ela abaixou a cabeça e simplesmente disse:

– Sim.

De fato, era um estranho duelo esse que fazia dois seres separados por tantos acontecimentos implacáveis se encarar! Quão desmedida deve ser a paixão de Daubrecq para arriscar essa ameaça perpétua de morte e introduzir na privacidade de sua própria casa essa mulher cuja vida ele destruíra! E quão absolutamente seguro ele deve se sentir!

– E como a sua busca terminou? – perguntou Lupin.

– A minha busca – respondeu ela – permaneceu infrutífera por muito tempo. Sabe os métodos de investigação que o senhor seguiu e que a polícia, por sua vez, também seguiu? Bem, eu também os usei anos antes de vocês, e foram em vão. Eu estava começando a entrar em desespero. Então, um dia, quando fui encontrar Daubrecq em sua vila em Enghien, peguei, embaixo da escrivaninha dele, uma carta que ele começara a escrever, amassara e jogara na lata de lixo. Eram poucas linhas em um inglês ruim, e eu consegui ler o seguinte: "Tire o cristal de dentro, de maneira a deixar um vazio que seja impossível de suspeitar". Talvez eu não tivesse nem dado muita importância a esse papel se Daubrecq, que estava no jardim, não tivesse entrado correndo e começado a revirar a lata de lixo, com uma voracidade que era muito significativa. Ele me lançou um olhar suspeito, dizendo que havia uma carta ali. Fingi não entender. Ele não insistiu, mas não deixei de perceber sua agitação. E continuei minha busca nessa direção. Um mês depois descobri, entre cinzas na lareira da sala de estar, metade de uma nota fiscal inglesa. Um vidreiro chamado John Howard, da cidade de Stourbridge, tinha vendido para Daubrecq uma rolha de cristal feita conforme um modelo. A palavra "cristal" me chamou atenção na hora. Fui a Stourbridge, encontrei o contramestre da vidraria e descobri que essa rolha fora feita oca por dentro, de acordo com as instruções no pedido, de modo a deixar uma cavidade que não pudesse ser observada.

Lupin assentiu:

– Sem dúvida, muito perspicaz. Entretanto não me pareceu, mesmo por baixo da camada dourada... E o esconderijo seria minúsculo!

– Minúsculo, mas grande o suficiente – disse ela.

– Como a senhora sabe isso?

– Por Prasville.

– A senhora costuma vê-lo?

– Depois daquela época, sim. Antes, meu marido e eu tínhamos cessado todas as relações com ele, na sequência de alguns incidentes ambíguos. Prasville é um homem de moralidade mais do que duvidosa, um ambicioso sem escrúpulos, e que certamente teve um papel desagradável no caso do Canal dos Dois Mares. Ele teve envolvimento nisso? Provavelmente. De qualquer forma, eu precisava de ajuda. Ele tinha acabado de ser nomeado secretário-geral da polícia. Então eu o procurei.

– Ele sabia – perguntou Lupin – da conduta de seu filho Gilbert?

– Não. Justamente pelo cargo que ele ocupa, tomei a precaução de confirmar-lhe, como a todos os nossos amigos, a partida e a morte de Gilbert. Quanto ao resto, disse-lhe a verdade, isto é, os motivos que determinaram o suicídio do meu marido e meu objetivo de vingança. Quando voltei da Inglaterra e o informei de minhas descobertas, ele pulou de alegria e percebi que seu ódio contra Daubrecq não havia diminuído. Conversamos por muito tempo, e descobri por ele que a lista estava escrita em um pedaço de papel extremamente fino, que, se bem dobrado, caberia perfeitamente nos espaços mais apertados. Nós não tivemos dúvidas. Conhecíamos o esconderijo. Combinamos que cada um de nós agiria por conta própria, enquanto nos corresponderíamos secretamente. Coloquei-o em contato com Clémence, a zeladora da casa da Praça Lamartine, que era muito leal a mim...

– Acho que ela não é tão leal a Prasville – afirmou Lupin. – Posso provar que ele o trai.

– Talvez agora, mas não no começo. E as buscas da polícia foram muitas. Foi nessa época, dez meses atrás, que Gilbert voltou para a minha vida. Uma mãe nunca deixa de amar o filho, independentemente do que ele tenha feito ou do que possa fazer. E Gilbert tem um charme! Bem, você o conhece. Ele chorou, beijou o pequeno Jacques, irmão dele, e eu o perdoei.

Ela parou e, com a voz fraca, os olhos fixos no chão, continuou:

ARSÈNE LUPIN E A ROLHA DE CRISTAL

– Quem dera eu não tivesse perdoado! Ah, se eu pudesse voltar para aquele momento, encontraria a coragem para mandá-lo embora! Minha pobre criança... fui eu que o arruinei!

E, pensativamente, ela continuou:

– Eu teria tido toda a coragem, se ele fosse como eu o imaginava, e tal como foi por muito tempo: marcado pela libertinagem e pelo vício, rude, derrotado. Mas, apesar de sua aparência ter mudado completamente, tanto que eu mal o reconheci, do ponto de vista... como posso falar... do ponto de vista moral houve uma melhora indubitável. O senhor o ajudou, o levantou; e, apesar de eu odiar o estilo de vida dele, ele manteve uma certa dignidade, uma espécie de decência subjacente que estava vindo à tona de novo. Ele estava alegre, despreocupado, feliz. E ele fala do senhor com tanto afeto!

Ela escolhia as palavras, escondendo seu embaraço, não ousando condenar, na presença de Lupin, o estilo de vida que Gilbert escolhera; mas também não conseguia aprovar.

– O que aconteceu depois? – perguntou Lupin.

– Passei a vê-lo com muita frequência. Ele vinha me ver escondido, ou eu ia até ele, e nós caminhávamos pelo campo. Dessa forma, acabei contando a ele nossa história, do suicídio do pai e do objeto que eu estava procurando. Ele logo se inflamou. Também queria vingar o pai e, ao roubar a rolha de cristal, se vingar pelo mal que Daubrecq tinha feito a ele mesmo. A primeira ideia dele, e devo lhe dizer que nunca se desviou dela, era combinar com o senhor.

– Bem, ele deveria ter feito isso – gritou Lupin.

– Sim, eu sei, eu era da mesma opinião. Infelizmente, meu pobre Gilbert... o senhor sabe como ele é fraco... se deixou influenciar por um de seus companheiros.

– Vaucheray?

– Sim, Vaucheray, uma alma perturbada, cheia de amargura e inveja, um homem ambicioso, inescrupuloso, astuto e sombrio que

91

passou a ter um grande domínio sobre meu filho. Gilbert cometeu o erro de confiar nele e pedir conselho a ele. Foi quando começou todo esse mal. Vaucheray o convenceu e a mim de que seria melhor se agíssemos sozinhos. Ele estudou o assunto, assumiu a liderança e, finalmente, organizou a expedição a Enghien sob a sua orientação, o assalto à Villa Marie-Thérèse, onde Prasville e seus detetives não haviam conseguido fazer uma busca completa por causa da vigilância ativa de Leonard, o camareiro. Foi um esquema louco. Deveríamos ter confiado inteiramente na experiência do senhor ou tê-lo deixado de fora, assumindo o risco de erros fatais e hesitações perigosas. Mas o que podíamos fazer? Vaucheray mandava em nós. Concordei em encontrar Daubrecq no teatro. Enquanto isso, tudo aconteceu. Quando cheguei a casa por volta da meia-noite, fiquei sabendo do terrível resultado: Leonard morto, meu filho preso. Na mesma hora, tive uma intuição do futuro. A assustadora profecia de Daubrecq estava se realizando: julgamento e condenação. E tudo isso por culpa minha, mãe dele, que levei meu filho na direção do abismo de onde nada consegue tirá-lo.

Clarisse torceu as mãos e estremeceu da cabeça aos pés. Que sofrimento seria comparável ao de uma mãe estremecendo pela cabeça do filho? Movido pela pena, Lupin disse:

– Podemos salvá-lo. Não tenho a menor dúvida disso. Mas para isso é necessário que eu saiba de todos os detalhes. Termine sua história, por favor. Como a senhora ficou sabendo, na mesma noite, do que havia acontecido em Enghien?

Ela se controlou e, com o rosto contorcido de angústia, respondeu:

– Pelos dois cúmplices de vocês, ou melhor, de Vaucheray, a quem eles são inteiramente leais e que os escolheu para remar os barcos.

– Os dois homens lá fora, Grognard e Le Ballu?

– Sim. Quando o senhor deixou a vila, ao desembarcar depois de ser perseguido no lago pelo comissário de polícia, disse algumas palavras para eles, como explicação, enquanto se dirigia para o carro. Morrendo de medo, eles correram até a minha casa, onde já tinham estado antes, e me contaram as terríveis notícias. Gilbert estava preso! Ah, que noite terrível! O que poderia fazer? Procurar o senhor? Certamente, e implorar sua ajuda. Mas como eu poderia encontrá-lo? Foi quando os dois, a quem o senhor chama de Grognard e Le Ballu, acuados pelas circunstâncias, decidiram me contar o papel de Vaucheray, suas ambições, seu plano, que vinha amadurecendo havia um bom tempo…

– De se livrar de mim, suponho. – questionou Lupin, com um sorriso.

– Sim. Como Gilbert contava com sua inteira confiança, Vaucheray o vigiou e descobriu todos os seus domicílios. Mais uns poucos dias e, de posse da rolha de cristal e da lista dos Vinte e Sete, herdando todo o poder de Daubrecq, ele o entregaria para a polícia, sem comprometer nenhum membro da quadrilha, que ele considerava como dele.

– Imbecil! – exclamou Lupin. – Um assassino como aquele! E os painéis das portas?

– Foram cortados por instrução dele, antecipando-se à luta que ele travaria contra o senhor e Daubrecq, em cuja casa ele fez a mesma coisa. Ele tinha à disposição uma espécie de acrobata, um anão extremamente magro, que era capaz de passar por aquelas aberturas e, assim, interceptava sua correspondência e descobria todos os seus segredos. Foi isso que os dois amigos dele me contaram. Na mesma hora eu tive a ideia de salvar meu filho mais velho usando seu irmão, meu pequeno Jacques, que é tão magro e tão inteligente, tão corajoso, como o senhor mesmo viu. Saímos naquela mesma noite e, me baseando nas informações dos meus companheiros, fui à casa de Gilbert e encontrei as chaves do seu apartamento da Rua Matignon, onde aparentemente o senhor iria dormir. No caminho eles confirmaram os meus planos e achei melhor, em vez de pedir a sua ajuda, recuperar a rolha de cristal, que, se tivesse sido encontrada em Enghien, obviamente estaria no seu apartamento. Eu estava certa nos meus cálculos. Em poucos minutos meu pequeno Jacques entrou no seu quarto e a trouxe para mim. Saí de lá tremendo de esperança. De posse do meu talismã, guardando-o comigo, sem contar a Prasville, eu teria poder absoluto sobre Daubrecq. Poderia obrigá-lo a fazer tudo que eu quisesse; ele se tornaria escravo da minha vontade e, sob o meu comando, faria de tudo para favorecer Gilbert, dando a ele todos os meios para fugir ou evitando que ele fosse condenado. Isso significava a segurança do meu garoto.

– Bem?

Clarisse levantou-se de onde estava sentada, com um impulso de todo o seu ser, debruçou-se sobre Lupin e disse com a voz abafada:

– Não havia nada naquele pedaço de cristal, nada, entendeu? Nenhum papel, nenhum esconderijo! Toda a expedição a Enghien foi em vão! O assassinato de Leonard foi inútil! A prisão do meu filho foi inútil! Todos os meus esforços foram inúteis!

– Mas por quê?

– Por quê? Porque o que vocês roubaram de Daubrecq não era a rolha feita sob encomenda, mas a rolha que ele mandou para John Howard, da vidraria de Stourbridge, para servir de modelo.

Se Lupin não estivesse na presença de uma tristeza tão profunda, não teria conseguido segurar um daqueles ataques de riso que essas brincadeiras do destino costumam provocar nele. Então, murmurou entre dentes:

– Que estupidez! E ainda mais estupidez de Daubrecq, já que recebera o aviso.

– Não – disse ela. – Eu fui a Enghien no mesmo dia. Em tudo aquilo que tem lá, Daubrecq não vê nada além de bugigangas baratas, uma extensão da sua coleção. O fato de o senhor ter participado o induziu ao erro.

– Ainda assim, a rolha desapareceu.

– Para começar, aquela rolha tem no máximo uma importância secundária para ele, já que é apenas o modelo.

– Como a senhora sabe?

– Tem um arranhão na base, e eu fiz algumas investigações na Inglaterra desde então.

– Muito bem, então por que a chave do armário de onde a rolha foi roubada ficava o tempo todo com o camareiro? E por que ela foi encontrada depois na gaveta da mesinha de cabeceira de Daubrecq em Paris?

– É claro que Daubrecq se interessa por ela, já que é o modelo de um objeto valioso. E foi por isso que eu recoloquei a rolha no lugar antes que ele sentisse a falta dela. E foi por isso também que, em uma segunda ocasião, fiz com que o pequeno Jacques pegasse a rolha do bolso do seu sobretudo e pedi à zeladora que a colocasse de volta na gaveta.

– Então ele não suspeita de nada?

– Nada. Ele sabe que procuram a lista, mas não tem consciência de que eu e Prasville sabemos do objeto no qual ele a esconde.

Lupin havia se levantado de onde estava sentado e agora estava andando de um lado para outro, pensando. Então, parou ao lado de Clarisse e perguntou:

– Agora que me contou tudo... desde o incidente em Enghien, a senhora não avançou nem um passo?

– Não. Tenho agido dia após dia, dando ordens para aqueles dois homens ou recebendo ordens deles, sem um plano definido.

– Ou, pelo menos, sem nenhum outro plano que não o de pegar a lista dos Vinte e Sete de Daubrecq.

– Sim, mas como? Além disso, as táticas que o senhor usou dificultaram as coisas para mim. Não demoramos muito para reconhecer a sua criada Victoire como a nova cozinheira de Daubrecq e para descobrir, pelo que a zeladora nos contou, que o senhor estava no quarto dela. Eu fiquei com medo dos seus esquemas.

– Foi a senhora que escreveu para mim pedindo que eu me afastasse da luta?

– Sim, fui eu.

– A senhora também me pediu que não fosse ao teatro naquela noite?

– Sim. A zeladora pegou Victoire escutando a minha conversa com Daubrecq pelo telefone; e Le Ballu, que estava vigiando a casa, viu quando o senhor saiu. Portanto, desconfiei de que fosse seguir Daubrecq naquela noite.

– E a mulher que veio aqui uma tarde...

– Fui eu mesma. Eu estava desanimada e queria vê-lo.

– E a senhora interceptou a carta de Gilbert?

– Sim. Reconheci a letra dele no envelope.

– Mas o pequeno Jacques não estava com a senhora?

– Não, ele estava do lado de fora, em um automóvel, com Le Ballu, que o levantou para que entrasse pela janela da sala, e ele passou para o quarto através da abertura no painel.

– O que estava escrito na carta?

– Por azar, só acusações. Gilbert o acusava de abandoná-lo, de assumir o negócio por sua própria conta. Em suma, apenas confirmou minhas suspeitas. E eu fugi.

Lupin deu de ombros, irritado:

– Quanto tempo perdido! E que fatalidade não termos conseguido chegar a um entendimento antes! Nós dois estávamos brincando de esconde-esconde, fazendo armadilhas um para o outro, enquanto os dias iam passando, dias valiosos que não voltam mais.

– Veja – comentou ela, estremecendo –, o senhor também está com medo do futuro!

– Não estou com medo – gritou Lupin –, mas estou pensando em todo o trabalho útil que poderíamos ter feito nesse tempo se tivéssemos unido nossos esforços. Estou pensando em todos os erros e todas as imprudências que poderíamos ter evitado se estivéssemos trabalhando juntos. Estou pensando que a sua tentativa nesta noite de buscar nas roupas que Daubrecq estava usando foi em vão, assim como todas as outras, e que neste momento, graças ao nosso tolo duelo, graças a todo o barulho que fizemos na casa dele, Daubrecq agora está alerta e terá mais cautela do que nunca.

Clarisse Mergy balançou a cabeça:

– Não, não concordo. O barulho não o acordou, já que tínhamos adiado a tentativa por vinte e quatro horas para que a zeladora colocasse um sonífero no vinho dele. Além disso, nada vai fazer Daubrecq ficar mais atento do que já está. A vida dele não passa de uma precaução atrás da outra. Ele não deixa nada ao acaso. Ele não tem todos os trunfos?

– O que a senhora quer dizer? – questionou Lupin. – Pelo que está dizendo, perdeu as esperanças? Não existe nenhum jeito de chegarmos ao nosso fim?

– Existe, sim – murmurou ela –, um… apenas um…

Ele percebeu a palidez dela antes que ela conseguisse cobrir o rosto com as mãos. E mais uma vez um tremor a sacudiu.

Lupin pareceu compreender o motivo do desespero e, aproximan-do-se dela, comovido por seu sofrimento, disse:

– Por favor, me responda com franqueza. Pelo bem de Gilbert. Embora a polícia, felizmente, não tenha conseguido descobrir o passado dele, embora o verdadeiro nome do cúmplice de Vaucheray não tenha vazado, há um homem, pelo menos, que sabe da verdade, não é? Daubrecq reconheceu seu filho Antoine, não reconheceu?

– Reconheceu, sim…

– E ele prometeu salvá-lo, não foi? Ofereceu a liberdade dele, a soltura, a fuga, a vida: foi isso que ele lhe ofereceu naquela noite no escritório dele, quando a senhora tentou atingi-lo com o punhal?

– Sim, foi isso mesmo.

– E ele impôs uma condição, não foi? Uma condição abominável, que só um crápula como ele sugeriria? Estou certo?

Clarisse não respondeu. Ela parecia exausta de sua luta com um homem que estava ganhando terreno dia após dia e contra quem era impossível lutar. Lupin viu nela a presa derrotada por antecipação, entregue à vontade do vitorioso. Clarisse Mergy, a amorosa esposa de Mergy que Daubrecq realmente assassinou, a mãe assustada de Gilbert que Daubrecq corrompeu, Clarisse Mergy, para salvar o filho da guilhotina, deve, venha o que vier e por mais ignominiosa que seja a posição, ceder aos desejos de Daubrecq. Ela seria a amante, a esposa, a escrava obediente de Daubrecq, daquele monstro com a aparência e os modos de uma fera selvagem, daquela pessoa indescritível sobre quem Lupin só conseguia pensar com repulsa e nojo.

Sentando-se ao lado dela, mostrando sua pena, ele fez com que ela levantasse a cabeça e, olhando dentro dos seus olhos, disse:

– Escute o que eu vou falar. Juro que vou salvar seu filho. Eu juro! Seu filho não vai morrer, entendeu? Não existe poder nessa terra que faça com que seu filho perca a cabeça enquanto eu estiver vivo.

– Eu acredito no senhor. Confio na sua palavra.

– Pode confiar. É a palavra de um homem que não conhece a derrota. Vou conseguir. Mas peço que a senhora me prometa uma coisa.

– O quê?

– Não deve se encontrar com Daubrecq de novo.

– Eu juro.

– A senhora deve afastar da sua mente qualquer ideia, qualquer medo, por mais sombrio que seja, de um acordo entre a senhora e ele… nenhum tipo de negócio.

– Eu juro.

Ela o encarou com uma expressão de total segurança e confiança; e ele, sob o olhar dela, sentiu a alegria da devoção e um desejo ardente de fazer aquela mulher feliz ou, pelo menos, dar-lhe a paz para curar as piores feridas.

– Venha – ele chamou, em um tom de voz alegre, levantando-se da cadeira –, tudo vai ficar bem. Temos dois ou três meses à nossa frente. É mais do que o necessário. Só tenho uma condição, claro, que eu tenha carta branca para agir. E, para isso, a senhora precisa se retirar da disputa, entende?

– O que o senhor quer dizer?

– A senhora deve desaparecer por um tempo; vá morar no campo. Não fica com pena do pequeno Jacques? Esse tipo de coisa vai acabar deixando o menino com os nervos em frangalhos. E ele certamente merece esse descanso, não é, Hércules?

No dia seguinte, Clarisse Mergy, que estava quase tendo um colapso nervoso sob toda essa pressão e precisava também de um repouso, ou ficaria seriamente doente, foi, junto com o filho, hospedar-se na casa de uma amiga, nos arredores do Bosque de Saint-Germain. Ela se sentia fraca, a mente assombrada por visões e os nervos à flor da pele por causa dos problemas, que só pioravam. Ela passou alguns dias lá, em um estado físico e mental de inércia, pensando em nada e proibida de ler os jornais.

Enquanto Lupin, mudando sua tática, estava trabalhando em um esquema para sequestrar Daubrecq e deixá-lo confinado; enquanto Grognard e Le Ballu, a quem ele prometera perdoar caso fosse bem-sucedido, estavam vigiando os passos do inimigo; enquanto os jornais anunciavam o julgamento por homicídio dos dois cúmplices de Arsène Lupin, uma tarde, às quatro horas, o telefone tocou de repente no apartamento da Rua Chateaubriand.

Lupin atendeu:

– Alô!

Uma voz feminina, sem fôlego, disse:

– Senhor Michel Beaumont?

– Está falando com ele, senhora. Com quem tenho a honra…

– Rápido, senhor, venha imediatamente; a senhora Mergy tomou veneno.

Lupin não esperou para ouvir os detalhes. Correu até seu automóvel e se dirigiu para Saint-Germain.

A amiga de Clarisse estava esperando por ele na porta do quarto.

– Ela morreu? – ele perguntou.

– Não – respondeu a mulher –, não tomou o suficiente. O médico acabou de sair. Ele disse que ela vai superar.

– E por que ela fez isso?

– O filho dela, Jacques, desapareceu.

– Ele foi levado?

– Sim, ele estava brincando no bosque. Viram um automóvel parando. Então ouviram gritos. Clarisse tentou correr, mas estava fraca e caiu no chão, murmurando: "É ele… aquele homem… está tudo perdido!". Ela parecia louca. Então colocou um pequeno frasco na boca e engoliu o que tinha dentro.

– O que aconteceu depois?

– Meu marido e eu a levamos para o quarto dela, já que sentia muita dor.

– Como a senhora sabia meu endereço, meu nome?

– Ela disse, enquanto o médico a estava atendendo. Então telefonei para o senhor.

– Mais alguém ficou sabendo?

– Não, ninguém. Sei que Clarisse tem um fardo pesado para carregar e prefere que não falem dela.

– Posso vê-la?

– Ela está dormindo agora. E o médico proibiu todo tipo de agitação.

– O médico ficou preocupado com ela?

– Ele teme que ela tenha febre; qualquer tensão ou ataque pode fazer com que ela atente contra a própria vida de novo. E isso seria…

– O que é preciso para evitar isso?

– Uma ou duas semanas de repouso absoluto, o que é impossível, já que o pequeno Jacques…

Lupin interrompeu-a:

– A senhora acha que, se o filho dela voltar…

– Ah, certamente não teríamos mais o que temer!

– Tem certeza? Certeza? Claro que sim... Bem, quando a senhora Mergy acordar, diga-lhe que trarei o filho dela de volta hoje à noite, antes da meia-noite. Esta noite, antes da meia-noite, é uma promessa solene.

Com essas palavras, Lupin saiu da casa, entrou no carro e ordenou ao chofer:

– Para Paris, Praça Lamartine, casa do deputado Daubrecq!

A SENTENÇA DE MORTE

O automóvel de Lupin não era apenas seu escritório, com livros, itens de papelaria, canetas e tinta, mas também um camarim de ator, com uma caixa de maquiagem, um baú com toda a variedade de peças de vestuário e outra caixa abarrotada com "acessórios": guarda-chuvas, bengalas, cachecóis, óculos e afins; em resumo, um conjunto completo de parafernálias que possibilitava que ele alterasse sua aparência da cabeça aos pés durante uma viagem.

O homem que bateu à porta da casa do deputado Daubrecq às seis horas daquela noite era um cavalheiro idoso, robusto, usando uma sobrecasaca preta, chapéu-coco, óculos e bigode.

A zeladora o levou para a porta da frente da casa e tocou a campainha. Victoire apareceu.

Lupin perguntou:

– O senhor Daubrecq pode ver o doutor Vernes?

– O senhor Daubrecq está no quarto dele, e já está tarde…

– Entregue a ele meu cartão, por favor.

Ele escreveu as palavras "De madame Mergy" na margem e acrescentou:

– Aqui está, ele certamente vai me receber.

– Mas... – Victoire começou.

– Nada de mas, senhora, faça o que estou dizendo, e não farei nenhum escândalo!

Ela ficou totalmente surpresa e gaguejou:

– Você!... É você?

– Não, é Luís XIV! – E, puxando-a para um canto do vestíbulo: – Escute... No momento em que eu for falar com ele, suba para seu quarto, arrume suas coisas e vá embora.

– O quê?

– Faça o que estou dizendo. Terá um carro meu esperando um pouco mais à frente, na avenida. Vá, se mexa, me anuncie! Vou esperar no escritório.

– Mas está escuro lá.

– Acenda a luz.

Ela ligou a luz elétrica e deixou Lupin sozinho.

– Está aqui – disse ele, refletindo ao se sentar –, a rolha de cristal está aqui... A não ser que Daubrecq sempre a carregue com ele... Não, quando a pessoa tem um bom esconderijo, usa. E esse deve ser excelente, já que nenhum de nós... até agora...

Concentrando toda a sua atenção, ele examinou os objetos no ambiente e lembrou-se do bilhete que Daubrecq escreveu para Prasville:

"Ao alcance das suas mãos, meu caro Prasville! Você tocou-o! Um pouco mais e teria conseguido...".

Nada parecia ter mudado de lugar desde então. Os mesmos objetos estavam em cima da mesa: livros, livros contábeis, um frasco de tinta, uma caixa de carimbo, cachimbos, tabaco, coisas que foram mexidas e remexidas nas buscas.

"Que salafrário!", pensou Lupin. "Ele organizou as coisas de forma muito inteligente. Tudo executado com maestria."

Mas, no íntimo, ele sabia exatamente o que viera fazer e como pretendia agir. Lupin tinha plena consciência do perigo e da incerteza envolvidos nesta visita a um adversário tão poderoso. Era possível que Daubrecq, armado como estava, continuasse dominando a situação e que a conversa tomaria um rumo totalmente diferente do que Lupin esperava.

E essa perspectiva o deixava com muita raiva.

Levantou-se quando ouviu os sons de passos se aproximando.

Daubrecq entrou.

Sem dar nenhuma palavra, ele fez um gesto para Lupin, que se levantara da cadeira, retomar seu assento, e então ele próprio se sentou à sua escrivaninha. Olhando para o cartão que tinha nas mãos, disse:

– Doutor Vernes?

– Sim, senhor deputado, doutor Vernes, de Saint-Germain.

– E vejo que veio em nome da madame Mergy. Sua paciente?

– Paciente recente. Eu não a conhecia até ser chamado para atendê-la, um dia desses, em circunstâncias particularmente trágicas.

– Ela está doente?

– Madame Mergy tomou veneno.

– O quê?

Daubrecq ficou sobressaltado e não escondeu sua preocupação:

– O que o senhor disse? Veneno! Ela morreu?

– Não, a dose não foi suficiente. Se nenhuma complicação acontecer, acredito que a vida de madame Mergy esteja a salvo.

Daubrecq não disse nada, apenas ficou sentado em silêncio, com a cabeça virada para Lupin.

"Ele está olhando para mim? Seus olhos estão abertos ou fechados?", Lupin perguntou a si mesmo.

Lupin se preocupava terrivelmente por não ver os olhos do adversário, aqueles olhos escondidos por trás dos dois obstáculos dos óculos de grau e dos óculos escuros: olhos fracos, injetados, madame Mergy lhe dissera. Como poderia seguir a trilha secreta dos pensamentos do homem sem ver a expressão de seu rosto? Era quase como lutar com um inimigo empunhando uma espada invisível.

Nesse momento, Daubrecq falou:

– Então a vida de madame Mergy está a salvo. E ela pediu que o senhor me procurasse... Não estou entendendo. Eu mal a conheço.

"Este é um momento delicado", pensou Lupin. "Vamos lá!"

Então, usando um tom de voz bem-humorado para cortar o constrangimento causado pela timidez, ele disse:

– Não, senhor deputado, existem casos em que os deveres de um médico se tornam muito complexos, muito obscuros. O senhor pode achar que, ao procurá-lo... Bem, vamos lá. Em suma, enquanto eu estava atendendo madame Mergy, ela tentou se envenenar uma segunda vez. Infelizmente o frasco ficou ao alcance dela. Eu o arranquei de suas mãos. Tivemos uma briga. E, no delírio febril, ela me disse, com palavras intercaladas: "É ele, ele é o responsável, o deputado Daubrecq. Faça com que ele devolva meu filho. Diga isso a ele, ou eu prefiro morrer. Vá, agora, esta noite. Ou eu vou morrer". Foram as palavras dela, senhor deputado. Então achei que era minha obrigação avisá-lo. É certo que, no estado de nervos da madame... Claro, eu não compreendo exatamente o que essas palavras querem dizer. Não fiz nenhum questionamento, apenas obedeci espontaneamente ao impulso e vim diretamente ao senhor.

Daubrecq refletiu por um momento e disse:

– Contudo, doutor, o senhor veio me perguntar se eu sei o paradeiro dessa criança que, eu presumo, está desaparecida. É isso?

– Isso mesmo.

– E, se por acaso eu soubesse, o senhor a levaria de volta para a mãe dela?

Houve uma pausa mais longa, momento em que Lupin se perguntou: "Será que ele acreditou nessa história? Será que a ameaça de morte foi suficiente? Não, impossível! Mas, ainda assim, ele parece hesitante".

– O senhor me dá licença? – perguntou Daubrecq, puxando o telefone em sua escrivaninha. – Preciso dar um telefonema urgente.

– Certamente, senhor deputado.

Daubrecq pediu:

– Alô! Senhorita, preciso falar com 8-2219, por favor.

Ele repetiu o número do telefone e ficou sentado, sem se mover.

Lupin sorriu:

– Sede da polícia, não é? Gabinete do secretário-geral...

– Sim, doutor. Como sabe?

– Como médico legista, às vezes preciso telefonar para eles.

E, para si mesmo, Lupin perguntou:

"Que diabos isso quer dizer? O secretário-geral é Prasville... E agora?".

Daubrecq colocou os dois receptores nos ouvidos e disse:

– É do 8-2219? Preciso falar com o senhor Prasville, o secretário-geral... Está me dizendo que ele não está? Sim, sim, ele sempre está no gabinete a esta hora. Diga a ele que é o deputado Daubrecq, preciso falar com ele urgentemente.

– Talvez eu esteja sendo indiscreto? – sugeriu Lupin.

– De forma alguma, doutor – respondeu Daubrecq. – Além disso, o que tenho a dizer tem a ver com a sua visita. – E, ao telefone, disse: – Alô! Senhor Prasville? Ah, é você, Prasville, meu velho!... Ora, você parece surpreso! Sim, verdade, faz séculos que não nos vemos. Mas nunca estamos longe em pensamento! Aliás, tenho recebido muitas visitas suas e de seus homens... Na minha ausência, eu sei... Alô!... O quê?... Ah, está com pressa? Sinto muito. Na verdade, eu também estou… Bem, vamos direto ao assunto: gostaria que você fizesse um servicinho… espere, seu animal, você não vai se arrepender. Será a sua glória. Alô! Está me escutando? Bem, traga uma dúzia de homens com você, oficiais em serviço de preferência. Peguem o carro e venham até aqui o mais rápido possível. Tenho uma tarefa especial para você, meu velho. Alto escalão, o próprio Napoleão. Resumindo: Arsène Lupin!

Lupin ficou em pé de um salto. Estava preparado para tudo, menos para aquilo. Ainda assim, algo dentro dele mais forte do que a surpresa, um impulso, o fez dizer, com uma gargalhada:

– Bravo! Bravo!

Daubrecq abaixou a cabeça, como agradecimento, e murmurou:

– Ainda não terminei! Tenha um pouco de paciência. – E continuou: – Alô, Prasville!… Não, não, meu velho, não estou enganado. Você encontrará Lupin aqui, comigo, no meu escritório… Lupin, que tem me importunado, assim como vocês… Um a mais, um a menos, não faz diferença. De toda forma, este aqui está exagerando. E eu apelo para sua gentileza. Livre-me desse camarada… Meia dúzia dos seus homens, mais os dois que ficam rondando a minha casa, serão suficientes… Ah, e enquanto estiver aqui pode subir ao terceiro andar e prender a minha cozinheira também… É a famosa Victoire: você sabe, a velha enfermeira do mestre Lupin… Mais uma dica, para lhe mostrar todo o meu amor por você: envie um esquadrão até a Rua Chateaubriand, na esquina com a Rua Balzac… É onde nosso herói nacional mora, usando o nome Michel Beaumont… Entendeu, meu velho? Agora, ao trabalho. Vamos logo!

Quando Daubrecq levantou a cabeça, Lupin estava em pé, punhos cerrados. Sua demonstração de admiração não sobreviveu ao resto do discurso e às revelações de Daubrecq sobre Victoire e o apartamento da Rua Chateaubriand. A humilhação era grande demais; e Lupin não se incomodou mais em continuar o jogo do médico da aldeia. Só pensava em uma coisa: não ceder à sua ira que o exortava a partir para cima de Daubrecq como um touro.

Daubrecq soltou uma espécie de risada que, para ele, cumpria o papel de uma gargalhada. Deu alguns passos, naquele seu jeito cambaleante, com as mãos nos bolsos, e disse, veemente:

– O senhor não acha que assim é melhor? Assim o terreno fica limpo, a situação, esclarecida. Pelo menos nós dois agora sabemos onde estamos pisando. Lupin *versus* Daubrecq, apenas isso. Além disso, pense no tempo que vamos poupar! Doutor Vernes, o médico legista, teria levado duas horas para desenrolar seu novelo! Enquanto isso, mestre Lupin é obrigado a desvendar sua pequena história em trinta minutos, a não ser que queira sair daqui algemado e com seus cúmplices presos. Que situação inesperada! Trinta minutos, nem um minuto a mais. O senhor tem trinta minutos para esclarecer tudo, fugir como uma lebre e bater em retirada. Ha, ha, ha, que divertido! Sabe, Polônio, o senhor é realmente azarado, toda vez que se volta contra Bibi Daubrecq! Era o senhor que estava escondido atrás daquela cortina, não era, meu pobre Polônio?

Lupin não moveu um músculo. A única solução que acalmaria seus nervos, por assim dizer, seria estrangular seu adversário, mas era tão absurda que ele preferia aceitar as piadas de Daubrecq sem tentar retrucar, embora cada uma delas o atingisse como uma chicotada. Era a segunda vez, neste mesmo cômodo e em circustâncias similares, que tinha de se curvar perante Daubrecq e manter a mais ridícula atitude em silêncio. Em seu âmago, ele estava convencido de que, se abrisse a boca, cuspiria palavras de raiva e insultos na cara de seu opressor. Isso seria bom? Não era essencial que ele mantivesse a calma e fizesse as coisas da maneira que a nova situação exigia?

– Ora, ora, senhor Lupin. – o deputado voltou a falar. – O senhor parece confuso. Vamos, admita que às vezes alguém um pouco menos bobo do que seus contemporâneos cruza seu caminho. Então o senhor achou que, porque uso óculos e lentes escuras, eu era cego? Não posso dizer que suspeitei de imediato de que era Lupin por trás de Polônio e Polônio por trás do cavalheiro que me importunou no camarote no teatro. Não, não! Mas, ao mesmo tempo, isso me preocupava. Eu conseguia ver que, entre a polícia e madame Mergy, havia um terceiro ladrão tentando se esgueirar. E gradualmente, com o que a zeladora dizia, observando os movimentos da minha cozinheira e investigando sobre ela nos lugares adequados, comecei a compreender. Então, na outra noite, eu vi a lanterna. Escutei a arruaça na casa, apesar de estar dormindo. Consegui reconstituir o incidente, seguir os rastros de madame Mergy, primeiro na Rua Chateaubriand e, depois, até Saint-Germain... E depois eu juntei os fatos: o assalto em Enghien... a prisão de Gilbert... a inevitável aliança entre a mãe enlutada e o chefe da quadrilha... a velha enfermeira colocada como cozinheira... todas essas pessoas entrando na minha casa pelas portas e janelas... E eu soube o que tinha de fazer. Mestre Lupin estava farejando o segredo. O cheiro dos Vinte e Sete o estava atraindo. Eu só precisava esperar pela sua visita. A hora chegou. Boa noite, mestre Lupin.

Daubrecq fez uma pausa. Entoara seu discurso com a evidente satisfação de um homem que merece receber os elogios dos críticos mais rigorosos.

Como Lupin não se pronunciou, ele tirou o relógio do bolso.

– Então, apenas vinte e três minutos! Como o tempo voa! Assim não teremos tempo para o senhor se explicar. – E, aproximando-se mais de Lupin: – Devo dizer que estou decepcionado. Pensei que Lupin fosse outro tipo de cavalheiro. Então, no momento em que encontra um adversário um pouco mais sério, o colosso cai? Pobre homem! Tome um copo de água para se recompor!

Lupin não disse uma palavra, não deixou escapar um gesto de irritação. Com total compostura, com uma precisão de movimento que mostrava perfeito autocontrole e clareza no plano de conduta que adotou, gentilmente empurrou Daubrecq para o lado, foi até a mesa e pegou o receptor do telefone:

– Uma ligação para 5-6534, por favor – pediu.

Esperou até que completasse a ligação; então, com a voz baixa e pronunciando cada sílaba, disse:

– Alô!... Rua Chateaubriand?... É você, Achille?... Sim, é o patrão. Escute com atenção, Achille... Você deve sair do apartamento! Alô!... Sim, imediatamente. A polícia chegará em poucos minutos. Não, não perca a cabeça... Você tem tempo. Apenas faça o que eu mandei. Sua mala ainda está arrumada?... Bom. E um dos lados está vazio como eu instruí?... Bom. Então vá até meu quarto e fique de frente para a lareira. Com a mão esquerda, aperte a pequena roseta esculpida em frente à placa de mármore, no meio, e, com a sua mão direita, em cima da cornija. Você verá uma espécie de gaveta, com duas caixinhas dentro. Pegue com cuidado. Uma delas contém todos os nossos documentos; a outra, cédulas bancárias e joias. Coloque-as no compartimento vazio da mala. Pegue a mala e saia a pé, o mais rápido que puder, até a esquina da Avenida Victor-Hugo com a Montespan. Você encontrará um carro esperando, com Victoire. Vou encontrar com vocês lá... O quê?... Minhas roupas? Minhas coisas?... Não se preocupe com isso... Deixe tudo aí e vá o mais rápido possível. Nós nos veremos em breve.

Lupin calmamente desligou o telefone. Então, pegou Daubrecq pelo braço e o colocou sentado em uma cadeira ao seu lado e disse:

– Agora, escute, Daubrecq.

– Oh! – exclamou o deputado, rindo. – Estamos dialogando?

– Sim – respondeu Lupin –, vou permitir. – E, quando Daubrecq soltou o próprio braço com uma certa preocupação, ele disse: – Não fique com medo. Não vamos lutar. Nenhum de nós ganha nada ao bater no outro. Uma facada? Para quê? Não, senhor! Palavras, nada além de palavras. Mas palavras certeiras. Aqui vão as minhas: são simples e diretas. Peço que me responda da mesma forma, sem pensar, assim é bem melhor. O menino?

– Estou com ele.

– Devolva-o.

– Não.

– Madame Mergy vai se matar.

– Não, não vai.

– Eu digo que vai.

– E eu digo que não vai.

– Mas ela já tentou uma vez.

– Por isso mesmo, não vai tentar de novo.

– Bem, então...

– Não.

Lupin, após um momento, continuou:

– Eu esperava por isso. E no caminho para cá pensei que o senhor talvez não acreditasse na história do doutor Vernes e que eu talvez precisasse usar outros métodos.

– Os métodos de Lupin.

– Como o senhor disse, eu resolvi deixar a máscara cair. O senhor a puxou de mim. Bravo! Mas isso não muda os meus planos.

– Fale.

Lupin pegou de dentro de um livro uma folha dupla de papel almaço, desdobrou-a e entregou a Daubrecq, dizendo:

– Aqui está um inventário numerado, detalhado e exato das coisas que eu e meus amigos tiramos da sua Villa Marie-Thérèse, em Lac d'Enghien. Como pode ver, tem cento e treze itens. Desses, sessenta e oito, aqueles com uma cruz vermelha, foram vendidos e enviados para os Estados Unidos. Os quarenta e cinco restantes estão em minha posse... até segunda ordem. E estes são os mais bonitos. Eu os ofereço de volta em troca da entrega imediata da criança.

Daubrecq não conseguiu evitar uma demonstração de surpresa.

– Oh! – exclamou ele. – O senhor parece muito disposto a isso.

– Infinitamente – retrucou Lupin –, já que estou convencido de que uma separação mais longa de seu filho vai significar a morte para madame Mergy.

– E isso o deixa triste, não é, don Juan?

– O quê?

Lupin se colocou na frente do outro e repetiu:

– O quê? O que o senhor quer dizer com isso?

– Nada... nada... Só uma ideia que me passou pela cabeça. Clarisse Mergy ainda é uma mulher jovem e muito bonita.

Lupin deu de ombros:

– Seu crápula! – exclamou ele. – O senhor imagina que todos são da sua laia, sem coração e impiedosos. O senhor acha que um criminoso do meu nível perderia tempo bancando o dom Quixote? E deve se perguntar quais motivos imundos eu posso ter? Nem tente descobrir: estão além do seu poder de percepção. Em vez disso, me responda: o senhor aceita?

– Então o senhor está falando sério? – questionou Daubrecq, que parecia pouco impressionado com o tom de desdém de Lupin.

– Absolutamente. As quarenta e cinco peças estão em um hangar, cujo endereço eu lhe darei, e lhe serão entregues se o senhor aparecer lá, hoje, às nove da noite, com a criança.

Não houve dúvida na resposta de Daubrecq. Para ele, o sequestro do pequeno Jacques representara apenas um meio de magoar Clarisse Mergy e talvez também um aviso para ela acabar com a guerra que começara. Mas a ameaça de suicídio deve ter mostrado para Daubrecq que ele estava seguindo o caminho errado. Dessa forma, por que recusar a troca favorável que Arsène Lupin estava lhe oferecendo?

– Eu aceito – respondeu ele.

– Aqui está o endereço do meu hangar: Rua Charles-Lafitte, 95, em Neuilly. Só precisa tocar a campainha.

ARSÈNE LUPIN E A ROLHA DE CRISTAL

– E se eu mandar o secretário-geral Prasville no meu lugar?

– Se o senhor mandar Prasville – declarou Lupin –, o lugar está arrumado de tal maneira que o verei chegar e terei tempo de fugir, depois de colocar fogo nos feixes de palha e feno que estão em volta para esconder as suas mesas, relógios e virgens góticas.

– Mas o seu hangar também vai pegar fogo…

– Não me importo. A polícia já está de olho nele. Eu já o abandonaria mesmo.

– E como posso saber que isso não é uma armadilha?

– Comece recebendo a mercadoria, só entregue a criança depois. Eu confio no senhor.

– Bom – comentou Daubrecq –, o senhor pensou em tudo. Muito bem, o senhor terá o menino; a bela Clarisse viverá, e todos ficaremos felizes. Agora, posso lhe dar um conselho? Fuja, e rápido!

– Ainda não.

– Como?

– Eu disse que ainda não.

– O senhor está maluco! Prasville está a caminho!

– Ele pode esperar. Ainda não acabei.

– Ora, ora, o que mais o senhor quer? Clarisse terá o filho de volta. Isso não é suficiente?

– Não.

– Por que não?

– Ainda resta outro filho.

– Gilbert.

– Sim.

– Bem?

– Quero que o senhor salve Gilbert.

– O que está dizendo? Eu? Salvar Gilbert!

– O senhor pode, se quiser. Só precisa tomar algumas providências.

113

Até aquele momento, Daubrecq permanecera calmo. Mas agora, de repente, ele se inflamou, dando um soco na mesa.

– Não – gritou ele –, isso não! Nunca! Não conte comigo! Só se eu fosse um idiota!

Ele andou de um lado para outro, em um estado de pura agitação, com aquele seu passo oscilante que o fazia balançar para a esquerda e para a direita, como uma fera selvagem, um urso pesado e desengonçado. E, com uma voz rouca e expressão distorcida, ele gritou:

– Ela que venha aqui! Ela que venha implorar pelo perdão do filho! Mas que venha desarmada, sem intenções criminosas, como da última vez! Que ela venha suplicar, como uma mulher submissa, domesticada, que compreende e aceita a situação... Gilbert? A condenação de Gilbert? A guilhotina? Essa é a minha força! Ora! Por mais de vinte anos eu esperei a minha hora. E, agora que a hora chegou, quando a sorte me trouxe essa chance que eu nem esperava, quando estou prestes a conhecer a alegria de uma vingança completa, e que vingança, o senhor acha que eu vou desistir, desistir da coisa que eu busco há vinte anos? Salvar Gilbert? Eu? Por nada? Por amor? Eu, Daubrecq? Não, não, o senhor não me conhece!

Ele soltou uma gargalhada feroz e cheia de ódio. Visivelmente, enxergava diante de si, ao alcance das mãos, a presa que ele caçava havia tanto tempo. E Lupin também visualizou Clarisse, como a vira alguns dias antes, fraca, abatida, derrotada, porque todos os poderes hostis estavam contra ela.

Ele se segurou e disse:

– Escute o que vou falar.

E, quando Daubrecq se afastou com impaciência, Lupin o pegou pelos ombros, com aquela força super-humana que Daubrecq conhecia, pois a sentira naquele dia no camarote do teatro, e, segurando-o imóvel, disse:

– Uma última palavra.

– Está desperdiçando seu latim – retrucou o deputado.

– Uma última palavra. Escute, Daubrecq: esqueça madame Mergy, desista desses atos imprudentes e tolos que seu orgulho e sua paixão o estão levando a cometer. Deixe tudo isso de lado e pense apenas nos seus interesses…

– Meus interesses – disse Daubrecq – sempre coincidem com meu orgulho e com o que o senhor chama de minhas paixões.

– Até o momento, talvez. Mas não agora, não quando eu assumi esse negócio. Isso constitui um novo fato, que o senhor escolheu ignorar. Está errado. Gilbert é meu parceiro. Gilbert é meu amigo. Ele precisa ser salvo da guilhotina. Use sua influência para esse fim, e eu juro, está escutando, eu juro que vamos deixá-lo em paz. A segurança de Gilbert é tudo que eu peço. O senhor não terá que travar mais batalhas com a madame Mergy nem comigo; não haverá mais armadilhas. O senhor será o mestre, livre para agir como bem entender. A segurança de Gilbert, Daubrecq! Se recusar…

– O que acontecerá?

– Se recusar, teremos guerra, uma guerra impiedosa; ou seja, o senhor será derrotado.

– Isso quer dizer…

– Isso quer dizer que vou tirar a lista dos Vinte e Sete do senhor.

– Até parece! O senhor realmente acha isso?

– Eu juro.

– O que Prasville e todos os seus homens, o que Clarisse Mergy, o que ninguém conseguiu, o senhor acha que vai conseguir!

– Eu vou!

– E por quê? Qual santo vai ajudá-lo em uma tarefa em que todos falharam? Deve haver uma razão.

– E há.

– Qual?

– Meu nome é Arsène Lupin.

Ele precisava ir embora, mas manteve Daubrecq sob seu olhar autoritário. Finalmente, Daubrecq abaixou o olhar, deu alguns tapinhas em seu ombro e, com a mesma calma, a mesma obstinação, disse:

– E meu nome é Daubrecq. A minha vida toda tem sido uma guerra desesperada, uma longa série de catástrofes e derrotas nas quais gastei todas as minhas energias até que a vitória veio: completa, decisiva, esmagadora, irrevogável. A polícia, o governo, a França, o mundo estão contra mim. Que diferença vai fazer se o senhor Arsène Lupin também estiver contra mim? Ainda digo mais: quanto mais inimigos tenho, quanto mais talentosos eles são, mais cuidadoso sou obrigado a ser. E é por isso, meu querido senhor, que em vez de prendê-lo, como eu deveria ter feito, sim, eu deveria ter feito isso, eu o deixei solto e devo lembrá-lo de que o senhor tem menos de três minutos para desistir.

– A resposta é não?

– A resposta é não.

– O senhor não fará nada por Gilbert?

– Não, e continuarei fazendo o que tenho feito desde sua prisão: exercer um poder indireto sobre o ministro da Justiça para que o julgamento aconteça logo e que seu fim seja o que eu quero ver.

– O quê? – gritou Lupin, com indignação. – É por sua causa...

– Sim, por minha causa; sim, por Deus! Eu tenho um trunfo e estou jogando com ele. Quando eu pedir uma pena de morte para Gilbert, quando os dias passarem e o recurso dele for rejeitado pelos meus bons gabinetes, o senhor verá, Lupin, que a mamãezinha dele esquecerá todas as objeções de ser chamada de madame Alexis Daubrecq e me dará uma prova irrepreensível de sua boa vontade. Esse destino é inevitável, queira o senhor ou não. Está escrito. A única coisa que posso fazer pelo senhor é convidá-lo para o casamento e para o café da manhã. Isso lhe agrada? Não? Persiste nos seus planos sinistros? Bem, boa sorte, jogue suas armadilhas, espalhe suas teias, limpe suas armas e pegue seu guia do ladrão perfeito. Vai precisar dele. E agora, boa noite. As regras de hospitalidade exigem que eu lhe mostre a saída. Vá!

Lupin permaneceu em silêncio por algum tempo. Com os olhos fixos em Daubrecq, parecia estar avaliando o tamanho do adversário, seu peso, estimando sua força física, escolhendo em qual parte exata atacar. Daubrecq fechou os punhos e preparou seu plano de defesa para responder ao ataque.

Meio minuto se passou. Lupin colocou a mão no bolso. Daubrecq fez o mesmo e segurou a coronha de seu revólver. Mais alguns segundos. Friamente Lupin pegou uma caixinha dourada de doces, abriu e ofereceu a Daubrecq:

– Uma pastilha?

– O que é isso? – perguntou o outro, surpreso.

– Pastilhas para tosse.

– Para quê?

– Para o golpe de vento que vai pegar!

E, aproveitando a breve distração que a piada causou em Daubrecq, rapidamente pegou seu chapéu e se esquivou.

– Claro – disse ele, ao passar pelo vestíbulo –, estou derrotado. Mesmo assim, essa encenação foi nova nessas circunstâncias. Esperar uma bala e receber uma pastilha para tosse deve ser uma decepção. Deixou o velho chimpanzé atordoado.

Ao fechar o portão, um automóvel se aproximou e um homem saltou apressado, seguido por muitos outros.

Lupin reconheceu Prasville:

– Senhor secretário-geral – murmurou ele –, seu humilde servo. Acredito que algum dia o destino vá nos colocar cara a cara, e lamento pelo senhor, já que não me inspira nenhuma estima em particular, e acredito que vá passar por maus bocados nesse dia. Enquanto isso, se eu não estivesse com tanta pressa, esperaria até o senhor sair e seguiria Daubrecq para descobrir onde ele escondeu a criança que vai me devolver. Mas estou com pressa. Além disso, nada me garante que Daubrecq não agirá por telefone. Então, não vou perder tempo com esforços em vão, por isso vou me juntar a Victoire, Achille e nossa preciosa mala.

Duas horas mais tarde, Lupin, depois de tomar todas as suas medidas, estava de vigia no hangar em Neuilly e viu Daubrecq sair de uma rua adjacente e se aproximar com o ar incrédulo.

O próprio Lupin abriu as grandes portas:

– Suas coisas estão aqui, senhor deputado – anunciou. – Pode entrar e olhar. Tem uma locadora de veículos aqui perto; o senhor só precisa ir lá, pedir um caminhão e alguns homens. Onde está a criança?

Primeiro Daubrecq inspecionou os artigos, e então levou Lupin até a Avenida de Neuilly, onde duas senhoras com véu esperavam com o pequeno Jacques.

Lupin levou o menino até seu carro, onde Victoire esperava por ele.

Tudo foi feito rapidamente, sem palavras desnecessárias e como se os papéis e os movimentos tivessem sido ensaiados antes, como as muitas saídas e entradas de um palco.

Às dez horas da noite, Lupin manteve a sua promessa e entregou o pequeno Jacques à mãe. Mas o médico teve de ser chamado às pressas, já que o menino, impressionado por todos os acontecimentos, mostrava sinais de agitação e de medo.

Levou mais de duas semanas até que ele estivesse suficientemente recuperado para aguentar a mudança que Lupin considerava necessária. A própria madame Mergy só estava pronta para viajar quando chegou a hora. A viagem aconteceu à noite, com todas as precauções possíveis e com a escolta de Lupin.

Ele levou a mãe e o filho para uma pequena praia na Bretanha e os deixou aos cuidados de Victoire.

– Finalmente – murmurou, quando os viu acomodados –, não há mais ninguém entre mim e Daubrecq. Ele não pode mais fazer nada com madame Mergy e o menino; e ela não corre mais o risco de nos desviar da luta com suas intervenções. Por Deus, já cometemos erros demais! Primeiro, precisei me revelar para Daubrecq. Segundo, precisei entregar a minha parcela dos móveis de Enghien. Verdade, vou acabar recuperando-os, não tenho a menor dúvida. Mas, ao mesmo tempo, não estamos avançando, e daqui a uma semana Gilbert e Vaucheray serão julgados.

O que mais atingiu Lupin em todo o negócio foi a revelação de Daubrecq da localização de seu apartamento na Rua Chateaubriand. A polícia entrara lá. A identidade de Lupin e Michel Beaumont fora reconhecida, e certos documentos, descobertos. E Lupin, enquanto buscava seu objetivo, organizando diversos negócios que começara, enquanto evitava as buscas da polícia, que estavam se tornando cada vez mais zelosas e persistentes, precisou voltar ao trabalho e reorganizar completamente seus assuntos em uma nova base.

Portanto, sua raiva por Daubrecq crescia na mesma proporção da preocupação que o deputado lhe causara. Só tinha um desejo: colocá-lo no bolso, como ele dizia, tê-lo à sua disposição por meios legais ou por meio da força, e tirar o segredo dele. Sonhava com torturas pensadas para fazer o mais silencioso dos homens soltar a língua. Chuteiras, cavalete, pinças incandescentes, pranchas de pregos; em sua opinião, nenhum sofrimento era mais do que o inimigo merecia. E os fins justificavam os meios.

– Ah – disse ele para si mesmo –, uma boa sala em brasas, alguns carrascos frios! Seria um belo trabalho!

Todas as tardes Grognard e Le Ballu vigiavam a rua que Daubrecq pegava entre a Praça Lamartine, a Câmara dos Deputados e seu clube. Receberam instruções de escolher a rua mais deserta e o momento mais favorável e empurrá-lo para dentro do automóvel.

Lupin, por sua vez, preparou uma velha construção, no meio de um grande jardim, não longe de Paris, que apresentava todas as condições necessárias de segurança e isolamento, e à qual deu o nome de Jaula do Macaco.

Infelizmente, Daubrecq deve ter suspeitado de alguma coisa, já que a cada dia mudava sua rota e pegava o metrô ou o bonde; e a jaula permanecia vazia.

Lupin elaborou outro plano. Chamou um de seus associados de Marselha, um merceeiro aposentado chamado Brindebois, que morava no distrito eleitoral de Daubrecq e se interessava por política. O velho Brindebois escreveu para Daubrecq de Marselha, anunciando sua visita. O deputado foi muito hospitaleiro com seu importante eleitor e providenciou um jantar para a semana seguinte.

O eleitor sugeriu um pequeno restaurante na margem esquerda do Sena, onde a comida, ele dizia, era maravilhosa. Daubrecq aceitou.

Era isso que Lupin queria. O proprietário do restaurante era seu amigo. O atentado, que aconteceria na quinta-feira seguinte, estava fadado ao sucesso.

Enquanto isso, na segunda-feira da mesma semana, iniciou-se o julgamento de Gilbert e Vaucheray.

Como o caso acontecera recentemente, nós nos lembramos bem da incompreensível parcialidade que o juiz demonstrou no interrogatório de Gilbert. Foi tão patente que ele foi severamente criticado na época. Lupin reconheceu ali a influência odiosa de Daubrecq.

A atitude dos prisioneiros se mostrou bem diferente. Vaucheray estava sombrio, silencioso, o rosto fechado. De forma cínica, com frases curtas, irônicas e provocativas, admitiu os crimes dos quais já fora considerado culpado. Mas, com uma contradição inexplicável para todos, menos para Lupin, ele negou qualquer participação no assassinato do camareiro Leonard e acusou violentamente Gilbert. O objetivo dele, ao ligar seu destino ao de Gilbert, era forçar Lupin a tomar medidas idênticas para seus dois cúmplices.

ARSÈNE LUPIN E A ROLHA DE CRISTAL

Gilbert, de outro lado, cujo semblante franco e olhos sonhadores e melancólicos ganharam a simpatia de todos, não conseguia se proteger das armadilhas colocadas para ele pelo juiz ou contradizer as mentiras de Vaucheray. Ele chorava, falava muito ou não falava quando deveria. Além disso, seu advogado, um dos líderes da associação dos advogados, ficou doente no último momento (fato em que Lupin, mais vez, viu as mãos de Daubrecq) e foi substituído por um jovem advogado que falava mal, levou o caso na direção errada, colocou o júri contra ele e não conseguiu apagar a impressão deixada pelos discursos do promotor e do advogado de Vaucheray.

Lupin, que teve a inconcebível audácia de estar presente no último dia do julgamento, uma quinta-feira, não tinha dúvidas do resultado. Os dois receberiam o veredito de culpado.

Estava claro como todos os esforços da promotoria, assim como as táticas de Vaucheray, tinham a intenção de ligar os dois prisioneiros. Assim como também estava claro, acima de tudo, porque se tratavam de dois cúmplices de Lupin. Desde a abertura da investigação até a expedição da sentença, e embora a Justiça, por falta de provas suficientes, e também para não divulgar seus esforços, não quisesse envolver Lupin no caso, todo esse julgamento foi dirigido contra Lupin. Ele era o adversário em que estavam mirando, o líder que devia ser punido na pessoa de seus amigos, o famoso e popular criminoso cuja fascinação aos olhos do povo deveria ser destruída de uma vez por todas. Com a execução de Gilbert e de Vaucheray, a auréola de Lupin sumiria, e seria o fim da lenda.

Lupin... Lupin... Arsène Lupin: esse foi o nome mais ouvido nos quatro dias. O promotor, o juiz, o júri, o defensor, as testemunhas não falavam outro nome. A todo momento Lupin era mencionado, amaldiçoado, insultado, zombado e acusado por todos os crimes que cometera. Era como se Gilbert e Vaucheray fossem meros comparsas, enquanto o verdadeiro criminoso em julgamento fosse ele, Lupin, mestre Lupin, Lupin o assaltante, o líder da quadrilha de ladrões, o falsificador, o incendiário, o reincidente, o ex-condenado, Lupin o assassino, manchado com o sangue de sua vítima, Lupin se esgueirando pelas sombras, como um covarde, depois de mandar seus amigos para a guilhotina.

– Ah, eles sabem bem o que estão fazendo! – murmurou. – Estão fazendo o pobre Gilbert pagar pelos meus crimes.

E a terrível tragédia continuou.

Às sete da noite, após uma longa deliberação, o júri voltou para o tribunal, e o presidente leu as respostas às perguntas feitas pela corte. A resposta era "sim" para todas as perguntas, uma sentença de culpa sem circunstâncias atenuantes.

Os prisioneiros foram trazidos. Em pé, mas trêmulos e pálidos, eles receberam sua sentença de morte.

E, no meio do solene silêncio, no qual a ansiedade dos espectadores estava misturada com pena, o presidente da corte perguntou:

– Vaucheray, tem mais alguma coisa a dizer?

– Nada, senhor presidente. Agora que meu companheiro foi condenado, assim como eu, estou tranquilo… Nós dois estamos no mesmo pé… Então o patrão terá que encontrar um jeito de nos salvar.

– O patrão?

– Sim, Arsène Lupin.

Houve risos na plateia.

O presidente perguntou:

– E o senhor, Gilbert?

Lágrimas escorriam pelo rosto do pobre, e ele gaguejou algumas frases mal articuladas. Mas, quando o juiz repetiu a pergunta, ele conseguiu se recompor e respondeu, com a voz trêmula:

– Eu gostaria de dizer, senhor presidente, que eu sou culpado de muitas coisas, é verdade… Fiz muitas coisas erradas… mas não isso.

Arsène Lupin e a rolha de cristal

Não, eu não matei ninguém... Nunca matei ninguém... E eu não quero morrer... seria horrível demais...

Ele vacilou, sendo sustentado pelos guardas, e começou a chorar como uma criança pedindo socorro:

– Patrão... me salve! Me salve! Não quero morrer!

Então, na plateia, no meio de uma excitação geral, uma voz se elevou mais alta do que o alvoroço à sua volta:

– Não tenha medo, pequeno, o patrão está aqui!

Um tumulto se seguiu. Houve empurrões. Os guardas municipais e os policiais entraram no tribunal e agarraram um homem grande, com rosto vermelho, que foi denunciado por quem estava em volta como o autor da fala, e que se debatia com mãos e pés.

Questionado na mesma hora, ele deu seu nome, Philippe Bonel, funcionário de uma funerária, e declarou que alguém sentado ao lado dele lhe oferecera uma nota de cem francos se ele aceitasse, no momento oportuno, gritar algumas palavras que foram escritas em um pedaço de papel. Como poderia recusar?

Para provar sua declaração, ele mostrou a nota de cem francos e uma pedaço de papel.

Philippe Bonel foi liberado.

Enquanto isso, Lupin, que evidentemente entregara o indivíduo aos guardas, deixou o tribunal com o coração angustiado. Seu carro o aguardava no cais. Entrou no carro, desesperado, tomado por tanto sofrimento que precisou se esforçar para segurar as lágrimas. O choro de Gilbert, sua voz aflita, sua expressão distorcida, seu corpo vacilante: tudo isso assombrava sua mente, e ele se sentia como se nunca mais, nem por um segundo, fosse se esquecer daquelas lembranças.

Foi para sua nova casa, que escolhera entre as suas diferentes residências e que ficava na esquina da Praça de Clichy. Esperava encontrar Grognard e Le Ballu, com quem deveria sequestrar Daubrecq naquela noite. Mas, ao abrir a porta de seu apartamento, soltou um grito: Clarisse estava diante dele; Clarisse, que voltara da Bretanha no momento do veredito.

No mesmo instante, pela postura e palidez dela, ele percebeu que ela sabia. E imediatamente, recobrando sua coragem na presença dela, sem lhe dar tempo de falar, ele exclamou:

– Sim, sim, sim, mas não importa. Nós previmos isso. Não pudemos evitar. O que temos de fazer agora é impedir que aconteça. E hoje à noite, hoje à noite a coisa será feita, entendeu?

Imóvel em seu sofrimento, ela gaguejou:

– Hoje à noite?

– Sim. Já preparei tudo. Daqui a duas horas Daubrecq estará nas minhas mãos. Hoje à noite, independentemente dos meios que eu precisar usar, ele vai falar.

– O senhor está falando sério? – perguntou ela, fraca, enquanto um raio de esperança começava a iluminar seu rosto.

– Ele vai falar. Eu vou descobrir o segredo dele. Vou arrrancar dele a lista dos Vinte e Sete. E essa lista vai libertar o seu filho.

– Tarde demais – murmurou Clarisse.

– Tarde demais? Por quê? A senhora acha que, em troca desse documento, não conseguirei a fuga simulada de Gilbert? Ora, Gilbert estará livre em três dias! Em três dias!

A campainha o interrompeu:

– Escute, nossos amigos chegaram. Confie em mim. Lembre-se de que cumpro as minhas promessas. Eu lhe devolvi o pequeno Jacques. Vou lhe devolver Gilbert.

Ele foi abrir a porta para Grognard e Le Ballu e disse:

– Tudo pronto? O velho Brindebois já está no restaurante? Rápido, vamos logo!

– Não vale a pena, patrão – respondeu Le Ballu.

– Como? Por quê?

– Temos uma notícia.

– Que notícia? Fale, homem!

– Daubrecq desapareceu.

– Como? O que você disse? Daubrecq desapareceu?

– Sim, levaram-no da casa dele, em plena luz do dia.

– Que diabo! Quem o levou?

– Ninguém sabe… quatro homens… houve tiros. A polícia está no local. Prasville está conduzindo as investigações.

Lupin não mexeu um músculo. Olhou para Clarisse Mergy, que estava encolhida em uma cadeira.

Ele mesmo teve de baixar a cabeça. O sequestro de Daubrecq significava mais uma chance perdida.

O PERFIL DE NAPOLEÃO

Assim que o chefe de polícia, o chefe de segurança e os juízes de instrução saíram da casa de Daubrecq, após uma investigação preliminar e totalmente infrutífera, Prasville retomou sua busca pessoal.

Ele estava examinando o escritório e os rastros da luta que acontecera ali quando a zeladora lhe entregou um cartão de visita com algumas palavras escritas a lápis.

– Deixe a senhora entrar – instruiu ele.

– A senhora não está sozinha – avisou a zeladora.

– Ah! Bem, deixe que a outra pessoa também entre.

Clarisse Mergy entrou na mesma hora e apresentou o cavalheiro que a acompanhava. Ele usava uma sobrecasaca preta, apertada e maltrapilha, parecia tímido e constrangido com seu velho chapéu-coco, guarda-chuva de algodão e apenas uma luva; na verdade, parecia constrangido com toda a sua pessoa.

– Senhor Nicole – apresentou Clarisse –, professor particular que está trabalhando como tutor do meu pequeno Jacques. O senhor Nicole tem-me ajudado muito com seus conselhos neste último ano. Ele me ajudou com a história da rolha de cristal. Se o senhor não se incomodar, gostaria que contasse para mim e para ele os detalhes desse sequestro, que me deixa inquieta e prejudica meus planos. Os seus também, imagino.

Prasville confiava plenamente em Clarisse Mergy. Sabia do ódio dela por Daubrecq e era grato pela ajuda que ela dera no caso. Portanto, não se importou em contar a ela o que sabia, graças a algumas pistas e, principalmente, ao depoimento da zeladora.

Além disso, tudo era muito simples.

Daubrecq, que servira de testemunha no julgamento de Gilbert e Vaucheray e fora visto no tribunal durante os discursos, voltou para casa às seis horas. A zeladora afirmou que ele chegou sozinho e que não havia ninguém na casa àquela hora. Contudo, alguns minutos depois, ela escutou gritos, seguidos pelos sons de uma luta e dois tiros; de seu alojamento ela viu quatro homens mascarados descer apressados os degraus da frente, carregando o deputado Daubrecq para o portão, que eles abriram. No mesmo instante, um automóvel parou na frente da casa. Os quatro homens entraram, e o automóvel, que mal tivera tempo de parar, saiu a toda velocidade.

– Não tem sempre dois policiais de plantão? – perguntou Clarisse.

– Eles estavam ali – respondeu Prasville –, mas a cento e cinquenta metros de distância; e foi tudo tão rápido que eles nem conseguiram interferir, embora tenham vindo correndo.

– E eles não descobriram nada? Não encontraram nada?

– Nada, ou quase nada. Apenas isto.

– O que é isso?

– Um pedaço de marfim, que eles pegaram no chão. Havia um quinto homem no carro; e a zeladora o viu descer enquanto os outros colocavam Daubrecq dentro do carro. Ao entrar de volta no carro, esse homem deixou cair alguma coisa, que pegou imediatamente. Mas a coisa, o que quer que seja, deve ter quebrado, já que meus homens encontraram este pedacinho de marfim no chão.

– Mas como os quatro homens conseguiram entrar na casa? – perguntou Clarisse.

– Eles usaram chaves falsas, evidentemente, enquanto a zeladora estava no mercado, durante a tarde. E eles não tiveram problema para se esconder, já que não há outros empregados na casa. Acredito que eles tenham se escondido na sala de jantar, aqui ao lado, e atacaram Daubrecq aqui mesmo no escritório. A bagunça nos móveis e nos objetos mostra como a luta foi violenta. Encontramos um revólver de alto calibre, que pertence a Daubrecq, no tapete. Uma das balas quebrou o vidro da lareira.

Clarisse virou-se para seu acompanhante, para que ele desse sua opinião. Mas o senhor Nicole, olhando para baixo, não se mexera em sua cadeira e passava a mão na aba do chapéu, como se ainda não tivesse encontrado um lugar adequado para ele.

Prasville sorriu. Era evidente que não considerava o conselheiro de Clarisse um homem muito inteligente:

– O caso me parece bem nebuloso, não concorda, senhor? – questionou ele.

– Sim… sim – concordou Nicole –, muito nebuloso.

– Então o senhor não tem nenhuma teoria sobre o assunto?

– Bem, senhor secretário-geral, estou aqui pensando que Daubrecq tem muitos inimigos.

– Com certeza.

– E muitos desses inimigos, que têm interesse no desaparecimento dele, podem ter-se unido contra ele.

– Perfeito, perfeito! – exclamou Prasville, com uma aprovação irônica. – Perfeito! Tudo está ficando claro como a luz do dia. O senhor só precisa nos dar uma indicação que nos permita seguir pela direção certa.

– O senhor não acha, secretário-geral, que esse pedacinho de marfim que foi encontrado no chão…

ARSÈNE LUPIN E A ROLHA DE CRISTAL

– Não, senhor Nicole, não. Esse pedacinho de marfim pertence a algum objeto que não conhecemos e que o dono certamente esconderá. Para rastrearmos o dono, precisaríamos pelo menos conseguir definir a natureza do objeto em si.

O senhor Nicole refletiu e, então, começou:

– Senhor secretário-geral, após a queda de Napoleão...

– Ah, senhor Nicole, uma aula de história da França!

– Apenas uma frase, senhor secretário-geral, só lhe peço permissão para completar uma frase. Após a queda de Napoleão I, a Restauração deixou um certo número de oficiais com metade do salário, oficiais esses que as autoridades consideravam suspeitos e foram mantidos sob vigilância da polícia. Eles se mantiveram fiéis à memória do imperador e se esforçaram para reproduzir o perfil de seu ídolo em todo tipo de objetos cotidianos, como caixas de rapé, anéis, alfinetes de gravata, facas, etc.

– Então?

– Então essa peça vem de uma bengala, ou algo parecido, cujo castão é formado por marfim esculpido. Quando se olha para o castão por determinado ângulo, é possível ver o perfil do cabo. O que o senhor tem em mãos, senhor secretário-geral, é o pedaço de um castão de marfim de uma bengala de um oficial com meio salário.

– Sim – concordou Prasville, examinando a peça em questão –, sim, consigo distinguir um perfil... mas não entendo sua conclusão...

– A conclusão é muito simples. Entre as vítimas de Daubrecq, cujos nomes estão escritos na famosa lista, está o descendente de uma família da Córsega fiel a Napoleão, que recebeu seu título e riqueza do imperador e enfrentou a ruína com a Restauração. Existem nove em dez chances de que esse descendente, que foi líder do partido bonapartista alguns anos atrás, seja a quinta pessoa escondida no automóvel. Preciso dizer seu nome?

– O marquês d'Albufex? – questionou Prasville.

– O marquês d'Albufex – confirmou Nicole.

Nicole, que não parecia mais nem um pouco preocupado com o chapéu, com a luva ou o guarda-chuva, levantou-se e disse para Prasville:

– Senhor secretário-geral, talvez eu só devesse ter revelado a minha descoberta depois da vitória final, ou seja, depois de lhe entregar a lista dos Vinte e Sete. Mas esse assunto é urgente. O desaparecimento de Daubrecq, ao contrário do que os sequestradores acreditam, pode causar uma catástrofe que o senhor deve querer evitar. Portanto, devemos agir com rapidez. Senhor secretário-geral, peço sua poderosa ajuda imediata.

– Como posso ajudá-lo? – perguntou Prasville, que estava começando a ficar impressionado com esse indivíduo bizarro.

– Entregando para mim, amanhã, todas as informações sobre o marquês d'Albufex, que eu sozinho levaria dias para juntar.

Prasville pareceu hesitar e se virou para Clarisse Mergy. E ela disse:

– Imploro que aceite os serviços do senhor Nicole. Ele é um aliado inestimável e dedicado. Respondo pelos atos dele como responderia pelos meus próprios.

– De quais informações o senhor precisa? – perguntou Prasville.

– Tudo que envolva o marquês d'Albufex: sua posição na família, como passa o tempo, as conexões de sua família, suas propriedades em Paris e no campo.

Prasville fez uma objeção:

– Afinal, seja o marquês ou não o sequestrador de Daubrecq, ele está trabalhando a nosso favor, já que, ao pegar a lista, deixa Daubrecq desarmado.

– E quem garante, senhor secretário-geral, que ele não esteja trabalhando a favor dele mesmo?

– Isso não é possível, já que o nome dele também está na lista.

– Suponha que ele apague. Suponha que estejamos lidando com um segundo chantagista, ainda mais implacável e poderoso do que o primeiro e que, como adversário político, está em uma situação melhor do que Daubrecq para se manter na briga.

O secretário-geral ficou impressionado com o argumento. Após pensar por um momento, disse:

– Vá ao meu gabinete amanhã às quatro da tarde. Eu lhe darei as informações. Qual é o seu endereço, caso eu precise falar com o senhor?

– Praça de Clichy, 25. Estou no apartamento de um amigo, que me emprestou enquanto está fora da cidade.

A entrevista acabou. Nicole agradeceu ao secretário-geral com uma reverência e saiu na companhia de Clarisse Mergy:

– Ótimo trabalho – exclamou ele, do lado de fora, esfregando as mãos. – Agora posso entrar no gabinete da polícia sempre que quiser e colocar todo mundo para trabalhar.

Clarisse, que estava menos esperançosa, disse:

– Ai de mim! Será que chegaremos a tempo? O que mais me assusta é a ideia de a lista ser destruída.

– Por quem? Por Daubrecq?

– Não, pelo marquês, quando ele conseguir pegá-la.

– Ele ainda não tem a lista! Daubrecq vai resistir por tempo suficiente até que nós o encontremos. Pense! Prasville está à minha disposição!

– Suponha que ele descubra quem é o senhor. Uma pequena investigação provará que não existe nenhum senhor Nicole.

– Mas isso não prova que o senhor Nicole é a mesma pessoa que Arsène Lupin. Além disso, fique tranquila. Prasville não é um bom policial; seu único objetivo na vida é destruir seu velho inimigo Daubrecq. Para conseguir isso, todos os meios são justificáveis, e ele não vai perder tempo verificando a identidade do senhor Nicole, que prometeu entregar Daubrecq. Isso sem mencionar o fato de que a senhora me trouxe e que meus talentos o deixaram bem impressionado. Então, vamos seguir corajosamente.

Clarisse sempre recuperava a confiança na presença de Lupin. O futuro parecia menos assustador para ela; e ela admitia, forçava-se a admitir para si mesma, que as chances de salvar Gilbert não tinham sido diminuídas por essa terrível sentença de morte. Mas ele não conseguiu convencê-la a voltar para a Bretanha. Ela queria lutar ao lado dele. Queria estar lá e compartilhar todas as suas esperanças e decepções.

No dia seguinte, as investigações da polícia confirmaram o que Prasville e Lupin já sabiam: o marquês d'Albufex se envolvera profundamente no negócio do canal, tanto que o príncipe Napoleão fora obrigado a tirá-lo do gerenciamento de sua campanha política na França; e ele só conseguiu sustentar seu estilo de vida extravagante por meio de empréstimos e improvisos. De outro lado, em relação ao sequestro de Daubrecq, foi confirmado que, diferentemente de seu costume, o marquês não aparecera em seu clube entre seis e sete daquela noite e não jantara em casa. Só voltou quase meia-noite, e chegou a pé.

Portanto, a acusação do senhor Nicole estava sendo comprovada de forma antecipada. Infelizmente, e Lupin não teve mais sucesso em suas próprias tentativas, foi impossível conseguir qualquer pista do automóvel, do chofer e das quatro pessoas que entraram na casa de Daubrecq. Eram sócios do marquês, também envolvidos nos negócios do canal como ele? Ou eram homens pagos por ele? Ninguém sabia.

Consequentemente, toda a busca se concentrou no marquês e em todas as propriedades e casas de campo que ele possuía a uma certa distância de Paris, uma distância que, com a velocidade média de um automóvel e as inevitáveis paradas, seria entre cem e cento e cinquenta quilômetros.

Mas d'Albufex, depois de vender tudo que já possuíra, não dispunha mais de casas de campo nem propriedades.

Voltaram suas atenções para os relacionamentos e as amizades do marquês. Ele conseguiria dispor de um lugar seguro no qual prender Daubrecq?

ARSÈNE LUPIN E A ROLHA DE CRISTAL

O resultado foi igualmente inútil.

E os dias foram passando. E que dias foram aqueles para Clarisse Mergy! Cada dia colocava Gilbert mais perto do seu terrível ajuste de contas. Cada dia representava vinte e quatro horas a menos da data que Clarisse instintivamente fixara em sua cabeça. E dissera a Lupin, que estava tomado pela mesma ansiedade:

– Mais cinquenta e cinco dias... cinquenta e cinco... O que podemos fazer em tão poucos dias? Por favor, senhor, eu lhe imploro...

O que eles realmente podiam fazer? Lupin, que não quis designar a tarefa de vigiar o marquês a nenhuma outra pessoa além de si mesmo, praticamente não dormia. Mas o marquês voltara à sua vida normal e, sem a menor dúvida, suspeitando de alguma coisa, não arriscava se afastar.

Apenas uma vez ele foi, sozinho, à casa do duque de Montmaur durante o dia. O duque tinha um grupo de caça a javalis na floresta de Durlaine. D'Albufex não tinha nenhuma relação com o duque além da caça esportiva.

– É muito pouco provável – disse Prasville – que o duque de Montmaur, um homem extremamente rico, que só se interessa por suas propriedades e por caça, e que não gosta de política, se envolveria no sequestro do deputado Daubrecq.

Lupin concordava, mas, como não queria arriscar, na semana seguinte, ao ver d'Albufex sair uma manhã com roupa de montaria, seguiu-o até a estação du Nord e pegou o mesmo trem.

O marquês saltou na estação Aumale, onde pegou uma carruagem que o levou para o Château de Montmaur.

Lupin desembarcou discretamente, alugou uma bicicleta e avistou a casa no momento em que os convidados estavam indo para o parque, alguns de automóvel, outros a cavalo. O marquês d'Albufex estava a cavalo.

Três vezes naquele dia Lupin o viu galopar. E encontrou-o, à noite, na estação, para onde d'Albufex foi a cavalo, seguido por um guarda.

As evidências eram conclusivas: não havia nada de suspeito ali. Mas por que Lupin não se dava por satisfeito com as aparências? E por que, no dia seguinte, mandou Le Ballu investigar nos arredores de Montmaur? Era uma precaução a mais, sem base na razão lógica, mas que refletia sua forma metódica e cuidadosa de agir.

Dois dias depois, Le Ballu lhe enviou, junto com outras informações menos importantes, uma lista com todos os convidados, todos os empregados e todos os guardas de Montmaur.

Um nome lhe chamou a atenção, entre os guardas. Na mesma hora, telegrafou:

"Investigue o guarda Sebastiani".

A resposta de Le Ballu veio no dia seguinte:

"Sebastiani, da Córsega, foi recomendado ao duque de Montmaur pelo marquês d'Albufex. Ele mora a uns cinco quilômetros da casa, em uma cabana de caça construída entre as ruínas de um forte feudal, que é o berço da família Montmaur".

– É isso – disse Lupin para Clarisse Mergy, mostrando a ela a carta de Le Ballu. – Esse nome, Sebastiani, na mesma hora me lembrou de que d'Albufex vem da Córsega. Havia uma conexão...

– O que o senhor pretende fazer?

– Se Daubrecq está preso naquelas ruínas, pretendo entrar em contato com ele.

– Ele não vai confiar em você.

– Não. Com a ajuda da polícia, eu acabei descobrindo as duas senhoras que pegaram seu pequeno Jacques em Saint-Germain e o entregaram a mim, na mesma noite, em Neuilly. São duas solteironas, primas de Daubrecq, que lhes dá uma pequena mesada. Eu fiz uma visita às senhoritas Rousselot. Lembre-se do nome e do endereço: 134 bis, Rua du Bac. Inspirei confiança nelas, prometi que encontraria o primo e benfeitor delas; e a irmã mais velha, Euphrasie Rousselot, me deu uma carta em que pede que Daubrecq confie plenamente no senhor Nicole. Então, pode ver que tomei todas as precauções. Eu partirei nesta noite.

– Quer dizer, nós – corrigiu Clarisse.

– A senhora?

– Como posso viver assim, nessa inércia febril? – E ela sussurrou: – Não estou mais contando os dias, os trinta e oito ou quarenta que nos restam. Estou contando as horas.

Lupin percebeu que a decisão dela era forte demais para ele tentar convencê-la do contrário. Às cinco da manhã os dois saíram de automóvel. Grognard foi com eles.

Para não levantar suspeita, Lupin escolheu uma cidade grande para ser sua base. Em Amiens, onde instalou Clarisse, estava a apenas vinte e cinco quilômetros de Montmaur.

Às oito horas ele encontrou Le Ballu não muito longe do forte, que era conhecido na vizinhança pelo nome de Mortepierre, e os dois examinaram o lugar.

Nos confins da floresta, um pequeno rio chamado Ligier abria seu caminho por um vale profundo, formando um ciclo que domina toda a falésia de Mortepierre.

– Nada pode ser feito deste lado – disse Lupin. – O penhasco é muito íngreme, mais de sessenta metros de altura, e o rio passa por toda a sua volta.

Não muito longe eles encontraram uma ponte que levava ao caminho que, por meio de carvalhos e pinheiros, conduzia a uma pequena esplanada onde havia um portão de ferro pesado, cravejado de pregos e flanqueado por duas grandes torres.

– É aqui que Sebastiani mora? – perguntou Lupin.

– Sim – respondeu Le Ballu –, com sua esposa, em uma cabana no meio das ruínas. Também descobri que ele tem três filhos altos e que todos os quatro estavam fora no dia em que Daubrecq foi sequestrado.

– Não diga! – exclamou Lupin. – Muito bem lembrada essa coincidência. É bem provável que esses caras e o pai tenham realizado o sequestro.

Já no final da tarde, Lupin aproveitou uma brecha para escalar a parede do forte que ficava à direita das torres. De lá ele conseguia ver a cabana e as ruínas da fortaleza: um pedaço de parede, sugerindo uma chaminé; mais à frente, um tanque de água; do outro lado, os arcos de uma capela; do outro, uma pilha de pedras caídas.

À frente, um caminho beirava o penhasco, e na extremidade desse caminho havia as ruínas de uma formidável masmorra quase no nível do solo.

Lupin voltou para Clarisse Mergy à noite. E, depois disso, ficou indo e vindo entre Amiens e Mortepierre, deixando Grognard e Le Ballu permanentemente em vigia.

Seis dias se passaram. Os hábitos de Sebastiani pareciam se resumir aos deveres de seu emprego. Ele subia para o Château de Montmaur caminhando pela floresta, mapeando as trilhas dos animais e fazendo patrulhas à noite.

No sétimo dia, porém, sabendo que pela manhã uma carruagem tinha sido enviada à estação de Aumale, Lupin assumiu seu posto entre os arbustos que contornavam a esplanada em frente ao portão.

Às duas horas, ouviu os latidos da matilha. Os cães se aproximaram, acompanhados de gritos, depois se afastaram. Ele os ouviu de novo no meio da tarde, não de forma tão distinta; e foi só. Mas de repente, em pleno silêncio, veio o som forte do galope de cavalos, e poucos minutos depois viu dois cavaleiros subir o caminho do rio.

Reconheceu o marquês d'Albufex e Sebastiani. Ao chegarem à esplanada, ambos desmontaram, e uma mulher, sem dúvida a esposa do guarda, abriu o portão. Sebastiani amarrou as rédeas dos cavalos em anéis presos em um poste a poucos metros de Lupin e correu para se juntar ao marquês. Fechou o portão ao entrar.

Lupin não hesitou; embora ainda fosse dia, confiando na solidão do lugar, subiu até a abertura oca. Passando a cabeça com cuidado pela brecha, viu os dois homens e a esposa de Sebastiani se dirigir apressados para as ruínas do forte.

O caçador levantou uma cortina de hera que escondia a entrada para uma escadaria, que ele desceu, acompanhado do marquês, deixando a esposa de guarda.

Não havia como ir atrás deles, e Lupin voltou para seu esconderijo. Pouco tempo depois, o portão se abriu de novo.

O marquês d'Albufex parecia muito nervoso. Batia com o chicote na sua bota e murmurava palavras zangadas que Lupin conseguiu distinguir quando a distância entre eles ficou menor:

– Ah, esse miserável! Eu vou fazê-lo falar. Vou voltar hoje à noite, às dez horas, ouviu, Sebastiani? E faremos o que for necessário! Ah, infeliz!

Sebastiani desamarrou os cavalos. D'Albufex virou-se para a mulher:

– Mande seus filhos ficar vigiando. Se alguém tentar entregá-lo, pior para ele. O alçapão está lá. Posso confiar neles?

– Completamente, como se fosse em mim, senhor marquês – assentiu o guarda. – Eles sabem o que o senhor já fez por mim e por eles. Não vão recuar.

– Vamos montar e voltar para a caçada – ordenou d'Albufex.

Então as coisas estavam acontecendo como Lupin tinha suposto. Durante essas caçadas, o marquês galopava até Mortepierre, sem ninguém suspeitar de nada. Sebastiani, que era fiel a ele de corpo e alma, por razões do passado que não valiam a pena ser investigadas, acompanhava-o. E juntos eles iam ver o refém, que era vigiado pela mulher e pelos filhos do caçador.

– Esta é a posição em que nos encontramos – disse Lupin para Clarisse Mergy quando se juntou a ela em um albergue local. – Hoje à noite o marquês irá interrogar Daubrecq, com violência, como eu mesmo pretendia fazer.

– E Daubrecq contará seu segredo – concluiu Clarisse, já um pouco chateada.

– Acredito que sim.

– Então...

– Estou na dúvida entre dois planos – revelou Lupin, que parecia muito calmo. – Impedir o interrogatório...

– Como?

– Nós nos antecipando a d'Albufex. Às nove horas, Grognard, Le Ballu e eu escalamos os muros e entramos no forte, atacamos e desarmamos a guarnição. Pronto: Daubrecq será nosso.

– A não ser que os filhos de Sebastiani façam com que ele passe pelo alçapão que o marquês mencionou...

– Por essa razão – explicou Lupin –, só quero arriscar essa medida violenta como última saída e no caso de o outro plano não ser possível.

– Qual é o outro plano?

– Testemunhar o interrogatório. Se Daubrecq não falar, isso nos dará tempo para tirá-lo de lá em condições mais favoráveis. Se ele falar, se eles conseguirem fazê-lo revelar o lugar em que a lista dos Vinte e Sete está escondida, saberei da verdade ao mesmo tempo que d'Albufex e juro por Deus que vou tirar proveito disso antes dele.

– Sim, sim – disse Clarisse. – Mas como o senhor pretende estar presente?

– Ainda não sei – confessou Lupin. – Depende de algumas informações que Le Ballu vai trazer para mim e algumas que eu mesmo vou descobrir.

Ele saiu do albergue e só voltou uma hora depois, quando a noite estava caindo. Le Ballu se juntou a ele.

– Está com o livro? – perguntou Lupin.

– Sim, patrão. Foi o que eu vi no jornaleiro de Aumale. Comprei por dez centavos.

– Deixe-me ver.

Le Ballu entregou a ele um livro velho, sujo, rasgado, cujo título era *Uma visita a Mortepierre, 1824,* com ilustrações e mapas.

Na mesma hora Lupin procurou o mapa da masmorra.

– É isso – disse ele. – Acima do chão havia três andares, que foram demolidos, e abaixo do solo, cavado entre as rochas, dois andares; um deles está bloqueado pelo entulho, mas o outro... Aqui é onde está o nosso amigo Daubrecq. O nome é significativo: a câmara da tortura. Pobre amigo! Entre a escada e a câmara da tortura, duas portas. Entre as duas portas, um espaço, onde obviamente os três irmãos ficam, armados...

– Então é impossível que o senhor entre sem que eles o vejam.

– Impossível... A não ser que eu procure uma maneira de chegar ao teto e venha de cima... Mas é muito arriscado...

Ele continuou a virar as páginas do livro. Clarisse perguntou:

– Há janelas nesse cômodo?

– Sim – respondeu ele. – Virada para o rio, eu passei por lá, é possível ver uma pequena abertura, que também está marcada na planta. Mas fica a cinquenta metros de altura, na vertical. E a rocha se projeta da água. Então, impossível também.

Ele olhou mais algumas páginas do livro. O título de um capítulo chamou a sua atenção: "A Torre dos Amantes". Leu as primeiras linhas:

"Antigamente a masmorra era conhecida pelo povo dos arredores como a Torre dos Amantes, por causa da lembrança da tragédia fatal que aconteceu nela na Idade Média. O conde de Mortepierre, ao receber provas da infidelidade de sua esposa, prendeu-a na câmara da tortura, onde ela passou vinte anos. Uma noite, o amante dela, o senhor de Tancarville, com audácia, montou uma escada no rio e subiu pela encosta até chegar à janela da câmara. Após serrar as barras, ele conseguiu soltar a mulher amada e descer com ela com a ajuda de uma corda.

Os dois chegaram ao topo da escada, que estava sendo vigiada pelos amigos deles, quando um tiro foi disparado no caminho da encosta e atingiu o homem no ombro. Os dois amantes foram lançados pelos ares...".

Houve uma pausa depois que ele leu isso, uma longa pausa durante a qual cada um deles formou uma imagem mental da trágica fuga. Então, três ou quatro séculos antes, um homem, arriscando sua vida, tentara um feito surpreendente que teria sido bem-sucedido se não fosse pela vigilância de alguma sentinela que escutou o barulho. Um homem ousou fazer isso! Um homem conseguiu!

Lupin levantou o olhar para Clarisse. Ela estava olhando para ele com tanto desespero, um olhar cheio de súplica! O olhar de uma mãe que pedia o impossível e que teria sacrificado qualquer coisa para salvar seu filho.

– Le Ballu – disse ele –, consiga uma corda forte, mas fina, para que eu possa amarrá-la na minha cintura, e bem longa, cinquenta ou sessenta metros. Grognard, vá procurar três ou quatro escadas e amarre uma à outra.

– Patrão, o que o senhor está pensando? – questionaram os dois cúmplices. – O senhor está querendo... Mas é uma loucura!

– Loucura? Se outro já fez, eu também posso fazer!

– Mas é uma chance em cem de que o senhor não quebre o pescoço.

– Bem, Le Ballu, temos uma chance de eu não quebrar.

– Mas, patrão...

– Basta, meus amigos. Encontrem-me daqui a uma hora na margem do rio.

A preparação demorou. Foi difícil encontrar material para uma escada de quinze metros que chegasse à primeira saliência da encosta, e foram necessários esforço e cuidado infinitos para juntar as partes.

Finalmente, um pouco depois das nove horas, a escada estava armada no meio do rio, presa a um barco, cuja frente foi engatada entre duas barras e cuja parte traseira foi amarrada na margem.

A estrada pelo vale do rio era pouco usada, e ninguém passou para interromper o trabalho. A noite estava escura, o céu, pesado, com nuvens paradas.

Lupin passou as instruções finais para Le Ballu e Grognard e disse, com uma gargalhada:

– Vocês não imaginam como estou achando divertido pensar na cara de Daubrecq quando eles forem escalpelá-lo ou cortar uma tira de sua pele. Juro para vocês, isso vale o sacrifício.

Clarisse também estava no barco. Ele lhe disse:

– Até breve. E, acima de tudo, fique calma. Independentemente do que acontecer, não se mova, não grite.

– Alguma coisa pode acontecer? – perguntou ela.

– Ora, lembre-se do senhor de Tancarville! Foi no momento em que ele estava atingindo seu objetivo, com seu verdadeiro amor nos braços, que um acidente o traiu. Mas fique tranquila, eu ficarei bem.

Ela não respondeu. Pegou a mão dele e apertou-a com carinho entre as suas.

Ele colocou o pé na escada e se certificou de que ela não balançava muito. Então subiu.

Rapidamente, chegou ao último degrau. Era onde a subida ficava perigosa, pois era muito íngreme, e a partir da metade realmente se transformava na escalada de um muro.

Felizmente, aqui e ali havia pequenas saliências e pedras onde ele podia se segurar. Mas por duas vezes essas pedras cederam e ele escorregou, e nas duas vezes acreditou que tudo estava perdido. Ao encontrar uma saliência maior, Lupin descansou. Estava verdadeiramente exausto, sentindo-se pronto para abandonar a jornada, perguntando-se se valia a pena se expor a tamanho perigo.

"Credo!", pensou. "Está me parecendo que você está vacilando, Lupin, meu velho. Desistir? E deixar Daubrecq revelar seu segredo, o marquês conseguir a lista e Lupin voltar de mãos vazias, e Gilbert..."

A longa corda amarrada em sua cintura lhe causava um incômodo e uma fadiga desnecessários. Prendeu uma das extremidades à presilha de sua calça e deixou a corda desenrolar para baixo, de forma que ele pudesse usar na volta como um corrimão.

Então continuou a escalar, com unhas machucadas e os dedos sangrando. A todo momento ele esperava a queda inevitável. E o que mais o desencorajava era escutar vozes que vinham do barco, murmúrios tão distintos que parecia que ele não estava aumentando a distância entre si e seus companheiros.

E ele se lembrou do senhor de Tancarville, sozinho também, no meio da escuridão, que deve ter estremecido ao som das pedras que se soltavam e caíam penhasco abaixo. Como o menor dos sons reverberava no silêncio! Se um dos guardas de Daubrecq olhasse pela janela da Torre dos Amantes, isso significaria um tiro... e morte.

E ele continuou subindo... subindo... Subiu tanto que chegou a pensar que seu alvo já tinha passado. Sem dúvida, ele havia se inclinado involuntariamente para a esquerda e para a direita, e acabaria terminando no caminho da patrulha. Que final estúpido! E qual outro final poderia ter uma tentativa que a rápida sequência de eventos não lhe permitiu estudar e se preparar?

Como um louco, ele redobrou seus esforços, escalou mais alguns metros, escorregou, recuperou o terreno perdido, agarrou umas raízes que se soltaram na sua mão, escorregou de novo e estava quase abandonando o jogo em desespero quando, de repente, enrijecendo e contraindo seu corpo todo, seus músculos e sua vontade, ele ficou imóvel: um som de vozes parecia vir da pedra que estava segurando.

Escutou. Vinha da direita. Virando a cabeça, achou ter visto um raio de luz penetrar na escuridão do espaço. Com uma onda de energia e movimentos imperceptíveis, ele conseguiu se arrastar até o local que não tinha sido capaz de perceber. Mas, então, viu-se em uma saliência bem aberta, pelo menos três metros de profundidade, que se abria para dentro do penhasco como uma passagem, enquando sua outra extremidade, muito mais estreita, estava fechada por três barras.

Lupin rastejou para dentro. E viu…

A TORRE DOS AMANTES

A câmara da tortura estava abaixo dele. Era uma sala grande, irregular, dividida em formas desiguais pelos quatro pilares maciços que suportavam o teto abobadado. Um cheiro de umidade e mofo vinha das paredes e das lajes encharcadas pelas infiltrações. Seu aspecto, em qualquer época, deve ter sido sinistro. Mas naquele momento, com as silhuetas altas de Sebastiani e de seus filhos, com as luzes oblíquas que brincavam nos pilares, com a visão do refém acorrentado a uma cama, tinha um aspecto misterioso e bárbaro.

Daubrecq estava em primeiro plano, a uns quatro ou cinco metros da janela por onde Lupin espiava. Além das velhas correntes que tinham sido usadas para prendê-lo à cama e para prender a cama a um gancho de ferro na parede, seus pulsos e tornozelos estavam amarrados com tiras de couro, e um dispositivo engenhoso fazia com que, ao menor de seus movimentos, um sino tocasse no pilar mais próximo.

Um lampião iluminava o rosto dele.

O marquês d'Albufex estava de pé ao lado dele. Lupin podia ver suas feições pálidas, seu bigode grisalho, sua silhueta longa e magra, enquanto ele olhava para o prisioneiro com uma expressão de desprezo e ódio.

Alguns minutos de profundo silêncio se passaram. Então o marquês deu uma ordem:

– Acenda aquelas três velas, Sebastiani, para que eu possa vê-lo melhor.

E, quando as três velas foram acesas e ele deu uma boa olhada em Daubrecq, debruçou-se sobre o cativo e, quase com gentileza, disse:

– Não sei qual fim eu e você teremos, mas, de qualquer forma, sei que terei alguns momentos felizes aqui. Você me causou tanto mal, Daubrecq! As lágrimas que me fez derramar! Sim, lágrimas de verdade, soluços de desespero... O dinheiro que roubou de mim! Uma fortuna! E o meu terror ao pensar que poderia me denunciar! Era só você pronunciar meu nome para completar a minha ruína e desgraçar a minha vida. Ah, seu patife!

Daubrecq não se moveu. Não estava usando as lentes escuras, apenas os óculos de grau que refletiam a luz das velas. Ele perdera uma boa quantidade de gordura, e os ossos sobressaíam em seu rosto magro.

– Vamos – disse d'Albufex. – Chegou a hora de agir. Parece que tem amigos seus rondando a vizinhança. Deus queira que não estejam aqui por sua causa e tentem soltá-lo, pois isso significaria sua morte imediata, como você bem sabe. O alçapão está funcionando bem, Sebastiani?

Sebastiani se aproximou, apoiou-se sobre um joelho, virou um anel e levantou um alçapão, no pé da cama, que Lupin não havia percebido. Uma das placas se moveu, revelando um buraco negro.

– Está vendo – continuou o marquês –, foi tudo providenciado, e eu tenho tudo de que preciso à mão, incluindo masmorras. Reza a lenda do castelo que essa masmorra é impenetrável. Então você não tem esperança, nenhum tipo de ajuda. Vai falar?

Daubrecq não respondeu, e ele continuou:

– Esta é a quarta vez que estou interrogando você, Daubrecq. É a quarta vez que pergunto sobre o documento que possui, para que eu possa escapar da sua chantagem. É a quarta e última vez. Você vai falar?

O mesmo silêncio de antes. D'Albufex fez um sinal para Sebastiani. O guarda deu um passo à frente, seguido por dois de seus filhos. Um deles estava com um bastão na mão.

– Vá em frente – ordenou d'Albufex, após esperar alguns segundos.

Sebastiani afrouxou as tiras que amarravam os pulsos de Daubrecq e enfiou o bastão entre elas.

– Posso virar, senhor marquês?

Mais silêncio. O marquês esperou. Vendo que Daubrecq não recuou, ele sussurrou:

– Não vai falar? Por que se expor ao sofrimento físico?

Nenhuma resposta.

– Pode virar, Sebastiani.

Sebastiani girou o bastão. As tiras esticaram. Daubrecq gemeu.

– Não vai falar? Mesmo sabendo que eu não vou desistir, que eu não posso desistir, que tenho você em meu poder e que, se necessário, vou torturá-lo até a morte? Não vai falar? Não vai? Sebastiani, mais uma vez.

O guarda obedeceu. Daubrecq deu um sobressalto de dor e caiu na cama gemendo.

– Imbecil! – gritou o marquês, tremendo de raiva. – Por que você não fala? Já não aproveitou a lista o suficiente? Agora está na vez de outra pessoa! Vamos, fale… Onde está? Uma palavra. Uma palavra apenas… e vamos deixá-lo em paz. E amanhã, quando eu estiver com a lista, você estará livre. Livre, entendeu? Mas, pelo amor de Deus, fale! Ah, seu cretino! Sebastiani, mais uma volta.

Sebastiani fez mais um esforço. Os ossos quebraram.

– Socorro! Socorro! – gritou Daubrecq, com a voz rouca, lutando em vão para se soltar. E sussurrou, balbuciante: – Por favor… Por favor…

Era uma cena terrível. Os rostos dos três filhos estavam aterrorizados. Lupin estremeceu, com nojo, e percebeu que ele nunca teria conseguido fazer algo tão abominável. Prestou atenção às palavras que logo seriam ditas. Precisava saber a verdade. O segredo de Daubrecq estava prestes a ser revelado em sílabas, em palavras arrancadas dele pela dor. E Lupin começou a pensar na sua retirada, no carro que o esperava, na corrida para Paris, na vitória se aproximando.

– Fale – sussurrou d'Albufex. – Fale e tudo vai acabar.

– Sim... Sim – murmurou Daubrecq.

– Bem?

– Depois... amanhã...

– Você está louco! Do que está falando? Amanhã? Sebastiani, mais uma volta!

– Não, não! – gritou Daubrecq. – Pare!

– Fale!

– Bem, então... o papel... eu o escondi...

Mas a dor dele era muito forte. Ele levantou a cabeça com um último esforço, balbuciou algumas palavras incoerentes e conseguiu dizer duas vezes:

– Marie... Marie... – e caiu para trás, exausto e inerte.

– Solte-o – ordenou d'Albufex para Sebastiani. – Droga, será que exageramos?

Mas um rápido exame mostrou que Daubrecq estava apenas desmaiado. Então, também exausto pela emoção, o marquês caiu ao pé da cama e, enxugando as gotas de suor da testa, murmurou:

– Que negócio sujo!

– Talvez seja o suficiente por hoje – disse o guarda, cujo rosto endurecido demonstrava alguma emoção. – Podemos tentar de novo amanhã ou depois de amanhã...

O marquês ficou em silêncio. Um dos filhos de Sebastiani lhe entregou uma garrafa de conhaque. Ele serviu um copo e tomou de um só gole.

– Amanhã? – disse ele. – Não. Aqui e agora. Mais um esforço. No estágio em que ele se encontra, não vai ser difícil. – E, puxando o guarda para o lado: – Você escutou o que ele disse? O que ele quis dizer com "Marie", que ele repetiu duas vezes?

– Verdade, duas vezes – repetiu o guarda. – Talvez ele tenha confiado o documento a uma pessoa chamada Marie.

– Não! – protestou d'Albufex. – Ele nunca confia nada a ninguém. Significa alguma outra coisa.

– Mas o quê, senhor marquês?

– Logo vamos descobrir, e eu lhe respondo.

Naquele momento, Daubrecq respirou fundo e se remexeu em seu torpor.

D'Albufex, que agora já havia recuperado toda a sua compostura e não tirava os olhos do inimigo, foi até ele e disse:

– Está vendo, Daubrecq, é loucura resistir. Você já está derrotado, não há mais nada a fazer a não ser se submeter ao vencedor, em vez de se deixar torturar como um idiota. Vamos, seja razoável.

Ele se virou para Sebastiani:

– Amarre a corda, deixe que ele sinta um pouco para despertar. Ele está se fingindo de morto.

Sebastiani pegou o bastão de novo e girou até que a corda tocasse a carne inchada. Daubrecq sobressaltou-se.

– Isso basta, Sebastiani – disse o marquês. – Nosso amigo parece mais disposto e entende a necessidade de chegar a um acordo. Não é isso, Daubrecq? Você prefere acabar logo com isso? E está certo!

Os dois homens estavam debruçados sobre o refém, Sebastiani com a mão no bastão, d'Albufex segurando o lampião para iluminar o rosto de Daubrecq.

– Os lábios dele estão se movendo… ele vai falar. Afrouxe a corda um pouco, Sebastiani, não quero que nosso amigo se machuque… Não, aperte, acho que nosso amigo está hesitando… Mais um giro… pare! Vamos acabar com isso! Meu querido Daubrecq, se você não pode ser mais claro do que isso, é inútil! O que disse?

Arsène Lupin praguejou. Daubrecq estava falando e ele, Lupin, não conseguia escutar uma palavra do que ele dizia! Em vão ele apurou os ouvidos, tentando não escutar as batidas de seu coração e o pulsar de suas têmporas. Nenhum som chegava a ele.

"Céus", pensou. "Nunca poderia ter previsto isso. O que vou fazer?"

Estava prestes a apontar seu revólver para Daubrecq e disparar uma bala que acabaria com qualquer explicação. Mas refletiu que isso não seria sábio e que seria melhor confiar nos eventos, na esperança de tirar o melhor proveito deles.

Enquanto isso, a confissão continuava abaixo dele, interrompida por silêncios e gemidos. D'Albufex não largava sua presa.

– Vamos! Termine!

E ele pontuava as frases com exclamações de aprovação:

– Bom!... Ótimo!... Que engraçado!... E ninguém suspeitou?... Nem mesmo Prasville?... Que idiota!... Solte um pouco, Sebastiani: não está vendo que nosso amigo está sem fôlego?... Calma, Daubrecq... não se canse... Então, meu amigo, você estava dizendo...

Essa foi a última. Houve um longo sussurro que d'Albufex escutou sem nenhuma interrupção e do qual Arsène Lupin não conseguiu captar nenhuma sílaba. Então o marquês se levantou e exclamou com alegria:

– É isso! Obrigado, Daubrecq. E, acredite em mim, nunca vou me esquecer do que acabou de fazer. Se algum dia precisar de alguma coisa, é só bater à minha porta e sempre haverá um pedaço de pão e um copo de água para você. Sebastiani, cuide do senhor deputado como se fosse um de seus filhos. E, primeiro de tudo, solte as cordas. É uma coisa imperdoável amarrar um homem dessa forma, como uma galinha no espeto!

– Devo dar algo para ele beber? – sugeriu o guarda.

– Sim, dê-lhe uma bebida.

Sebastiani e seus filhos desamarraram as tiras de couro, esfregaram os pulsos feridos, passaram uma pomada e fizeram um curativo. Depois, Daubrecq tomou alguns goles de conhaque.

– Está se sentindo melhor? – perguntou o marquês. – Ah, não é nada de mais. Em poucas horas nem vai aparecer, e você poderá se gabar de já ter sido torturado, como nos bons e velhos tempos da Inquisição. Seu sortudo!

Ele pegou o relógio.

– Basta! Sebastiani, deixe seus filhos cuidando dele em turnos. E você vai me levar à estação para o último trem.

– Então, vamos deixá-lo sair assim, senhor marquês, livre, quando quiser?

– Por que não? Você não acha que vamos mantê-lo preso aqui até ele morrer, acha? Não, Daubrecq, durma bem. Eu vou até a sua casa amanhã à tarde e, se o documento estiver onde me disse, enviarei um telegrama imediatamente e você será solto. Você não me contou uma mentira, não é mesmo?

Ele voltou até Daubrecq e, debruçando-se novamente sobre o prisioneiro, disse:

– Nenhuma trapaça, não é? Isso seria uma burrice da sua parte. Eu perderia apenas um dia. Enquanto você perderia todos os dias que restam da sua vida. Mas não, o esconderijo é muito bom. Ninguém inventa uma história dessa por diversão. Vamos, Sebastiani. Amanhã você vai receber um telegrama.

– Suponha que não o deixem entrar na casa, senhor marquês.

– Por que não deixariam?

– A casa da Praça Lamartine está ocupada pelos homens de Prasville.

– Não se preocupe, Sebastiani. Eu vou entrar. Se eles não abrirem a porta, sempre tem uma janela. E, se a janela não abrir, consigo com algum homem do Prasville. É uma questão de dinheiro, só isso. E, graças a Deus, isso não vai faltar para mim daqui para a frente! Boa noite, Daubrecq.

O marquês saiu, acompanhado por Sebastiani, que fechou a pesada porta ao sair.

ARSÈNE LUPIN E A ROLHA DE CRISTAL

Na mesma hora, Lupin começou a colocar em prática seu plano de retirada, que desenhara enquanto acompanhava a cena.

O plano era bem simples: descer, com a ajuda da corda, até o pé do penhasco, juntar-se aos seus amigos, pegar o automóvel e atacar d'Albufex e Sebastiani na estrada deserta que leva à estação de Aumale. Não havia dúvida do resultado. Com d'Albufex e Sebastiani presos, seria uma tarefa fácil fazê-los falar. D'Albufex lhe mostrara como fazer, e Clarisse Mergy seria inflexível quando se tratasse de salvar o próprio filho.

Pegou a corda que levara e tateou em volta para encontrar uma pedra em que pudesse amarrá-la, a fim de deixar duas pontas iguais penduradas, por onde ele desceria. Mas, quando encontrou o que queria, em vez de agir rapidamente, já que o assunto era urgente, ficou imóvel, pensando. No final das contas, não estava satisfeito com seu esquema.

– O que estou imaginando é absurdo – disse para si mesmo. – Absurdo e não tem lógica. Como posso garantir que d'Albufex e Sebastiani não vão escapar? Como posso garantir que, uma vez sob meu poder, eles vão falar? Não, devo ficar. Existem planos melhores para tentar... muito melhores. Não devo ir atrás daqueles dois, mas de Daubrecq. Ele está exausto, não vai apresentar a menor resistência. Se ele contou o segredo ao marquês, não tem razão para não contar para mim e para Clarisse, se empregarmos os mesmos métodos. Está resolvido! Vou sequestrar Daubrecq! O que tenho a perder? Se o plano der errado, Clarisse e eu fugimos para Paris e, com Prasville, organizamos uma vigília cuidadosa na Praça Lamartine para evitar que d'Albufex se beneficie das revelações de Daubrecq. É essencial avisar Prasville do perigo. Ele precisa saber.

O relógio da igreja da aldeia bateu meia-noite. Isso dava a Lupin seis ou sete horas para colocar seu plano em ação. Começou a trabalhar imediatamente.

Ao sair do buraco em que havia a janela no fundo, ele encontrou um grupo de pequenos arbustos em uma das concavidades do penhasco.

Cortou alguns galhos com uma faca e os deixou do mesmo tamanho. Depois, cortou dois pedaços iguais da sua corda, que serviram como os montantes da escada. Amarrou doze galhos entre os montantes e, então, criou uma escada de uns seis metros.

Quando voltou ao seu posto, apenas um dos três filhos continuava ao lado da cama de Daubrecq na câmara da tortura. Estava fumando cachimbo perto do lampião enquanto Daubrecq dormia.

"Droga!", pensou Lupin. "Aquele camarada vai ficar sentado lá a noite inteira? Nesse caso, não há nada que eu possa fazer além de me esgueirar…"

A ideia de que d'Albufex conhecia o segredo o atormentava. O interrogatório deixara a clara impressão de que o marquês estava trabalhando sozinho e que, ao tomar posse da lista, pretendia não apenas escapar da chantagem de Daubrecq, mas também assumir o poder que este tinha e construir sua fortuna usando os mesmos meios que Daubrecq empregara.

Para Lupin, isso significava uma nova batalha contra um novo inimigo. A rápida sequência de acontecimentos não permitiu a contemplação de tal hipótese. Precisava a todo custo impedir os próximos passos do marquês, avisando Prasville.

No entanto, Lupin continuava preso a uma esperança teimosa de que algum incidente lhe daria a oportunidade de agir.

O relógio bateu meia-noite e meia.

Bateu uma hora.

A espera estava se tornando insuportável, ainda pior quando uma névoa gelada subiu do vale e Lupin sentiu o frio penetrar nos seus ossos.

Escutou o trote de um cavalo a distância.

"Sebastiani voltando da estação", pensou.

Mas o filho que estava vigiando a câmara da tortura, ao acabar seu pacote de tabaco, abriu a porta e perguntou aos irmãos se tinham mais. Eles responderam alguma coisa e ele saiu para ir até a cabana.

Lupin ficou estupefato. Assim que a porta se fechou, Daubrecq, que dormia profundamente, sentou-se, escutou, colocou um pé no chão, depois o outro e, levantando-se, mancando um pouco, mas com as pernas mais firmes do que se podia esperar, avaliou suas forças.

– Bem – disse Lupin –, o campanheiro não demorou a se recuperar. Ele pode muito bem ajudar na própria fuga. Só tem um ponto que me incomoda: ele se deixará convencer? Vai concordar em ir comigo? Não vai pensar que essa ajuda milagrosa que veio dos céus é uma armadilha do marquês?

Então, de repente, Lupin se lembrou da carta que ele fizera as primas de Daubrecq escrever, a carta de recomendação, por assim dizer, que a mais velha das irmãs Rousselot assinara com seu primeiro nome, Euphrasie.

Estava em seu bolso. Ele pegou e escutou. Nenhum som, além dos passos fracos de Daubrecq na laje. Na opinião de Lupin, havia chegado a hora. Ele enfiou os braços entre as barras e jogou a carta para dentro.

Daubrecq pareceu atordoado.

A carta flutuou pela câmara e caiu no chão, a três passos dele. De onde tinha vindo? Ele levantou a cabeça na direção da janela e tentou esquadrinhar a escuridão que escondia a parte superior do cômodo. Olhou para o envelope, sem ousar tocá-lo, como se temesse uma cilada. Então, de repente, após uma olhada para a porta, ele se abaixou, avaliou o envelope e o abriu.

– Ah – exclamou, com um suspiro de prazer ao ver a assinatura.

Ele leu a carta baixinho:

"Confie totalmente no mensageiro deste bilhete. Ele conseguiu descobrir o segredo do marquês, com o dinheiro que demos para ele, e elaborou um plano de fuga. Está tudo preparado para isso. Euphrasie Rousselot."

Ele leu a carta de novo e repetiu:

– Euphrasie... Euphrasie... – e levantou a cabeça mais uma vez.

Lupin sussurrou:

– Vou levar duas ou três horas para serrar uma das barras. Sebastiani ou algum dos filhos dele vai voltar logo?

– Certamente – respondeu Daubrecq, com a mesma voz baixa. – Mas espero que eles me deixem sozinho.

– Mas eles dormem atrás dessa porta?

– Dormem, sim.

– Eles não vão escutar?

– Não, a porta é muito grossa.

– Muito bem. Nesse caso, não vai demorar. Tenho uma escada de corda. O senhor consegue subir sozinho, sem a minha ajuda?

– Acho que sim... vou tentar. Eles quebraram os meus pulsos... Aqueles animais! Mal consigo mover as minhas mãos... e me resta pouca força. Mas tentarei mesmo assim... Será necessário...

Ele parou, escutou e, com o dedo na boca, sussurrou:

– Psiu!

Quando Sebastiani e seus filhos entraram na câmara, Daubrecq, que havia escondido a carta e se deitado na cama, fingiu acordar assustado.

O guarda lhe trouxera uma garrafa de vinho, um copo e comida.

– Como está, senhor deputado? – perguntou ele. – Bem, talvez tenhamos apertado um pouco demais... É muito doloroso esse torniquete de madeira. Parece que usavam muito na época da Grande Revolução e de Bonaparte... na época dos *chauffeurs*[1]. Que invenção! Boa e limpa... sem derramamento de sangue... E nem demora muito! Em vinte minutos o senhor desvendou o enigma.

Sebastiani começou a rir.

---

[1] Nome dado aos salteadores de Vendeia, região da França, que torturavam suas vítimas com fogo para fazê-las confessar onde o dinheiro estava escondido. (N.T.)

– Aliás, senhor deputado, meus parabéns! Excelente esconderijo! Quem poderia suspeitar? Sabe, o que atrapalhou a mim e ao senhor marquês foi aquele nome de Marie que o senhor falou primeiro. Não estava mentindo, só não tinha terminado a palavra. Precisávamos saber o resto. Diga o que quiser, é surpreendente! Quem diria, na sua escrivaninha! Que piada!

O guarda levantou e ficou andando de um lado para outro, esfregando as mãos.

– O senhor marquês está muito satisfeito, tão satisfeito que, amanhã à noite, ele mesmo vai vir soltar o senhor. Sim, ele mudou de ideia, vai haver algumas formalidades: o senhor terá de assinar um cheque ou dois para recompensar pelas despesas e problemas que causou ao senhor marquês. Mas o que é isso para o senhor? Nada! Sem falar que, a partir de agora, nada mais de correntes, de tiras de couro nos seus pulsos; ou seja, o senhor será tratado como um rei! E recebi ordens, olhe bem, para lhe dar uma boa garrafa de vinho e uma de conhaque.

Sebastiani fez mais algumas piadas, depois pegou o lampião, examinou a câmara uma última vez e falou para seus filhos:

– Vamos deixá-lo dormir. Vocês três também precisam descansar. Mas durmam com um olho aberto. Nunca se sabe…

E eles saíram.

Lupin esperou um pouco e perguntou baixinho:

– Posso começar?

– Pode, mas com cuidado. Não é impossível que eles resolvam fazer uma ronda daqui a uma ou duas horas.

Lupin começou a trabalhar. Tinha uma serra muito poderosa, e o ferro das barras, enferrujado e gasto com o tempo, estava quase reduzido a pó em alguns pontos. Duas vezes Lupin parou para escutar, com os ouvidos aguçados. Mas era apenas um rato no andar de cima, ou o voo de algum pássaro noturno; e ele continuou a tarefa, encorajado por Daubrecq, que estava atrás da porta, pronto a avisá-lo do menor alarme.

– Ufa! – exclamou ele, serrando pela última vez. – Fico feliz de ter acabado, juro por Deus, está apertado aqui nesse maldito túnel. Sem falar do frio...

Com toda a sua força, Lupin empurrou a barra, cuja base fora serrada, e conseguiu forçá-la o suficiente para que um homem conseguisse passar entre as duas barras restantes. Depois, ele precisou voltar para a saliência mais aberta onde deixara a escada de corda. Após prendê-la nas barras, peguntou para Daubrecq:

– Ei! Está tudo certo! Está pronto?

– Sim... estou indo. Só mais um segundo, enquanto eu escuto. Tudo certo, eles estão dormindo, jogue a escada.

Lupin abaixou-a e perguntou:

– Preciso descer?

– Não... Estou fraco, mas acho que consigo.

Ele realmente conseguiu chegar à janela bem rápido e rastejou pela passagem logo atrás de seu salvador. O ar puro, contudo, pareceu deixá-lo um pouco tonto. Além disso, para lhe dar força, ele tomara meia garrafa de vinho, então teve alguns desmaios que o fizeram ficar deitado nas pedras da saliência por meia hora. Lupin, perdendo a paciência, estava amarrando-o a uma das extremidades da corda. A outra extremidade continuava amarrada às barras. Já o preparava para descer como um fardo de mercadorias quando Daubrecq acordou, sentindo-se melhor:

– Acabou – informou ele. – Estou bem agora. Vai demorar?

– Vai, sim. Temos que subir uns cento e cinquenta metros.

– Como d'Albufex não previu que era possível fugir dessa forma?

– O penhasco é íngreme.

– E o senhor conseguiu...

– Bem, suas primas insistiram... E o senhor tem que viver. Além disso, elas foram tão generosas.

– Que boas almas! – exclamou Daubrecq. – Onde elas estão?

– Lá embaixo, em um barco.

– Tem um rio, então?

– Sim, mas não vamos conversar, se não se importa. É perigoso.

– Só mais uma coisa. O senhor já estava lá havia muito tempo quando me jogou a carta?

– Não, não. Uns quinze minutos. Eu lhe contarei tudo... Enquanto isso, precisamos nos apressar.

Lupin foi na frente, depois de recomendar a Daubrecq para segurar com força na corda e vir logo atrás. Ele lhe daria a mão nos lugares mais difíceis.

Eles levaram quarenta minutos para chegar à plataforma formada na falésia, e diversas vezes Lupin precisou ajudar seu companheiro, cujos pulsos, ainda feridos pela tortura, haviam perdido toda a força e flexibilidade.

Várias vezes Daubrecq reclamou:

– Ah, aqueles canalhas, o que fizeram comigo! Canalhas! Ah, d'Albufex, vou fazer você pagar por isso!

– Psiu! – disse Lupin.

– O que houve?

– Um barulho... Lá de cima...

Parados na plataforma, eles escutaram. Lupin pensou no senhor de Tancarville e na sentinela que o matou com um tiro de arcabuz. Estremeceu, sentindo toda a angústia do silêncio e da escuridão.

– Não – disse ele –, eu estava errado... Além disso, é absurdo, eles não conseguem nos alcançar aqui.

– Quem nos alcançaria aqui?

– Ninguém, ninguém... foi um pensamento tolo.

Ele tateou até encontrar as pontas da escada e então disse:

– Venha, aqui tem uma escada. Está presa no leito do rio. Um amigo meu está tomando conta, assim como as suas primas.

Ele assobiou:

– Lá vamos nós – disse ele, baixinho. – Segure bem a corda. Vou na frente.

Daubrecq objetou:

– Talvez seja melhor eu descer primeiro.

– Por quê?

– Estou muito cansado. O senhor poderia amarrar a sua corda na minha cintura e me segurar… Se não, eu posso…

– Sim, está certo – concordou Lupin – aproxime-se.

Daubrecq se aproximou e ajoelhou-se na pedra. Lupin amarrou a corda nele e então, debruçando-se, segurou um dos montantes com as duas mãos, para a corda não balançar.

– Pode ir – disse ele.

Nesse momento ele sentiu uma forte dor no ombro:

– Droga! – exclamou, caindo no chão.

Daubrecq lhe dera uma facada embaixo no pescoço, um pouco para a direita.

– Seu miserável!

Ele viu rapidamente Daubrecq, no escuro, livrar-se da corda e escutou-o dizer:

– O senhor é um tolo! Trouxe uma carta das minhas primas Rousselot, na qual reconheci a letra da mais velha, Adelaide, mas, como ela é muito astuta, suspeitando de algo e querendo me avisar para manter a guarda, tomou o cuidado de assinar com o nome da mais nova, Euphrasie Rousselot. E o senhor acreditou! Então, pensando um pouco, o senhor deve ser o mestre Arsène Lupin, não é? O protetor de Clarisse e salvador de Gilbert… Pobre Lupin, temo que esteja em maus lençóis… não costumo usar a faca, mas, quando uso, levo a sério.

Ele se debruçou sobre o homem ferido e apalpou seus bolsos:

– Vou pegar seu revólver. Seus amigos logo verão que não é o patrão deles e vão tentar me conter… Então, como não me restou muita força, uma bala ou duas… Adeus, Lupin. Nós nos encontramos no outro mundo! Reserve um bom apartamento para mim, com os luxos mais modernos. Adeus, Lupin. E muito obrigado. De verdade, não sei o que teria feito sem o senhor. Por Deus, d'Albufex usou de muita violência! Será muito engraçado encontrar o desgraçado de novo!

Daubrecq estava pronto. Assobiou mais uma vez. Uma resposta veio do barco.

– Aqui vou eu – disse ele.

Com um último esforço, Lupin estendeu os braços para impedi-lo. Mas sua mão não tocou nada além de ar. Tentou gritar, para avisar seus cúmplices, mas sua voz estava presa na garganta.

Sentiu uma dormência em todo o corpo. Suas têmporas latejavam.

De repente, escutou gritos lá embaixo. Então, um tiro. Depois, outro, seguido por uma gargalhada de triunfo. E o choro e gemidos de uma mulher. E, logo depois, mais dois tiros.

Lupin pensou em Clarisse, ferida, morta talvez; em Daubrecq, fugindo vitorioso; na rolha de cristal, que um dos seus dois adversários recuperaria sem resistência. Então uma visão repentina trouxe-lhe a cena do senhor de Tancarville caindo com a mulher que amava. Murmurou repetidas vezes:

– Clarisse… Clarisse… Gilbert… – Um silêncio profundo o envolveu; uma paz infinita tomou conta dele e, sem a menor revolta, ele teve a impressão de que seu corpo exausto, não tendo nada em que se segurar, estava rolando para a beirada da rocha, na direção do abismo.

NO ESCURO

EM UM QUARTO DE HOTEL EM AMIENS

Lupin estava recuperando um pouco da consciência pela primeira vez. Clarisse e Le Ballu estavam sentados à sua cabeceira.

Ambos estavam conversando, e Lupin os escutava, sem abrir os olhos. Ficou sabendo que eles temeram por sua vida, mas que não havia mais perigo. Depois, durante a conversa, ele pegou certas palavras que revelavam o que tinha acontecido na trágica noite em Mortepierre: a descida de Daubrecq, o medo dos cúmplices quando viram que não era o patrão, então a rápida luta: Clarisse se jogando para cima de Daubrecq e sendo ferida no ombro, Daubrecq pulando para a margem, Grognard atirando com seu revólver enquanto procurava por ele, Le Ballu subindo a escada e encontrando o patrão desmaiado.

– Eu juro pela minha vida – disse Le Ballu –, até agora não sei como ele não rolou. Havia um buraco lá, e era inclinado. Mesmo desmaiado, ele deve ter-se segurado com os dez dedos. Por Deus, cheguei bem na hora!

Lupin escutava, escutava, desesperado. Ele juntava sua força para captar e compreender as palavras. Mas, de repente, disseram uma frase

ARSÈNE LUPIN E A ROLHA DE CRISTAL

terrível: Clarisse, chorando, contou dos dezoito dias que tinham se passado, dezoito dias perdidos para a segurança de Gilbert.

Dezoito dias! O número assustou Lupin. Sentiu como se tudo tivesse acabado, que nunca seria capaz de recuperar sua força e voltar a lutar e que Gilbert e Vaucheray estavam condenados... Seu cérebro estava se esvaindo. A febre e o delírio voltaram.

E mais dias se passaram. Talvez seja a época da vida da qual Lupin fala com mais terror. Ele recobrava apenas um pouco de consciência, suficiente para ter breves momentos de lucidez e entender a posição em que estavam. Mas não conseguia coordenar suas ideias, seguir uma linha de raciocínio nem dar instruções ou proibir seus amigos de adotarem esta ou aquela linha de ação.

Geralmente, quando emergia de seu torpor, sentia sua mão na de Clarisse e, naquela condição meio adormecida em que a febre mantém a pessoa, ele falava palavras estranhas para ela, palavras de amor e paixão, implorando, agradecendo, abençoando-a por toda a luz e alegria que havia trazido para a escuridão.

Então, acalmando-se e sem compreender inteiramente o que tinha dito, ele tentava brincar:

– Eu tenho delirado, não tenho? Quantas besteiras devo ter falado!

Mas Lupin percebia pelo silêncio de Clarisse que ele estava seguro para falar quantos absurdos fossem que sua febre o fizesse falar. Ela não ouvia. O cuidado e a atenção que ela dispensava ao paciente, sua devoção, vigilância, preocupação à menor recaída, nada disso era por ele, mas pelo possível salvador de Gilbert. Ela assistia ansiosa ao progresso de sua convalescência. Quando ele estaria pronto para voltar para a batalha? Não era loucura ficar ao lado dele quando cada dia levava consigo um pouco de esperança?

Lupin nunca deixava de repetir para si mesmo, com uma crença interna de que, ao fazer isso, poderia influenciar o curso de sua doença.

– Eu vou melhorar... Eu vou melhorar...

E ele ficou deitado por dias a fio sem se mexer, como se não quisesse desfazer o curativo de sua ferida ou ficar ainda mais nervoso.

Ele também se esforçava para não pensar em Daubrecq. Mas a imagem de seu adversário o assombrava; e ele reconstituía as várias fases da fuga, a descida do penhasco. Um dia, assustado pela terrível lembrança, ele exclamou:

– A lista! A lista dos Vinte e Sete! Deve estar com Daubrecq… ou com d'Albufex. Estava na escrivaninha!

Clarisse garantiu a ele:

– Ninguém pode ter pego – declarou ela. – Grognard esteve em Paris no mesmo dia e levou um bilhete meu para Prasville, implorando para que ele redobrasse sua vigília na Praça Lamartine, para que ninguém entrasse, principalmente d'Albufex…

– Mas e Daubrecq?

– Ele está ferido. Ainda não voltou para casa.

– Ah, bem – disse ele –, então está tudo certo! Mas a senhora também está ferida…

– Só um arranhão no ombro.

Lupin ficou mais tranquilo depois dessas revelações. Mas ideias teimosas o perseguiam, as quais ele não conseguia afastar de sua mente nem colocar em palavras. Acima de tudo, pensava incessantemente no nome "Maria" que Daubrecq falara em meio ao sofrimento. A que o nome se referia? Seria o título de um dos livros nas prateleiras, ou parte do título? O livro em questão teria a chave para o mistério? Ou seria a combinação de um cofre? Ou uma série de letras escritas em algum lugar: em uma parede, em um papel, em um painel de madeira, no fundo de uma gaveta, em uma nota fiscal?

Essas perguntas, para as quais não conseguia encontrar uma resposta, deixavam-no obcecado e exausto.

Uma manhã, Arsène Lupin acordou se sentindo bem melhor. A ferida estava fechada; a temperatura, quase normal. O médico, um amigo íntimo, que vinha todo dia de Paris, prometeu que ele conseguiria se levantar em dois dias. E naquele dia, na falta de seus cúmplices e de Clarisse Mergy, que haviam saído em busca de informações, ele se levantou sozinho para abrir a janela.

Sentiu a vida voltar com a luz do sol, com o ar fresco que anunciava a chegada da primavera. Recuperou a concatenação das ideias, e os fatos voltaram a seus lugares em sua mente, em sua sequência lógica e de acordo com as relações que tinham uns com os outros.

À noite, recebeu um telegrama de Clarisse dizendo que as coisas não estavam indo bem e que ela, Grognard e Le Ballu ficariam em Paris. Ele ficou muito perturbado com a mensagem e teve uma noite agitada. Quais fatos teriam dado origem a esse telegrama?

No dia seguinte, porém, ela entrou em seu quarto parecendo muito pálida, os olhos vermelhos de tanto chorar e totalmente esgotada, e se jogou em uma cadeira.

– O recurso foi negado – contou ela.

Ele escondeu suas emoções e perguntou, com a voz surpresa:

– A senhora contava com isso?

– Não, não – respondeu ela –, mas ao mesmo tempo tinha um pouco de esperança…

– Foi negado ontem?

– Uma semana atrás. Le Ballu escondeu de mim, e eu não tenho tido coragem de ler os jornais ultimamente.

– Resta um indulto – sugeriu ele.

– Indulto? O senhor acha que vão dar indulto aos cúmplices de Arsène Lupin?

Ela cuspiu as palavras com uma virulência e uma amargura que ele não fingiu não ter notado. E ele disse:

– Vaucheray talvez não… Mas eles podem ficar com pena de Gilbert, de sua juventude…

– Eles não vão fazer nada desse tipo.

– Como a senhora sabe?

– Fui ver o advogado dele.

– A senhora foi ver o advogado dele! E o que disse a ele?

– Contei que eu era mãe de Gilbert e perguntei se, caso eu revelasse a identidade do meu filho, se isso poderia influenciar o resultado… ou pelo menos atrasar.

– A senhora faria isso? – sussurrou ele. – Admitiria que…

– A vida de Gilbert vem antes de qualquer coisa. Do que me vale meu nome? Do que me vale o nome do meu marido?

– E o seu pequeno Jacques? – objetou ele. – A senhora tem o direito de arruinar a vida de Jacques, de transformá-lo no irmão de um homem condenado à morte?

Ela abaixou a cabeça. E ele continuou:

– O que o advogado disse?

– Ele disse que uma revelação desse tipo não ajudaria Gilbert em nada. E, apesar dos protestos dele, eu pude ver que não tem nenhuma ilusão de que a comissão do perdão vá contra a execução.

– A comissão, posso garantir que não, mas e o presidente da República?

– O presidente sempre segue o conselho da comissão.

– Ele não fará isso desta vez.

– E por que não?

– Porque podemos influenciá-lo.

– Como?

– Colocando como condição para entregarmos a lista dos Vinte e Sete!

– O senhor está com ela?

– Não, mas vou conseguir.

Sua certeza não denotava qualquer vacilação. Ele fez essa declaração com doses iguais de calma e fé na sua infinita força de vontade.

Ela perdera um pouco de sua confiança nele e deu de ombros.

ARSÈNE LUPIN E A ROLHA DE CRISTAL

– Se d'Albufex não roubou a lista, apenas um homem pode exercer essa influência, um único homem: Daubrecq.

Clarisse falou essas palavras com um tom de voz baixo e ausente, que fez com que ele estremecesse. Estaria ela pensando, como ele percebera algumas vezes, em procurar Daubrecq e se sacrificar pela vida de Gilbert?

– A senhora me fez um juramento – disse ele. – Quero que se lembre dele. Combinamos que a luta contra Daubrecq seria conduzida por mim e que nunca haveria a menor possibilidade de qualquer acordo entre vocês dois.

Ela retrucou:

– Eu nem sei onde ele está. Se eu soubesse, o senhor não saberia?

Foi uma resposta evasiva. Mas ele não insistiu e decidiu observá-la no momento oportuno. Então, perguntou a ela, já que não sabia de todos os detalhes:

– Então não se sabe de Daubrecq?

– Não. Claro, umas das balas de Grognard o atingiu. No dia seguinte à fuga dele, encontramos um lenço sujo de sangue em uma moita. Além disso, um homem com aparência muita cansada e andando com muita dificuldade foi visto na estação de Aumale. Ele comprou uma passagem para Paris, entrou no primeiro trem e só sabemos disso...

– Ele deve estar seriamente ferido – opinou Lupin – e deve estar se recuperando em algum lugar seguro. Talvez também considere seguro ficar escondido por algumas semanas e evitar quaisquer armadilhas por parte da polícia, de d'Albufex, da senhora, de mim e de seus outros inimigos.

Ele parou para pensar e continuou:

– O que aconteceu em Mortepierre depois da fuga de Daubrecq? Houve algum boato na vizinhança?

– Não, a corda foi tirada antes do amanhecer, o que prova que Sebastiani ou seus filhos descobriram a fuga de Daubrecq na mesma noite. Sebastiani passou o dia seguinte inteiro fora.

165

– Sim, ele deve ter ido avisar o marquês. E onde está o marquês?

– Em casa. E, pelo que Grognard ficou sabendo, não fez nada de suspeito.

– Eles têm certeza de que ele não entrou na casa de Daubrecq?

– Certeza absoluta.

– Nem Daubrecq?

– Nem Daubrecq.

– A senhora encontrou Prasville?

– Prasville está afastado, em licença. Mas o inspertor-chefe Blanchon, que está cuidando do caso, e os detetives que estão vigiando a casa disseram que, seguindo as instruções de Prasville, eles não relaxaram a vigilância nem um momento, nem à noite. Que sempre tem alguém de plantão no escritório e que ninguém pode ter entrado.

– Então, em princípio – concluiu Arsène Lupin –, a rolha de cristal ainda deve estar no escritório de Daubrecq?

– Se estava lá antes do desaparecimento de Daubrecq, deve continuar lá.

– Na escrivaninha.

– Na escrivaninha? Por que diz isso?

– Porque eu sei – revelou Lupin, que não se esquecera das palavras de Sebastiani.

– Mas o senhor não sabe dentro de que objeto a rolha está escondida?

– Não. Mas uma escrivaninha é um espaço limitado. É possível explorá-la em vinte minutos. É possível destruí-la, se for necessário, em dez minutos.

A conversa deixara Arsène Lupin um pouco cansado. Como não queria cometer nenhuma imprudência, disse para Clarisse:

– Escute. Peço que me dê dois ou três dias. Hoje é segunda-feira, dia 4 de março. Na quarta ou na quinta, eu estarei pronto. E a senhora pode ter certeza de que nós teremos sucesso.

– Enquanto isso...

ARSÈNE LUPIN E A ROLHA DE CRISTAL

– Enquanto isso, volte para Paris. Reserve quartos para você, Grognard e Le Ballu no Hotel Franklin, perto do Trocadero, e fiquem de olho na casa de Daubrecq. A senhora pode entrar e sair quando quiser. Dê um estímulo para os detetives de plantão.

– E se Daubrecq voltar?

– Se ele voltar, melhor ainda: nós o teremos.

– E se ele só passar por lá?

– Nesse caso, Grognard e Le Ballu devem segui-lo.

– E se eles o perderem de vista?

Lupin não respondeu. Ninguém sentia mais do que ele a fatalidade de estar inativo em um quarto de hotel e como sua presença teria sido útil no campo de batalha! Talvez até mesmo essa vaga ideia tenha prolongado sua convalescência além dos limites normais.

Ele murmurou:

– Vá agora, por favor.

Havia uma tensão entre eles que crescia enquanto aquele terrível dia se transformava em noite. Em sua injustiça, esquecendo-se, ou querendo esquecer, de que fora ela que envolvera o filho no roubo de Enghien, Clarisse Mergy não se esquecia de que a lei estava atrás de Gilbert com tanto rigor não por ele ser criminoso, mas por ser cúmplice de Arsène Lupin. Mas então, apesar de todos os esforços, apesar de toda a energia que gastou, o que Lupin conseguiu? Como sua intervenção beneficiou Gilbert?

Após uma pausa, ela se levantou e o deixou sozinho.

No dia seguinte ele estava se sentindo bem deprimido. Mas no outro dia, quarta-feira, quando o médico lhe disse que queria que ficasse quieto até o final da semana, ele respondeu:

– Se não ficar, o que devo temer?

– A volta da febre.

– Nada pior?

– Não. A ferida já está bem cicatrizada.

– Então não me importo. Vou voltar com você de carro para Paris. Ao meio-dia já estaremos lá.

O que fez Lupin decidir começar imediatamente foi uma carta em que Clarisse lhe dizia que descobrira os passos de Daubrecq, e também um telegrama publicado no jornal de Amiens, que afirmava que o marquês d'Albufex havia sido preso por seu envolvimento no caso do canal.

Daubrecq estava se vingando.

O fato de que Daubrecq estava se vingando provava que o marquês não conseguira pegar o documento que estava na escrivaninha do escritório. Provava que o inspector-chefe Blanchon e os detetives tinham feito um bom trabalho de vigilância. Provava que a rolha de cristal ainda estava na Praça Lamartine.

Ainda estava lá; e isso mostrava que Daubrecq ainda não tinha se arriscado a voltar para casa ou que seu estado de saúde o impedia de fazer isso, ou então, que ele tinha tanta confiança no esconderijo que nem se importava em voltar.

De toda forma, não havia dúvidas sobre o curso que ele deveria seguir: Lupin precisava agir, e agir com inteligência. Precisava se antecipar a Daubrecq e se apossar da rolha de cristal.

Quando eles cruzaram o Bosque de Bolonha e estavam se aproximando da Praça Lamartine, Lupin se despediu do médico e saiu do carro. Grognard e Le Ballu, a quem ele avisara, encontraram-no.

– Onde está a madame Mergy? – perguntou.

– Ela não voltou desde ontem; ela nos enviou uma mensagem expressa dizendo que vira Daubrecq sair da casa das primas e entrar em um táxi. Ela sabe o número do táxi e vai nos manter informados.

– Mais nada?

– Mais nada.

– Nenhuma outra novidade?

– Sim, o jornal *Paris-Midi* diz que d'Albufex cortou os pulsos ontem à noite com um pedaço de vidro quebrado, em sua cela em La Santé.

Parece que deixou uma longa carta, confessando sua culpa, mas acusando Daubrecq por sua morte e expondo o papel de Daubrecq no caso do canal.

– Isso é tudo?

– Não. O mesmo jornal afirma que existe razão para se acreditar que a comissão do perdão, após examinar os autos, rejeitou a petição de Vaucheray e Gilbert e que o advogado dele provavelmente será recebido para uma audiência com o presidente na sexta-feira.

Lupin estremeceu.

– Eles não estão perdendo tempo – comentou ele. – É possível ver que Daubrecq, no seu primeiro dia, já colocou a velha máquina da Justiça para funcionar. Mais uma semana... e o machado cai. Pobre Gilbert! Se, na próxima sexta-feira, os papéis que seu advogado apresentar para o presidente da República não contiverem a oferta condicional da lista dos Vinte e Sete, então, meu pobre Gilbert, acabou para você.

– Vamos, patrão, está perdendo a coragem?

– Eu? Que estupidez! Estarei com a rolha de cristal em uma hora. Em duas horas encontraremos o advogado de Gilbert. E o pesadelo vai chegar ao fim!

– Muito bem, patrão! Está parecendo seu antigo eu. Devemos esperá-lo aqui?

– Não, voltem para o hotel. Eu me encontro com vocês lá, mais tarde.

Os dois foram embora. Lupin caminhou diretamente para a casa e tocou a campainha.

Um detetive abriu a porta e o reconheceu:

– Senhor Nicole, creio?

– Sim – respondeu ele. – O inspetor-chefe Blanchon está aqui?

– Está, sim.

– Posso falar com ele?

O homem o levou para o escritório onde Blanchon lhe deu as boas-vindas com óbvio prazer.

– Bem, inspetor-chefe, o senhor diria que tem alguma novidade?

– Senhor Nicole, recebi ordens para me colocar à sua inteira disposição, e devo dizer que estou muito feliz em vê-lo hoje.

– Por quê?

– Porque temos uma novidade.

– Alguma coisa séria?

– Sim, muito séria.

– Vamos, fale logo.

– Daubrecq voltou.

– Como? – espantou-se Lupin, assustado. – Daubrecq voltou? Ele está aqui?

– Não, ele saiu.

– E ele entrou aqui, no escritório?

– Sim, nesta manhã.

– E o senhor não o impediu?

– Com que direito eu poderia fazer isso?

– E o deixou sozinho?

– Por ordem dele, sim, nós o deixamos sozinho.

Lupin empalideceu. Daubrecq voltara para resgatar a rolha de cristal!

Ele ficou em silêncio por um tempo e repetiu para si mesmo:

"Ele voltou para pegá-la… Ficou com medo de que fosse encontrada e a pegou… Claro, era inevitável… com d'Albufex preso, acusado e acusando-o, Daubrecq iria se defender. É um jogo difícil para ele. Após meses e meses de mistério, o público está descobrindo que o ser infernal que causou toda a tragédia dos Vinte e Sete e que arruinou e matou seus adversários é ele, Daubrecq. O que aconteceria com ele se, por um milagre, seu talismã não o protegesse? Ele o pegou de volta".

E, tentando fazer sua voz soar firme, perguntou a Blanchon:

– Ele ficou muito tempo?

– Vinte segundos, talvez.

– O quê? Vinte segundos? Só isso?

– Só isso.

– A que horas foi isso?

– Às dez horas.

– Ele já poderia saber do suicídio do marquês d'Albufex a essa hora?

– Sim, eu vi a edição especial do *Paris-Midi* no bolso dele.

– É isso, é isso – disse Lupin. E perguntou: – O senhor Prasville lhe deu alguma instrução para o caso de Daubrecq voltar?

– Não. Então, na ausência do senhor Prasville, telefonei para a delegacia e estou esperando. O desaparecimento do deputado Daubrecq causou grande agitação, como o senhor bem sabe, e nossa presença aqui tem uma razão, aos olhos do público, contanto que o desaparecimento continue. Mas, agora que Daubrecq voltou, agora que temos provas de que ele não está sequestrado nem morto, como podemos continuar na casa?

– Não importa – comentou Lupin, distraído. – Não importa se a casa está sendo vigiada ou não.

Nem tinha terminado a frase quando uma pergunta naturalmente entrou em sua mente. Se a rolha de cristal não estava mais aqui, isso não teria deixado algum sinal material óbvio? A retirada do objeto que sem dúvida continha outro objeto dentro não deixou nenhum rastro?

Era fácil averiguar. Lupin precisava simplesmente examinar a escrivaninha, já que sabia, pelas piadas de Sebastiani, que o esconderijo era ali. E o esconderijo não podia ser complicado, considerando-se que Daubrecq não ficara no escritório mais do que vinte segundos, apenas o suficiente, por assim dizer, para entrar e sair.

Lupin olhou. E o resultado foi imediato. Sua memória gravara de forma fidedigna a imagem da escrivaninha, com todos os objetos sobre ela, e a ausência de um deles chamou sua atenção instantaneamente, como se o objeto em si fosse um sinal característico que distinguisse essa escrivaninha em particular de qualquer outra no mundo.

"Oh", pensou ele, estremecendo de prazer. "Tudo se encaixa! Tudo! Até a meia palavra que Daubrecq disse sob tortura na torre em Mortepierre! O mistério está resolvido. Nada mais de hesitações, de tatear no escuro. O final está perto."

E, sem responder às perguntas do inspetor, ele pensou na simplicidade do esconderijo e se lembrou de uma história maravilhosa de Edgar Allan Poe na qual a carta roubada, que todos procuravam, estava, por assim dizer, exposta aos olhos de todos. As pessoas não desconfiam do que não parece estar escondido.

– Bem, bem – disse Lupin, ao sair, muito animado com sua descoberta. – Parece que está escrito que, nessa bendita aventura, enfrentarei as piores decepções até o fim. Tudo que eu construo desaba na mesma hora. Toda vitória acaba em desastre.

Mas ele não se deixou desanimar. Por um lado, agora sabia onde o deputado Daubrecq escondia a rolha. Por outro, logo saberia por Clarisse Mergy onde o próprio Daubrecq estava se escondendo. Para ele, o resto seria brincadeira de criança.

Grognard e Le Ballu o estavam esperando no saguão do Hotel Franklin, um pequeno hotel familiar perto do Trocadero. Madame Mergy ainda não tinha escrito para ele.

– Ah – exclamou –, eu posso confiar nela! Ela não vai deixar de seguir Daubrecq até ter certeza!

Contudo, no final da tarde, ele começou a ficar cada vez mais impaciente e ansioso. Estava lutando uma daquelas batalhas, esperava que fosse a última, em que o menor atraso podia pôr tudo em risco. Se Daubrecq despistasse Clarisse Mergy, como conseguiríamos pegá-lo de novo? Eles não tinham mais semanas ou dias, mas apenas algumas horas, um número terrivelmente limitado de horas, para reparar quaisquer erros que pudessem ter cometido.

Ele viu o dono do hotel e perguntou-lhe:

– O senhor tem certeza de que não chegou nenhuma carta expressa para os meus dois amigos?

– Certeza absoluta, senhor.

– Nem para mim, senhor Nicole?

– Não, senhor.

– Que curioso – comentou Lupin. – Estamos certos de que deveríamos receber alguma notícia da madame Audran.

Audran era o nome que Clarisse estava usando para se hospedar no hotel.

– Mas a madame esteve aqui – disse o proprietário.

– Como?

– Ela veio um tempo atrás e, como os cavalheiros não estavam, deixou uma carta no quarto dela. O porteiro não avisou aos senhores?

Lupin e seus amigos subiram correndo. Havia uma carta em cima da mesa.

– Ei, exclamou Lupin –, a carta está aberta! Como pode? E por que foi cortada com uma tesoura?

A carta continha estas linhas:

"Daubrecq passou a semana no Hotel Central. Nesta manhã ele levou sua bagagem para a estação de --- e telefonou para reservar uma cabine no vagão-dormitório para ---.

Não sei quando o trem parte. Mas ficarei na estação a tarde toda. Venham assim que puderem. Podemos nos preparar para sequestrá-lo."

– O quê? – perguntou Le Ballu. – Em qual estação? E para onde vai o vagão-dormitório? Ela cortou exatamente as palavras mais importantes!

– Sim – concordou Grognard. – Dois cortes com a tesoura em cada lugar, e as palavras mais importantes sumiram. Madame Mergy perdeu a cabeça?

Lupin não se moveu. Uma onda de sangue latejava em suas têmporas com tanta violência que as pressionou com os pulsos com toda a força. A febre voltou, ardente e confundindo seus pensamentos, e sua vontade, exasperada a ponto de fazê-lo sofrer, concentrou-se sobre esse inimigo furtivo que deveria ser detido o mais rápido possível, se ele próprio não quisesse ser irremediavelmente derrotado.

Ele murmurou, com muita calma:

– Daubrecq esteve aqui.

– Daubrecq!

– Não podemos supor que madame Mergy resolveu cortar essas duas palavras para se divertir. Ela achou que o estava vigiando, mas ele é que a está vigiando.

– Como?

– Sem dúvida com a ajuda do porteiro, que não nos avisou de que madame Mergy esteve no hotel, mas que deve ter contado a Daubrecq. Ele subiu. Leu a carta. E, ironicamente, se contentou em cortar as palavras essenciais.

– Podemos descobrir... podemos perguntar...

– De que adianta? Para que saber como ele entrou, quando já sabemos que ele entrou?

Ele examinou a carta por um tempo, virou-a, levantou-se e disse:

– Venham.

– Para onde?

– Para a estação de Lyon.

– Tem certeza?

– Não tenho certeza de nada em relação a Daubrecq. Mas, como temos que fazer uma escolha, segundo o conteúdo da carta, entre as estações de l'Est e de Lyon[2], estou presumindo que os negócios, o prazer

---

[2] Existem apenas duas estações principais em Paris com a palavra "de" em seus nomes. As outras têm "du" (como Gare du Luxembourg) ou "d'" (como Gare d'Orléans), ou nenhuma preposição (Gare Montparnasse). (N.T.)

ARSÈNE LUPIN E A ROLHA DE CRISTAL

e a saúde levariam Daubrecq na direção de Marselha e da Riviera, e não da estação de l'Est.

Eram sete e meia quando Lupin e seus companheiros saíram do Hotel Franklin. Um automóvel atravessou Paris em alta velocidade, mas eles logo viram que Clarisse Mergy não estava do lado de fora da estação, nem nas salas de espera, nem em nenhuma plataforma.

– Ainda assim – murmurou Lupin, cuja agitação crescia conforme os obstáculos aumentavam –, se Daubrecq reservou uma cabine em um vagão-dormitório, só pode ter sido em um trem noturno. E mal passou das sete e meia!

Um trem estava partindo, o expresso noturno. Eles tiveram tempo de correr pelo corredor. Ninguém... nem madame Mergy nem Daubrecq...

Mas, quando os três estavam indo embora, um funcionário os abordou perto do banheiro:

– Algum de vocês é o senhor Le Ballu?

– Sim, eu – respondeu Lupin. – Diga, o que o senhor quer?

– Ah, é o senhor! A senhora me disse que seriam dois ou três homens... E eu não sabia...

– Mas, pelo amor de Deus, fale, homem! Que senhora?

– Uma senhora que passou o dia inteiro na calçada, com suas malas, esperando.

– Bem, diga logo! Ela pegou o trem?

– Sim, pegou o trem de luxo, às seis e meia. Ela me pediu para dizer que mudou de ideia no último minuto. E também me pediu para dizer que o cavalheiro estava no mesmo trem e eles já haviam embarcado para Monte Carlo.

– Droga! – praguejou Lupin. – Tínhamos que ter pego o expresso! Agora só restam os trens noturnos, e eles são lentos! Perdemos mais de três horas!

A espera parecia interminável. Eles reservaram seus assentos, telefonaram para o dono do Hotel Franklin pedindo para enviar suas cartas

175

para Monte Carlo. Jantaram. Leram os jornais. Finalmente, às nove e meia, o trem partiu.

Assim, por uma série de trágicas circunstâncias, no momento mais crítico da luta Lupin estava dando as costas ao campo de batalha e se afastando, ao acaso, para procurar, ele não sabia onde, e derrotar, ele não sabia como, o inimigo mais formidável com quem já lutara.

E isso estava acontecendo quatro ou cinco dias antes da execução inevitável de Gilbert e Vaucheray.

Foi uma noite difícil e dolorosa para Lupin. Quanto mais analisava a situação, mais terrível ela lhe parecia. Por todos os lados ele estava cercado por incertezas, escuridão, confusão, desamparo.

Verdade, ele sabia o segredo da rolha de cristal. Mas como poderia saber se Daubrecq não mudaria ou se até já tivesse mudado suas táticas? Como poderia saber que a lista dos Vinte e Sete ainda estava dentro daquela rolha de cristal ou se a rolha de cristal ainda estava dentro do objeto em que Daubrecq a tinha escondido?

E havia mais uma razão séria para alarme no fato de Clarisse Mergy achar que estava seguindo e vigiando Daubrecq quando, na verdade, era o contrário, ele que a estava seguindo e arrastando-a, com uma esperteza diabólica, para lugares que ele escolhera, longe de qualquer ajuda ou esperança de ajuda.

Ah, o jogo de Daubrecq estava claro como a luz do dia! Lupin não conhecia todas as hesitações da pobre mulher? Não sabia, e Grognard e Le Ballu confirmaram, que Clarisse via como possível, como aceitável, a infame proposta de Daubrecq? Nesse caso, como ele, Lupin, poderia ser bem-sucedido? A lógica dos eventos, tão habilmente moldada por Daubrecq, levou a um resultado fatal: a mãe teria que se sacrificar e, para salvar o filho, imolar seus escrúpulos, sua repugnância, sua honra!

– Ah, seu canalha! – praguejou Lupin, em um ataque de raiva. Se eu o pegar, vou fazer com que dance conforme a minha música! Não gostaria de estar no seu lugar quando isso acontecer.

Eles chegaram a Monte Carlo às três da tarde. Lupin ficou decepcionado quando não viu Clarisse na plataforma.

Esperou. Nenhum mensageiro se aproximou dele.

Perguntou aos carregadores de malas e aos vendedores de passagem se tinham visto, no meio das pessoas, dois viajantes com a descrição de Daubrecq e Clarisse. Ninguém tinha visto.

Portanto, precisou se colocar ao trabalho e caçar pelos hotéis e albergues do principado. Ah, quanto tempo perdido!

Na noite seguinte, Lupin sabia, sem a menor dúvida, que Daubrecq e Clarisse não estavam em Monte Carlo, nem em Mônaco, nem em Cap d'Ail, nem em La Turbie, nem em Cap Martin.

– Onde eles podem estar, então? – perguntou-se, tremendo de raiva.

Finalmente, no sábado ele recebeu, como posta-restante, um telegrama que havia sido encaminhado do Hotel Franklin e que dizia:

"Ele saiu do trem em Cannes e está seguindo para San Remo, Hotel Palace des Ambassadeurs. Clarisse."

O telegrama era do dia anterior.

– Droga! – exclamou Lupin. – Eles só passaram por Monte Carlo. Um de nós deveria ter ficado na estação. Eu pensei nisso, mas no meio de toda a confusão…

Lupin e seus amigos pegaram o primeiro trem para a Itália.

Eles cruzaram a fronteira ao meio-dia. O trem entrou na estação de San Remo quarenta minutos depois.

Na mesma hora, viram um mensageiro de hotel com a inscrição "Ambassadeurs-Palace" bordada no boné que parecia estar procurando alguém entre os passageiros recém-chegados.

Lupin foi até ele:

– Está procurando o senhor Le Ballu?

– Sim, Le Ballu e dois cavalheiros.

– Da parte de uma senhora?

– Sim, madame Mergy.

– Ela está hospedada no seu hotel?

– Não. Ela nem desceu do trem. Ela me chamou, descreveu os senhores e me pediu que dissesse que estava indo para Gênova, Hotel Continental.

– Ela estava sozinha?

– Sim.

Lupin deu uma gorjeta para o homem, dispensou-o e se virou para os seus amigos:

– Hoje é sábado. Se a execução for na segunda-feira, não há nada a fazer. Mas é provável que não seja na segunda-feira… O que eu preciso é colocar as mãos em Daubrecq hoje à noite e estar de volta a Paris na segunda, com o documento. É nossa última chance. Vamos aproveitá-la!

Grognard foi à bilheteria e voltou com três passagens para Gênova.

O trem apitou.

Lupin hesitou uma última vez:

– Não, é uma estupidez o que estamos fazendo. Devemos voltar para Paris. Pensem comigo…

Ele estava a ponto de abrir a porta e se jogar para fora. Mas seus amigos o seguraram. O trem partiu. Ele se sentou de novo.

E eles continuaram sua busca alucinada, viajando aleatoriamente, em direção ao desconhecido…

E isso estava acontecendo dois dias antes da inevitável execução de Gilbert e Vaucheray.

EXTRA-DRY?

Em uma das colinas que cercavam Nice, formando o mais lindo cenário do mundo, entre os bairros de Saint-Sylvestre e La Mantega, fica um enorme hotel com vista para a cidade e para a maravilhosa Baía dos Anjos. Pessoas de todas as origens formavam um mosaico de todas as classes e nações.

À noite, no mesmo sábado, enquanto Lupin, Grognard e Le Ballu estavam viajando pela Itália, Clarisse Mergy entrou nesse hotel, pediu um quarto virado para o sul e escolheu o número 130, no segundo andar, que estava vazio desde a manhã.

O quarto era separado do número 129 por portas duplas. Assim que ficou sozinha, Clarisse puxou a cortina que escondia a primeira porta, sem fazer barulho, puxou o ferrolho e colocou o ouvido contra a segunda porta.

"Ele está aqui", pensou ela. "Está se vestindo para ir ao clube, como ontem."

Enquanto seu vizinho estava fora, ela foi para o corredor e, aproveitando que não havia ninguém por perto, foi até a porta do quarto 129. Estava trancada.

Esperou toda a noite até que seu vizinho chegasse e só foi para a cama às duas da manhã. No domingo de manhã, continuou sua vigília.

O vizinho saiu às onze. Desta vez, deixou a chave na porta.

Virando a chave apressamente, Clarisse entrou, foi até a porta que dividia com seu quarto, levantou a cortina, puxou o ferrolho e se viu em seu próprio quarto.

Poucos minutos depois, escutou duas camareiras arrumando o quarto 129.

Esperou até que elas saíssem. Então, tendo certeza de que não seria incomodada, mais uma vez entrou no quarto.

Sua animação fez com que se recostasse em uma cadeira. Após dias e noites de uma busca incansável, após alternar esperanças e decepções, finalmente conseguira entrar em um quarto ocupado por Daubrecq. Poderia procurar à vontade; e, se não encontrasse a rolha de cristal, poderia pelo menos se esconder entre a cortina e as portas, observar Daubrecq, espiar seus movimentos e descobrir seu segredo.

Ela olhou em volta. Uma bolsa de viagem chamou sua atenção imediatamente. Conseguiu abri-la, mas sua busca foi inútil.

Vasculhou um baú e os bolsos de uma mala. Procurou no armário, na escrivaninha, na cômoda, no banheiro, em todas mesas, em todos os móveis. Não encontrou nada.

Ela estremeceu quando viu um papel na varanda, como se tivesse caído ali ao acaso.

– Isso pode ser uma armadilha de Daubrecq? – perguntou-se em voz alta. – Será que esse pedaço de papel contém…

– Não – disse uma voz atrás dela, enquanto ela colocava a mão do trinco.

Ela se virou e viu Daubrecq.

Clarisse não ficou surpresa nem apavorada, nem mesmo com vergonha por ficar cara a cara com ele. Havia sofrido muito nos últimos meses para se importar com o que Daubrecq poderia pensar dela, ou dizer, ao pegá-la em um ato de espionagem.

Ela se sentou, exausta.

Ele sorriu:

– Não, querida, está errada. Como as crianças dizem, não está "quente". Ah, nem um pouco! E é tão fácil! Posso ajudá-la? Está ao seu lado, querida amiga, naquela mesinha… Ainda assim, não há quase nada na mesinha! Algo para ler, algo para escrever, algo para fumar, algo para comer… e só… Quer uma fruta cristalizada? Ou prefere esperar pela refeição mais reforçada que eu pedi?

Clarisse não respondeu. Ela nem parecia ouvir o que ele estava dizendo, como se esperasse outras palavras, palavras mais sérias, que ele não poderia deixar de falar.

Ele tirou todos os objetos de cima da mesa e colocou-os na cornija da lareira. Então, tocou um sino.

O maître do hotel apareceu e Daubrecq perguntou:

– O almoço que eu pedi já está pronto?

– Está sim, senhor.

– Para dois, não é?

– Sim, senhor.

– E champanhe?

– Sim, senhor.

– *Extra-dry*?

– Sim, senhor.

Outro garçom trouxe uma bandeja e colocou talheres para duas pessoas, uma refeição fria, algumas frutas e uma garrafa de champanhe em um balde com gelo.

Então os dois garçons se retiraram.

– Sente-se, minha querida dama. Como pode ver, eu estava pensando na senhora e pedi que colocassem o seu lugar à mesa.

E, sem parecer perceber que Clarisse não estava disposta a aceitar seu convite, ele se sentou, começou a comer e continuou:

– Sim, eu juro que tinha esperança de que a senhora me concedesse esse pequeno encontro. Na última semana, enquanto a senhora me vigiava de forma tão assídua, eu apenas me perguntava: "Será que ela prefere champanhe doce, seco ou *extra-dry*?". Eu estava realmente confuso, principalmente depois que deixamos Paris. Perdi seu rastro, por assim dizer, e fiquei com medo de que a senhora também tivesse perdido o meu e abandonado essa busca que tanto me agrada. Quando eu saía para uma caminhada, sentia falta de seus lindos olhos escuros, brilhando cheios de ódio sob seu cabelo que começa a ficar grisalho. Mas hoje de manhã entendi tudo: o quarto ao meu lado estava finalmente vago, e minha amiga Clarisse conseguiu se estabelecer em minha cabeceira, vamos dizer assim. A partir daquele momento, fiquei tranquilo. Eu tinha certeza de que, quando voltasse, em vez de almoçar no restaurante como de costume, eu a encontraria arrumando as minhas coisas conforme a sua conveniência e gosto. Foi por isso que pedi talheres para dois: um para seu humilde servo e outro para sua boa amiga.

Agora ela o estava escutando, horrorizada. Então Daubrecq sabia que ela o estava espionando? Ao longo de toda a semana ele sabia dela e de seus esquemas!

Com a voz baixa e olhos ansiosos, ela perguntou:

– O senhor fez isso de propósito, não foi? Só saiu de Paris para que eu fosse atrás?

– Sim – concordou ele.

– Mas por quê? Por quê?

– A senhora está dizendo que não sabe? – retrucou Daubrecq, soltando uma gargalhada de prazer.

Ela meio que se levantou da cadeira e, inclinando-se na direção dele, pensou, como pensava todas as vezes, no assassinato que poderia cometer, no assassinato que iria cometer. Um tiro de revólver e esse homem odioso estaria acabado.

Lentamente a mão dela deslizou até a arma escondida em seu corpete.

Daubrecq disse:

– Um segundo, querida amiga. Antes de atirar em mim, deveria ler primeiro este telegrama que acabei de receber.

Ela hesitou, sem saber qual armadilha ele estava preparando; mas ele continuou enquanto pegava o telegrama:

– É sobre seu filho.

– Gilbert? – perguntou ela, muito preocupada.

– Sim, Gilbert... Aqui, leia.

Ela deu um grito apavorado quando leu:

"Execução na terça-feira de manhã."

Imediatamente ela se atirou em cima de Daubrecq, chorando:

– Não é verdade! É mentira! Só para me enlouquecer. Eu o conheço, é capaz de tudo! Confesse! Não será na terça-feira! Daqui a dois dias! Não, não, ainda temos quatro ou cinco dias, nos quais vou conseguir salvá-lo. Confesse, confesse!

Não restava mais força a ela, exausta por esse ataque de rebeldia, e sua voz passou a pronunciar sons incompreensíveis.

Ele a observou por um momento, então se serviu de uma taça de champanhe e tomou de um só gole. Deu alguns passos para um lado e para outro no quarto, voltou até ela e disse:

– Escute-me, Clarisse...

O insulto a fez estremecer com uma energia inesperada. Ela se levantou e, arfando de indignação, disse:

– Eu proíbo que fale comigo assim. Não vou aceitar tal afronta. Seu miserável!

Ele deu de ombros e continuou:

– Vamos lá, vejo que a senhora ainda não está a par de tudo. Claro, ainda tem esperanças de receber ajuda de alguém. Prasville, talvez? O excelente Prasville, de quem a senhora é o braço direito... Minha querida amiga, perca as esperanças. A senhora precisa saber que Prasville está envolvido no caso do canal! Não diretamente. O nome dele não está na lista dos Vinte e Sete, mas, sim, o nome de um amigo, um ex-deputado chamado Vorenglade, Stanislas Vorenglade, seu laranja, aparentemente: um pobre diabo que deixei à própria sorte e por um bom motivo. Eu não sabia de nada disso até hoje de manhã, quando recebi esta carta me informando da existência de documentos que provam a cumplicidade de nosso querido e único Prasville! E quem é o meu informante? O próprio Vorenglade! Vorenglade, que, cansado de viver na pobreza, quer extorquir dinheiro de Prasville, arriscando ser preso, e que vai adorar chegar a um acordo comigo. E Prasville será demitido. Eu lhe juro que aquele cretino vai ser demitido! Por Deus, ele já me irrita há muito tempo! Prasville, meu velho, você merece…

Ele esfregou as mãos, festejando sua vingança. E continuou:

– Está vendo, minha querida Clarisse… não há nada a fazer nesse sentido. E então? Qual será a sua tábua da salvação? Ora, estava me esquecendo do Arsène Lupin! Senhor Grognard! Senhor Le Ballu! A senhora deve admitir que esses cavalheiros não brilharam e que todas as suas proezas não me impediram de seguir meu caminho. Eles acreditam que não existe ninguém igual a eles. Quando encontraram um adversário como eu, que não deve ser subestimado, eles cometeram erros atrás de erros, embora acreditem que estão seguindo o caminho certo. Colegiais, isso é o que são! Contudo, como a senhora parece ainda ter algumas ilusões sobre Lupin, já que conta com o pobre diabo para acabar comigo e fazer um milagre a favor do seu inocente Gilbert, deixe-me acabar com essa ilusão. Ah! Lupin! Deus do céu, ela acredita em Lupin! Colocou suas últimas esperanças em Lupin! Lupin! Espere até que eu pegue você, meu ilustre fantoche!

Ele pegou o telefone que se comunicava com a recepção do hotel e falou:

– Estou no quarto 129, senhorita. Poderia, por favor, pedir à pessoa sentada em frente ao seu escritório que suba para meu quarto?… Sim,

Arsène Lupin e a rolha de cristal

senhorita, um senhor usando um chapéu de feltro cinza. Ele sabe. Obrigado, senhorita.

Desligando, ele se virou para Clarisse:

– Não tenha medo. O homem é a discrição em pessoa. Além disso, o lema do negócio dele é "Discrição e entrega". Como um detetive aposentado, ele já me prestou vários serviços, incluindo seguir a senhora enquanto a senhora me seguia. Desde que chegamos ao Sul, ele tem estado menos ocupado com a senhora, mas isso porque estava mais ocupado em outro lugar. Pode entrar, Jacob.

Daubrecq abriu a porta, e um homem magro e baixo, com um bigode ruivo, entrou no quarto.

– Por favor Jacob, conte a esta senhora, em poucas palavras, o que você tem feito desde quarta-feira à noite, quando ela entrou no trem de luxo que estava saindo da estação de Lyon para o Sul, comigo a bordo, e você continuou na plataforma da estação. Claro, não estou perguntando como ocupou o seu tempo, exceto no que se refere à madame e aos negócios que confiei a você.

Jacob colocou a mão na parte interna no paletó e tirou do bolso um pequeno bloco cujas páginas ele virou e leu em voz alta como se estivesse reproduzindo um relatório:

– Quarta-feira, 8h15 da noite. Estação de Lyon. Aguardando dois cavalheiros, Grognard e Le Ballu. Eles chegam com um terceiro que ainda não conheço, mas que só pode ser o senhor Nicole. Dou ao carregador dez francos para que me empreste seu quepe e sua camisa. Aproximo-me dos cavalheiros e dou o recado de uma senhora dizendo que "eles estão indo para Monte Carlo". Depois, telefono para o porteiro do Hotel Franklin. Todos os telegramas enviados para o patrão e encaminhados para ele devem ser lidos pelo tal porteiro e, se necessário, interceptados.

"Quinta-feira. Monte Carlo. Os três cavalheiros fazem uma busca nos hotéis.

"Sexta-feira. Fazem visitas a La Turbie, Cap d'Ail e Cap Martin. O senhor Daubrecq me telefona. Acha mais sábio mandar os cavalheiros para a Itália. Peço ao porteiro do Hotel Franklin que envie para eles um telegrama marcando um encontro em San Remo.

"Sábado. San Remo. Plataforma da estação. Dou dez francos para o porteiro do Ambassadeurs-Palace para me emprestar seu boné. Os três cavalheiros chegam. Falam comigo. Explico a eles que uma senhora viajante, madame Mergy, está indo para Gênova, Hotel Continental. Os cavalheiros hesitam. O senhor Nicole quer sair do trem. O outros o seguram. O trem parte. Boa sorte, cavalheiros! Uma hora depois, pego um trem para a França e salto em Nice para aguardar novas ordens."

Jacob fecha o bloco e conclui:

– Isso é tudo. Os feitos de hoje serão atualizados à noite.

– Pode atualizar agora, senhor Jacob. "Meio-dia, o senhor Daubrecq me manda até Wagon-Lits Co. Reservo duas cabines no vagão-dormitório para Paris, no trem das 2h48, e envio as passagens para ele por um mensageiro expresso. Então pego o trem das 12h58 para Vintimille, estação da fronteira, onde passo o dia na plataforma, observando os passageiros que chegam à França. Caso os senhores Nicole, Grognard e Le Ballu resolvam deixar a Itália e voltar a Paris, passando por Nice, minhas instruções são de telegrafar para a polícia denunciando que o mestre Arsène Lupin e seus dois cúmplices estão no trem número tal e tal."

Enquanto falava, Daubrecq conduziu Jacob até a porta. Fechou a porta quando o outro saiu, virou a chave, puxou o ferrolho e, dirigindo-se a Clarisse, disse:

– E agora, querida, ouça-me.

Desta vez ela não protestou. O que ela poderia fazer contra esse inimigo tão poderoso, tão engenhoso, que providenciava tudo nos mínimos detalhes e brincava com os adversários com tanta desenvoltura? Mesmo se tivesse tido esperanças da interferência de Lupin até aquele minuto, como poderia continuar agora que sabia que ele estava vagando pela Itália atrás de uma sombra?

Finalmente, compreendeu por que os três telegramas que havia enviado para o Hotel Franklin tinham ficado sem resposta. Daubrecq estava lá, espreitando nas sombras, observando, criando uma redoma ao redor dela, afastando-a de seus companheiros de luta, tornando-a cada vez mais uma prisioneira dentro das quatro paredes daquele quarto.

Ela sentiu sua fraqueza. Estava à mercê do monstro. Devia ficar quieta e aceitar.

Ele repetiu, com um prazer maligno:

– Querida, ouça-me. Escute as palavras irremediáveis que vou lhe falar. Escute bem. Agora é meio-dia. O último trem parte às 2h48; entenda que esse é o último trem que pode fazer com que eu esteja em Paris amanhã, segunda-feira, a tempo de salvar seu filho. Os trens noturnos vão chegar muito tarde. Os trens de luxo estão cheios. Portanto, preciso partir às 2h48. Devo partir?

– Sim.

– Nossas cabines estão reservadas. A senhora vem comigo?

– Sim.

– A senhora conhece as minhas condições para interferir?

– Sei.

– A senhora as aceita?

– Aceito.

– A senhora aceita se casar comigo?

– Sim.

Ah, que respostas terríveis!

A infeliz respondeu às perguntas em uma espécie de torpor, recusando-se até a compreender o que estava prometendo. Deixe que ele parta, deixe que ele salve Gilbert daquela máquina de morte, cuja visão a assombrava dia e noite... E então... então... que venha o que for preciso...

Ele caiu na gargalhada:

– Ah, danadinha, é tão fácil falar! A senhora está disposta a prometer tudo, não é? O mais importante é salvar Gilbert. Depois, quando aquele ingênuo do Daubrecq vier com um anel de noivado, vamos rir da cara dele! Não, não, nada de palavras vazias. Não quero promessas que não serão cumpridas. Quero fatos imediatos.

Ele se sentou ao lado dela e declarou:

– Eis a minha proposta… o que deve ser… o que será. Para começar, vou pedir, ou melhor, vou exigir, não que Gilbert seja perdoado, mas que sua execução seja adiada por umas três ou quatro semanas. Eles vão inventar algum pretexto, isso não é da minha conta. E, quando a madame Mergy tiver se tornado madame Daubrecq, eu pedirei que ele seja perdoado, ou seja, uma comutação de pena. Pode ficar tranquila, eles vão conceder.

– Eu aceito… eu aceito – ela gaguejou.

Ele riu mais uma vez.

– Sim, a senhora aceita porque isso vai acontecer daqui a um mês, e, enquanto isso, conta em encontrar alguma artimanha, alguma ajuda de… Arsène Lupin…

– Juro pelo meu filho morto.

– Seu filho morto! Coitadinha, venderia a alma ao diabo para impedir que isso aconteça!

– Ah, sim – disse ela, estremecendo. – Eu venderia a minha alma, feliz.

Ele se debruçou sobre ela e disse baixinho:

– Clarisse, eu não estou pedindo a sua alma… Eu quero outra coisa… Há mais de vinte anos que a minha vida gira em torno desse desejo. Você é a única mulher que já amei… Pode me odiar, me detestar, eu não me importo, mas não me rejeite. Vou esperar? Esperar mais um mês? Não, Clarisse, já esperei muitos anos…

Ele tentou tocar na mão dela. Clarisse recuou com tanto nojo que ele foi tomado pela fúria e gritou:

– Ah, juro por Deus, minha bela, o executor não terá tanta cerimô-
nia com seu filho! E a senhora se fazendo de rogada! Ora, pense, vai
acontecer daqui a quarenta horas! Não mais do que isso, e ainda está
hesitando… ainda tem escrúpulos quando a vida do seu filho está em
risco! Vamos, nada de choro, nada de sentimentalismo tolo! Encare
os fatos. A senhora me prometeu ser minha esposa, a partir desse
momento é minha noiva… Clarisse, Clarisse, me dê os seus lábios…

Quase desmaiando, ela mal teve força para esticar o braço e afastá-
-lo. E, com um cinismo em que toda a sua natureza abominável se
mostrava, Daubrecq, misturando palavras de crueldade e de paixão,
continuou:

– Salve seu filho! Pense na última manhã: nos preparativos da gui-
lhotina, quando tirarem a camisa dele e cortarem seu cabelo… Clarisse,
Clarisse, eu vou salvá-lo. Tenha certeza disso. A minha vida será sua,
Clarisse…

Ela não resistiu mais. Estava acabado. Os repugnantes lábios do cretino estavam quase tocando os dela; e tinha que ser assim, nada poderia
evitar. Era seu dever obedecer ao decreto do destino. Há muito tempo
conhecia esse destino, compreendia-o. E, fechando os olhos, para não
ver o rosto imundo que lentamente se aproximava do seu, ela repetia
para si mesma:

– Meu filho… meu pobre filho.

Alguns segundos se passaram: dez, vinte talvez. Daubrecq não se
moveu. Não falou. E ela ficou surpresa com o enorme silêncio e repentina tranquilidade. Será que o monstro, no último momento, sentiu
uma pontada de remorso?

Ela abriu os olhos.

A visão que teve a deixou estupefata. Em vez dos traços sorridentes
que esperava ver, viu um rosto imóvel, irreconhecível, contorcido em
uma expressão de terror: e os olhos, invisíveis por baixo dos óculos
duplos, pareciam estar encarando algum ponto acima da cabeça dela,
acima da cadeira em que ela estava prostrada.

Clarisse virou o rosto. À direita, um pouco acima da cadeira, dois canos de revólver apontavam para Daubrecq. Ela só viu isso: dois revólveres enormes e formidáveis, segurados por duas mãos fechadas. Só viu isso, e o rosto de Daubrecq, que pouco a pouco ia perdendo a cor até se tornar lívido. E, quase ao mesmo tempo, alguém surgiu atrás de Daubrecq, passou um braço em volta do pescoço dele, jogou-o no chão com uma violência incrível e pressionou um pano de algodão em seu rosto. Um repentino cheiro de clorofórmio se espalhou pelo quarto.

Clarisse havia reconhecido o senhor Nicole.

– Venha, Grognard! – gritou ele. – Venha, Le Ballu! Abaixem as armas. Eu o peguei. Está desmaiado. Podem amarrá-lo.

Daubrecq, de fato, estava dobrado em dois, caído de joelhos como um boneco desconjuntado. Sob o poder do clorofórmio, o bruto temível mergulhou na impotência, tornando-se infensivo e grotesco.

Grognard e Le Ballu o enrolaram em cobertores que pegaram na cama e o amarraram com força.

– É isso! É isso! – disse Lupin, ficando de pé.

Em uma repentina reação de prazer insano, ele começou a dançar no meio do quarto, uma dancinha que misturava os passos do cancã e as contorções do *cakewalk*[3], giros de um dervixe rodopiante, movimentos acrobáticos de um palhaço e passos cambaleantes de um bêbado. E ele anunciou, como se os três estivessem se apresentando em um musical:

– A dança do prisioneiro! O cancã do cativo! A fantasia de cadáver de um representante do povo! A polca do clorofórmio. Os passos dos óculos vencidos! Olé! Olé! O fandango do chantageador! E, então, a dança do urso! Agora, a tirolesa! Lá, lá, lá, lá... Vamos, crianças!... Zing, bum, bum! Zing, bum, bum!

Todo o seu espírito zombeteiro, seus instintos alegres, havia tanto presos por sua constante ansiedade e sucessivas derrotas, tudo entrou

---

[3] Competição de passos e figuras de dança entre os negros americanos. (N.T.)

em erupção em uma explosão de gargalhadas, de entusiasmo e em uma pitoresca necessidade infantil de comemorar.

Deu um último salto, girou pelo quarto e terminou parando com os braços nos quadris com um pé em cima do corpo inerte de Daubrecq.

– Uma pintura alegórica! – exclamou ele. – O anjo da virtude destruindo a hidra do mal!

E a cena foi duas vezes mais engraçada porque Lupin estava caracterizado como senhor Nicole, com as roupas e a maquiagem do pequeno tutor rígido e envergonhado.

Um sorriso triste surgiu no rosto de madame Mergy, o primeiro sorriso que ela conseguia abrir em um longo mês. Mas, voltando imediatamente para a realidade, ela suplicou:

– Por favor, pense em Gilbert!

Ele foi até ela, pegou-a em seus braços e, obedecendo a um impulso espontâneo, tão ingênuo que ela poderia ter rido, deu-lhe um sonoro beijo em cada bochecha.

– Esse, madame, é o beijo de um homem decente! Em vez de Daubrecq, sou eu abraçando você. Mais uma palavra e faço de novo. Pode ficar brava comigo se quiser! Como estou feliz!

Ele se ajoelhou na frente dela e disse de forma respeitosa:

– Perdoe-me, madame. A crise acabou.

E, levantando-se de novo, reassumindo seu jeito irônico, continuou, enquanto Clarisse se perguntava o que estava por vir.

– Qual é o seu próximo desejo, madame? O perdão de seu filho, talvez? Certamente! Madame, tenho o prazer de lhe oferecer o perdão do seu filho, a comutação de sua pena para prisão perpétua e, para terminar, sua fuga. Já está tudo providenciado, não é, Grognard? Certo, Le Ballu? Vocês dois vão com o garoto para Nova Caledônia e preparam tudo. Ah, meu caro Daubrecq, nós temos uma grande dívida com você! Mas não estou me esquecendo de você, acredite! Qual é o seu desejo? Uma pastilha? Não? Um último cachimbo? Claro!

Ele pegou um cachimbo na cornija da lareira, debruçou-se sobre o prisioneiro, tirou sua máscara e enfiou a piteira entre seus dentes:

– Fume, meu velho, fume. Senhor, como está engraçado, com esse lenço no nariz e seu cachimbinho na boca. Vamos, fume. Céus, esqueci de encher o cachimbo! Qual é o seu tabaco preferido? Maryland? Ah, aqui...

Ele pegou na cornija uma embalagem amarela fechada e rasgou o selo.

– O fumo do grande senhor! Senhoras e senhores, fiquem de olho em mim! Este é um grande momento. Estou prestes a colocar tabaco no cachimbo do grande senhor! Que honra! Observem meus movimentos! Vejam, não tenho nada nas mãos, nada nas mangas!

Ele abriu a embalagem e enfiou o polegar e o indicador ali dentro, lenta e delicadamente, como um mágico fazendo um truque na frente do público maravilhado e, com um enorme sorriso, tirou da embalagem um objeto brilhante que mostrou para os espectadores.

Clarisse soltou um grito.

Era a rolha de cristal.

Ela correu até Lupin e a pegou de sua mão:

– É essa! É essa! – exclamou ela, freneticamente. – Não tem o ar-ranhão na haste! Olhe essa linha dividindo ao meio, onde termina o dourado... É essa! Ela desenrosca! Ah, meu Deus, não tenho mais forças.

Ela tremeu tanto que Lupin pegou a rolha de volta e a desenroscou.

O interior era oco, e no espaço oco havia um pedaço de papel enrolado.

– O papel – sussurrou Lupin, ele mesmo muito excitado e com as mãos trêmulas.

Houve um longo silêncio. Os quatro sentiam como se seus corações fossem explodir no peito, temerosos do que estava por vir.

– Por favor, por favor... – murmurou Clarisse.

Lupin desdobrou o papel fino.

ARSÈNE LUPIN E A ROLHA DE CRISTAL

Havia uma lista de nomes escritos um embaixo do outro, os vinte e sete nomes da famosa lista: Langeroux, Dechaumont, Vorenglade, d'Albufex, Victorien Mergy e outros.

E, no rodapé, a assinatura do presidente da companhia do Canal dos Dois Mares. A assinatura com letras de sangue.

Lupin olhou para o relógio:

– Quinze para uma – disse ele. – Temos vinte minutos sobrando. Vamos almoçar.

– Mas – começou Clarisse, que já estava começando a perder a cabeça – não se esqueça...

Ele simplesmente respondeu:

– Eu só sei que estou morrendo de fome.

Ele se sentou à mesa, cortou uma grande fatia de torta fria e perguntou para seus cúmplices:

– Grognard? Le Ballu? Aceitam um pedaço?

– Não posso recusar, patrão.

– Então, apressem-se, rapazes. E uma taça de champanhe para descer melhor. Um oferecimento do paciente do clorofórmio. À sua saúde, Daubrecq! Champanhe doce? Champanhe seco? *Extra-dry*?

A CRUZ DE LORENA

No momento em que Lupin terminou de almoçar, ele imediatamente recuperou todo o seu domínio e autoridade. A hora da brincadeira tinha chegado ao fim, e ele não podia mais ceder à sua paixão por surpreender as pessoas com truques e encenações. Agora que encontrara a rolha de cristal em seu esconderijo, que ele adivinhara com absoluta certeza, agora que possuía a lista dos Vinte e Sete, era uma questão de dar a cartada final sem demora.

Era uma brincadeira de criança, sem dúvida, e o que ainda precisava ser feito não apresentava nenhuma dificuldade. Entretanto era fundamental que ele desempenhasse esses atos finais com decisão, prontidão e uma perspicácia infalível. A menor falha seria irremediável. Lupin sabia disso; mas sua mente, tão estranhamente lúcida, examinara todas as hipóteses. E se sentia pronto para os passos que estava prestes a dar e para as palavras que estava prestes a pronunciar:

– Grognard, o carregador está esperando no Boulevard Gambetta com a charrete e o baú que compramos. Traga o carregador e o baú para cá. Se alguém do hotel perguntar alguma coisa, diga que é para a madame do quarto 130.

ARSÈNE LUPIN E A ROLHA DE CRISTAL

Então, dirigindo-se para seu outro companheiro:

– Le Ballu, volte para a estação e pegue a limusine. O preço já está acertado: dez mil francos. Compre um boné e um paletó de motorista e traga o carro para o hotel.

– O dinheiro, patrão.

Lupin abriu a carteira que tirara do paletó de Daubrecq e pegou um grande maço de notas. Separou dez.

– Aqui, dez mil francos. Parece que nosso amigo ganhou uma grande quantia no clube. Vá, Le Ballu!

Os dois homens saíram pelo quarto de Clarisse. Lupin aproveitou um momento em que Clarisse Mergy não estava olhando para se apossar da carteira com grande satisfação:

– O negócio não será ruim – disse ele para si mesmo. – Quando todas as despesas forem pagas, ainda ficarei com alguma coisa, mas ainda não acabou.

Então, virando-se para Clarisse, ele perguntou:

– A senhora tem uma mala?

– Tenho sim. Comprei uma quando cheguei a Nice, com algumas roupas e artigos de toalete, já que saí de Paris desprevenida.

– Arrume tudo. Depois desça para a recepção. Diga que está esperando um baú que o carregador está trazendo do guarda-volumes da estação e que a senhora precisa desfazer e refazer no seu quarto, pois vai embora logo em seguida.

Sozinho, Lupin examinou Daubrecq com cuidado, apalpou todos os seus bolsos e se apropriou de tudo que representasse algum interesse.

Grognard foi o primeiro a voltar. O grande baú era revestido de couro preto e foi levado para o quarto de Clarisse. Com a ajuda de Clarisse e Grognard, Lupin arrastou Daubrecq e o colocou dentro do baú, sentado, mas com a cabeça baixada para que a tampa pudesse ser fechada.

– Não digo que seja tão confortável quanto sua cabine no vagão-dormitório, caro deputado – comentou Lupin. – Mas eu diria que é melhor do que um caixão. Pelo menos você consegue respirar. Três buraquinhos de cada lado. Não tem do que reclamar!

Então, abrindo um frasco:

– Mais um pouco de clorofórmio? Você parece adorar!

Ele ensopou o lenço mais uma vez, enquanto, seguindo suas ordens, Clarisse e Grognard envolviam o deputado com roupas, panos e travesseiros, que tinham tido o cuidado de colocar no baú.

– Perfeito! – exclamou Lupin. – Este baú está pronto para viajar o mundo. Fechem e tranquem.

Le Ballu chegou, vestido de chofer.

– O carro está lá embaixo, patrão.

– Bom. Vocês dois levem o baú lá para baixo. Seria perigoso deixar os funcionários do hotel carregar.

– Mas e se encontrarmos alguém?

– Bem, Le Ballu, você não é um carregador? Está carregando o baú de sua patroa, no caso a senhora do quarto 130, que também irá descer, entrar no carro e esperar por mim a duzentos metros do hotel. Grognard, ajude a carregar. Ah, primeiro tranquem a porta que liga os quartos!

Lupin foi para o outro quarto, fechou a porta, puxou o ferrolho, saiu, trancou a porta e desceu pelo elevador.

Na recepção, ele disse:

– O senhor Daubrecq foi surpreendido com um chamado de Monte Carlo. Ele me pediu para avisar que só voltará na terça-feira, mas deseja manter o quarto. As coisas dele estão lá. Aqui está a chave.

Ele se afastou tranquilamente e foi ao encontro do carro, onde Clarisse se lamentava:

– Nunca chegaremos a Paris amanhã de manhã! É uma loucura! O menor percalço e…

– É por isso que eu e a senhora vamos pegar o trem. É mais seguro…

Ele a colocou em um táxi e deu suas últimas instruções aos dois homens:

ARSÈNE LUPIN E A ROLHA DE CRISTAL

– Cinquenta quilômetros por hora em média, entenderam? Dirijam e descansem, se revezando. Nessa velocidade, vocês devem chegar a Paris amanhã entre seis e sete da noite. Mas não acelerem. Vou ficar com Daubrecq, não porque precise dele para os meus planos, mas como refém... e por precaução. Gosto de saber que vou poder colocar as mãos nele nos próximos dias. Então, cuidem bem dele. Deem algumas gotinhas de clorofórmio a cada três ou quatro horas. É a única fraqueza dele. Pode ir, Le Ballu... E você, Daubrecq, não se anime aí, não. O teto é forte... Se se sentir mal, não se preocupe. Vá, Le Ballu!

Ele observou o carro se afastar e então pediu para o motorista do táxi seguir para os correios, onde despachou um telegrama com as seguintes palavras:

"Senhor Prasville, delegacia de polícia, Paris:
Pessoa encontrada. Entregarei o documento às onze horas da manhã de amanhã. Comunicação urgente. Clarisse."

Clarisse e Lupin chegaram à estação às duas e meia.

– Será que conseguiremos lugar? – questionou Clarisse, que ficava preocupada com o menor detalhe.

– Lugar? Ora, nossas cabines estão reservadas!

– Quem reservou?

– Jacob... Daubrecq.

– Como?

– Ora, na recepção do hotel me entregaram uma carta que chegara para Daubrecq por um mensageiro expresso. Eram as passagens para as cabines que Jacob enviara para ele. Além disso, estou com o cartão do deputado. Então, viajaremos usando os nomes de senhor e senhora Daubrecq e receberemos toda a atenção por causa de nossa posição. Viu, minha querida madame, tudo está preparado.

Desta vez a viagem pareceu curta para Lupin. Clarisse contou a ele tudo que fizera nos últimos dias. Ele explicou a ela o milagre de sua aparição repentina no quarto de Daubrecq no momento em que seu adversário pensava que estava na Itália.

– Um milagre, não – disse ele. – Mas senti um fenômeno especial dentro de mim quando saí de San Remo para Gênova, uma espécie de intuição misteriosa que fez com que eu, primeiro, tentasse pular do trem, o que Le Ballu não deixou, e depois que fosse até a janela, abaixasse o vidro e acompanhasse com o olhar o porteiro do Ambassadeurs-Palace, que me dera o seu recado. Bem, naquele minuto o porteiro estava esfregando as mãos com a maior satisfação, e por alguma razão de repente eu entendi tudo: eu tinha sido enganado, ludibriado por Daubrecq, assim como a senhora. Pequenos detalhes surgiram na minha mente. O esquema do meu adversário ficou claro para mim, do início ao fim. Mais um minuto e o desastre seria irreversível. Preciso confessar que fiquei desesperado por alguns momentos, ao pensar que poderia não conseguir reparar todos os erros que havia cometido. Dependia simplesmente do horário dos trens, que me permitiria ou não encontrar o emissário de Daubrecq na plataforma da estação em San Remo. Desta vez, finalmente, a sorte me favoreceu. Nosso trem mal tinha parado na primeira estação quando passou um trem para a França. Quando chegamos a San Remo, o homem ainda estava lá. Minha suposição estava certa. Ele não estava mais com o uniforme de porteiro e entrou em um compartimento da segunda classe. Daquele momento em diante a vitória estava garantida.

– Mas como? – perguntou Clarisse, que, apesar dos pensamentos que a atormentavam, estava interessada na história de Lupin.

– Como a encontrei? Simplesmente não perdendo de vista o senhor Jacob, mas o deixando livre para ir e vir como bem entendesse, sabendo que ele acabaria tendo que prestar contas de seus atos para Daubrecq. De fato, hoje de manhã, depois de passar a noite em um pequeno hotel em Nice, ele se encontrou com Daubrecq no Passeio dos Ingleses. Eles conversaram um pouco. Eu os segui. Daubrecq voltou para o hotel, deixou Jacob em um dos vestíbulos do térreo, em frente à recepção, e subiu de elevador. Dez minutos depois eu descobri o número do quarto dele e descobri que uma senhora estava no quarto ao lado desde ontem, no número 130. Falei com Grognard e Le Ballu que tínhamos conseguido. Bati à sua porta de leve. Ninguém respondeu. E a porta estava trancada.

– Então? – perguntou Clarisse.

– Então nós abrimos a porta. A senhora acha que só existe uma chave no mundo que faça uma porta abrir? Então eu entrei. Não havia ninguém no quarto. Mas a porta que liga os quartos estava entreaberta. Entrei de fininho. Portanto, uma simples cortina me separava de você, de Daubrecq e da embalagem de tabaco que eu vi na cornija da lareira.

– Então o senhor sabia o esconderijo?

– Uma olhada no escritório de Daubrecq em Paris me mostrou que a embalagem de tabaco tinha desaparecido. Além disso…

– O quê?

– Por causa das confissões arrancadas de Daubrecq na Torre dos Amantes, eu sabia que a palavra Marie era a chave para o mistério. Desde então venho pensando nessa palavra, mas com a ideia preconcebida de que se escrevia M A R I E. Bem, eram as duas primeiras sílabas de uma outra palavra, que eu só adivinhei no momento em que dei falta da embalagem de tabaco.

– Qual palavra?

– Maryland, tabaco Maryland, o único que Daubrecq fuma.

E Lupin começou a rir:

– Não é estúpido? E ao mesmo tempo genial da parte de Daubrecq? Procuramos em todos os lugares, reviramos tudo. Desatarrachamos as lâmpadas para ver se a rolha de cristal estava escondida ali. Mas como eu poderia ter pensado, como alguém poderia, por mais perspicaz que fosse, pensar em tirar o selo de uma embalagem de Maryland afixada, colada, lacrada, carimbada, datada pelo Estado e fiscalizada pela receita federal? Pense! O Estado é cúmplice de tal ato de infâmia! A fiscaliza-ção da receita federal se prestando a esse papel! Não, mil vezes não! A Regie[4] não é perfeita. Ela faz fósforos que não acendem e cigarros cheios de palha dentro. Mas tem toda uma diferença entre reconhecer o fato e acreditar que a receita federal estava mancomunada com Daubrecq para esconder a lista dos Vinte e Sete da curiosidade do governo e dos esforços de Arsène Lupin! Observe que Daubrecq, para colocar a rolha de cristal ali, só precisou soltar um pouco o selo, desdobrar o papel amarelo, tirar o tabaco e colar de volta. Observe também que, em Paris, nós só precisávamos pegar a embalagem e examiná-la para descobrir o esconderijo! Não importa! O que importa é que a emba-lagem de Maryland, fabricada e fiscalizada pelo Estado e pela receita federal, era sagrada, uma coisa intocável, acima de qualquer suspeita! E ninguém abriu. Foi assim que o diabo do Daubrecq deixou aquela embalagem intocada todos esses meses sobre a escrivaninha dele, entre os cachimbos e outras embalagens fechadas de tabaco. E nenhuma força deste mundo poderia ter dado a mais vaga ideia a alguém de procurar naquele pequeno cubo. Além disso...

Lupin continuou contando suas observações sobre a embalagem de Maryland e a rolha de cristal. A ingenuidade e a perspicácia de seu adversário o interessavam ainda mais agora que o havia vencido. Mas para Clarisse esses tópicos importavam pouco em comparação com a ansiedade quanto aos atos que aconteceriam para salvar seu filho; e ela ficou sentada ali, perdida em seus próprios pensamentos, mal o escutando.

– O senhor tem certeza – ela repetia – de que vai dar certo?

– Certeza absoluta.

– Mas Prasville não está em Paris.

---

[4] Departamento fiscal francês que tem o monopólio da fabricação de cigarros, charutos, tabaco e fósforos. (N.T.)

ARSÈNE LUPIN E A ROLHA DE CRISTAL

– Se ele não estiver lá, está em Havre. Eu vi no jornal de ontem. Em todo caso, o telegrama o fará voltar para Paris na mesma hora.

– E o senhor acha que ele tem influência suficiente?

– Para conseguir o perdão de Vaucheray e Gilbert pessoalmente? Não. Se ele fosse capaz disso, já o teríamos acionado antes. Mas ele é inteligente o bastante para entender o valor do que vamos levar para ele e agir sem demora.

– Mas, para sermos exatos, o senhor não está iludido quanto ao valor?

– Daubrecq estava iludido? Ele não estava em uma posição melhor do que a de todos nós para reconhecer o poder daquele papel? Ele não teve vinte provas disso, uma mais convincente do que a outra? Pense em tudo que ele conseguiu fazer pelo simples motivo de possuir a lista. Eles sabiam, só isso. Ele não usou a lista, mas estava em seu poder. E com isso ele matou seu marido. Construiu a própria fortuna sobre a ruína e a desgraça dos Vinte e Sete. Na semana passada mesmo, um dos nomes da lista, d'Albufex, cortou a própria garganta na prisão. Acredite em mim, entregando a lista poderemos pedir o que quisermos. E o que vamos pedir? Quase nada… menos do que nada… o perdão de um garoto de vinte anos. Em outras palavras, eles vão achar que somos idiotas. Ora! O que temos nas mãos…

Ele parou. Clarisse, exausta depois de tanta animação, pegou no sono na frente dele.

Eles chegaram a Paris às oito da manhã.

Lupin encontrou dois telegramas esperando por ele em seu apartamento, na Praça de Clichy.

Um era de Le Ballu, enviado de Avignon na véspera e dizendo que estava tudo correndo bem e que eles esperavam chegar pontualmente ao compromisso naquela noite. O outro era de Prasville, enviado de Havre e endereçado a Clarisse:

"Impossível voltar na segunda-feira de manhã. Vá ao meu gabinete às cinco horas da tarde. Confio totalmente na senhora."

– Cinco horas! – exclamou Clarisse. – Muito tarde!

– É uma boa hora – comentou Lupin.

– Ainda assim, se…

– Se a execução estiver marcada para amanhã de manhã, é isso que a senhora quer dizer? Não tenha medo de falar, pois a execução não irá acontecer.

– Os jornais…

– A senhora não leu os jornais e não vai ler. Nada do que eles disserem importa. Apenas uma coisa importa: nosso encontro com Prasville. Além disso…

Ele pegou uma pequena garrafa do armário e, colocando a mão sobre o ombro de Clarisse, disse:

– Deite-se aqui no sofá e tome algumas gotas deste líquido.

– Para quê?

– Fará com que durma por algumas horas… e esqueça. Isso é sempre bom.

– Não, não – protestou Clarisse –, eu não quero. Gilbert não vai dormir. Ele não vai esquecer.

– Beba – pediu Lupin, com uma insistência gentil. Ela cedeu, de repente, por covardia, por sofrimento, e fez o que ele pediu, depois deitou-se no sofá e fechou os olhos. Em poucos minutos pegou no sono.

Lupin chamou seu empregado:

– Os jornais, rápido! Você os comprou?

– Estão aqui, patrão.

Lupin abriu um deles e, na mesma hora, leu a notícia:

"Cúmplices de Arsène Lupin

Uma fonte inquestionável nos informou que os cúmplices de Arsène Lupin, Gilbert e Vaucheray, serão executados amanhã, terça-feira, de manhã. O senhor Deibler já inspecionou a guilhotina. Está tudo pronto."

ARSÈNE LUPIN E A ROLHA DE CRISTAL

Ele levantou a cabeça com um olhar desafiador.

– Cúmplices de Arsène Lupin! A execução dos cúmplices de Arsène Lupin! Que bonito espetáculo! E que multidão estará presente para testemunhar! Sinto muito, cavalheiros, mas a cortina não vai se abrir. O teatro será fechado por ordem das autoridades. E eu sou a autoridade!

Ele bateu no peito com força, em um gesto arrogante:

– Eu sou a autoridade!

Ao meio-dia, Lupin recebeu um telegrama que Le Ballu lhe enviara de Lyon:

"Tudo correndo bem. A mercadoria vai chegar sem nenhuma avaria".

Às três horas Clarisse acordou. Suas primeiras palavras foram:

– Vai ser amanhã?

Ele não respondeu. Mas ela percebeu que ele estava tão calmo e sorridente que se sentiu tomada por uma imensa sensação de paz e teve a impressão de que tudo tinha terminado, tudo tinha se resolvido segundo a vontade de seu amigo.

Eles saíram da casa às quatro e dez. A secretária de Prasville, que recebera ordens do chefe por telefone, levou-os até o gabinete e pediu que esperassem. Faltavam quinze para as cinco.

Prasville chegou correndo exatamente às cinco horas e perguntou:

– A senhora está com a lista?

– Estou, sim.

– Então me entregue.

Ele estendeu a mão. Clarisse, que se levantara da cadeira, não se mexeu.

Prasville a fitou por um momento, hesitou e se sentou, compreendendo. Ao perseguir Daubrecq, Clarisse Mergy não agira apenas motivada pelo ódio e pelo desejo de vingança. Ela tivera outra motivação. Não entregaria o papel exceto com alguma condição.

– Sente-se, por favor – disse ele, mostrando que aceitara a discussão.

Clarisse retomou seu assento, mas, como continuou em silêncio, Prasville disse:

– Fale, minha amiga, e seja franca. Não tenho escrúpulos em dizer que queremos aquele papel.

– Se for apenas um desejo – começou Clarisse, que fora instruída por Lupin nos mínimos detalhes –, se for apenas um desejo, temo que não conseguiremos chegar a um acordo.

Prasville sorriu:

– Um desejo, claro, que pode nos levar a fazer certos sacrifícios.

– Qualquer sacrifício – corrigiu madame Mergy.

– Qualquer sacrifício, contanto, claro, que fiquemos dentro de limites aceitáveis.

– Até se ultrapassarmos esses limites – disse Clarisse, inflexível.

Prasville começou a perder a paciência.

– Fale, o que está acontecendo? Explique-se.

– Meu amigo, me perdoe, mas antes de tudo quero enfatizar a grande importância que o senhor dá àquele papel e, tendo em vista a transação que estamos prestes a concluir, especificar... como posso dizer, o valor da minha participação nisso. Repito, esse valor, que não tem limites, deve ser trocado por um valor ilimitado.

– Concordo – disse Prasville, em tom queixoso.

– Portanto, presumo que não seja necessário eu contar toda a história do negócio ou enumerar os desastres que a posse desse papel teria permitido ao senhor evitar, e as vantagens incalculáveis que terá como consequência de tê-lo em suas mãos.

Prasville teve de fazer um esforço para se conter e responder em um tom de voz civilizado, ou quase:

– Eu aceito tudo. Isso é suficiente?

– Desculpe-me, mas não podemos nos explicar de forma tão simples. E há um ponto que ainda precisa ser esclarecido. O senhor, pessoalmente, está em posição de negociar?

– O que a senhora quer dizer?

– Eu quero saber, claro, não se o senhor tem poder para resolver este assunto aqui e agora, mas se, ao negociar comigo, representa todos aqueles que sabem do negócio e que são qualificados para resolvê-lo.

– Sim – respondeu Prasville.

– Então o senhor pode me dar uma resposta uma hora depois de eu lhe dizer as minhas condições?

– Sim.

– A resposta será do governo?

– Sim.

Clarisse se inclinou para a frente e falou mais baixo:

– A resposta será do Palácio do Élysée?

Prasville pareceu surpreso. Refletiu por momento, depois disse:

– Sim.

– Só me resta perguntar se o senhor me dá a sua palavra de honra de que, por mais incompreensível que a minha condição lhe pareça, o senhor não vai insistir para que eu revele a razão. Tem de ser assim. A sua resposta deve ser sim ou não.

– Dou a minha palavra de honra – jurou Prasville, formalmente.

Clarisse passou por um momento de agitação que a deixou ainda mais pálida. Então, controlando-se, com os olhos fixos nos de Prasville, disse:

– O senhor terá a lista dos Vinte e Sete em troca do perdão de Gilbert e Vaucheray.

– O quê?

Prasville se levantou de sua cadeira, parecendo totalmente abismado.

– O perdão de Gilbert e Vaucheray? Os cúmplices de Arsène Lupin?

– Isso – respondeu ela.

– Os assassinos de Villa Marie-Thérèse? Os dois que devem ser executados amanhã?

– Sim, aqueles dois – respondeu ela, com o tom de voz mais alto.
– Eu exijo o perdão deles.

Maurice Leblanc

– Mas isso é loucura! Por quê? Por que a senhora poderia querer isso?

– Devo lembrar-lhe, Prasville, que o senhor me deu a sua palavra…

– Sim, sim, eu sei. Mas isso foi tão inesperado.

– Por quê?

– Por quê? Por diversas razões!

– Quais razões?

– Bem, bem, pense! Gilbert e Vaucheray foram sentenciados à morte!

– É só mudar a pena deles para perpétua. O senhor só precisa fazer isso.

– Impossível! O caso criou uma enorme comoção. Eles são cúmplices de Arsène Lupin. O mundo inteiro conhece o veredito.

– E então?

– Bem, nós não podemos ir contra as decisões da Justiça.

– Não estou pedindo que faça isso. Estou pedindo uma comutação de pena por meio de graça. A graça é um ato legal.

– A comissão já deu seu parecer…

– Verdade, mas ainda resta o presidente da República.

– Ele recusou.

– Ele pode reconsiderar a recusa.

– Impossível!

– Por quê?

– Não tem pretexto para isso.

– Ele não precisa de um pretexto. O direito à graça é absoluto. É exercido sem controle, sem motivo, sem pretexto ou explicação. É uma prerrogativa real, o presidente da República pode dar segundo sua vontade, ou de acordo com sua consciência, nos melhores interesses do Estado.

– Mas é tarde demais! Está tudo pronto. A execução vai acontecer em algumas horas.

– Uma hora é suficiente para que o senhor obtenha a sua resposta; acabou de falar isso.

Arsène Lupin e a rolha de cristal

– Mas isso é uma completa loucura! Existem obstáculos insuperáveis para a sua condição. Eu lhe digo de novo, é impossível, fisicamente impossível.

– Então a resposta é não?

– Não! Não! Mil vezes não!

– Nesse caso, não temos mais nada o que fazer a não ser ir embora.

Ela se dirigiu para a porta. O senhor Nicole a seguiu. Prasville atravessou o gabinete e impediu sua passagem.

– Aonde estão indo?

– Bem, meu amigo, me parece que a nossa conversa chegou ao fim. Como o senhor parece achar que o presidente da República não irá considerar que a famosa lista dos Vinte e Sete vale...

– Fique onde está – pediu Prasville.

Ele virou a chave na porta e começou a andar de um lado para outro, com as mãos nas costas e os olhos fixos no chão.

E Lupin, que não dera uma palavra durante toda a cena e se contentara em desempenhar um papel coadjuvante, pensou:

"Que bagunça! Quanta afetação para chegar a um resultado inevitável! Como se Prasville, que não é um gênio, mas também não é burro, fosse perder a chance de se vingar de seu inimigo mortal! O que eu disse? A ideia de jogar Daubrecq em um poço sem fundo o atraía. Vamos, nós vencemos a disputa."

Prasville estava abrindo uma pequena porta interna que levava à sala do seu secretário particular.

Ele deu uma ordem em voz alta:

– Senhor Lartigue, telefone para o Palácio do Élysée e diga que peço o favor de uma audiência com a mais alta importância.

Ele fechou a porta, aproximou-se de Clarisse e falou:

– Em todo caso, a minha intervenção está limitada a submeter a sua proposta.

– Uma vez submetida, ela será aceita.

Um longo silêncio se seguiu. A expressão de Clarisse mostrava um prazer tão profundo que Prasville ficou surpreso e a observou com atenção e curiosidade. Qual era a razão misteriosa para Clarisse querer salvar Gilbert e Vaucheray? Qual era o elo incompreensível que a ligava a esses dois homens? Que tragédia conectava essas três vidas e, sem dúvida, Daubrecq também?

"Pode tentar, meu velho", pensou Lupin, "quebre sua cabeça, você não vai descobrir! Ah, se tivéssemos pedido apenas o perdão para Gilbert, como Clarisse desejava, você poderia descobrir o segredo! Mas Vaucheray, aquele cretino do Vaucheray, realmente não poderia existir o menor elo entre ele e madame Mergy... Ah, por Deus, que reviravolta!... Ele está me observando... Seu monólogo interior recaiu sobre mim: 'Quem é esse tal de senhor Nicole? Por que esse provinciano se dedica de corpo e alma a Clarisse Mergy? Qual é a verdadeira personalidade desse intruso? Eu errei em não perguntar. Preciso investigar isso. Preciso desmascará-lo. Afinal de contas, não é comum um homem se envolver em tantos problemas para resolver um assunto no qual não tenha nenhum interesse direto. Por que ele poderia querer salvar Gilbert e Vaucheray? Por quê?'"

Lupin virou a cabeça suavemente.

"Olhe! Olhe! Uma ideia passou pela cabeça desse burocrata: uma noção confusa que ele não consegue colocar em palavras. Droga, ele não pode suspeitar de que Lupin está por trás de Nicole! As coisas já estão complicadas do jeito que estão."

Houve, porém, uma bem-vinda interrupção. O secretário de Prasville veio dizer que a audiência aconteceria dali a uma hora.

– Muito bem. Obrigado – disse Prasville. – Pode sair.

E, voltando ao diálogo, sem nenhuma delonga, falando como um homem que deseja encerrar um assunto, ele declarou:

– Eu acho que conseguiremos resolver essa situação. Mas, antes de tudo, para que eu possa fazer o que me comprometi a fazer, quero informações mais precisas, mais detalhes. Onde estava o papel?

ARSÈNE LUPIN E A ROLHA DE CRISTAL

– Dentro da rolha de cristal, como achávamos – respondeu a madame Mergy.

– E onde estava a rolha de cristal?

– Em um objeto que Daubrecq pegou na casa dele alguns dias atrás, de cima de sua escrivaninha no escritório, na casa na Praça Lamartine, um objeto que peguei dele ontem.

– Que tipo de objeto?

– Uma simples embalagem de tabaco, tabaco Maryland, que costumava ficar em cima da escrivaninha dele.

Prasville ficou petrificado. Ingenuamente, ele murmurou:

– Ah, se eu soubesse! Eu estive com aquela embalagem de Maryland na mão uma dezena de vezes. Que burro eu fui!

– O que importa? – perguntou Clarisse. – O fundamental é que conseguimos descobrir.

A expressão de Prasville mostrava que ele achava que a descoberta teria sido muito mais prazerosa se ele próprio a tivesse feito. Então, perguntou:

– Então nós temos a lista?

– Temos.

– Mostre para mim.

Como Clarisse hesitou, ele acrescentou:

– Ah, por favor, não tenha medo! A lista pertence à senhora, e eu vou devolvê-la. Mas a senhora deve entender que não posso dar o passo em questão sem ter certeza.

Clarisse consultou o senhor Nicole com um olhar que não passou despercebido por Prasville. Então ela disse:

– Aqui está.

Ele pegou o papel com alguma insegurança, examinou-o e disse quase imediatamente:

– Sim, sim, é a caligrafia da secretária, eu reconheço. E a assinatura do presidente da companhia, a assinatura em vermelho... Além disso, eu tenho outras provas. Por exemplo, o pedaço de papel que completa o canto superior esquerdo dessa folha.

Ele abriu o cofre e pegou uma caixa especial, um pedaço de papel minúsculo que encaixou no canto superior esquerdo.

– Está certo. A ponta rasgada encaixa perfeitamente. A prova é irrefutável. Só falta verificar a natureza desse papel.

Clarisse estava radiante. Ninguém acreditaria no suplício que ela passara nas últimas semanas e que ainda estava sangrando e tremendo por dentro.

Enquanto Prasville segurava o papel contra o painel da janela, ela disse para Lupin:

– Eu exijo que Gilbert seja informado hoje à noite. Ele deve estar sofrendo tanto!

– Sim – concordou Lupin. – Além disso, a senhora pode ir avisar ao advogado dele.

Ela continuou:

– E eu quero ver Gilbert amanhã. Não me importo com o que Prasville possa pensar.

– Claro. Mas, primeiro, ele precisa ganhar a causa no Palácio do Élysée.

– Não haverá dificuldades, não é?

– Não. A senhora viu que ele cedeu na mesma hora.

Prasville continuou examinando com a ajuda de uma lente de aumento, comparando o papel com o pedaço de papel rasgado. Depois ele pegou de dentro da caixa mais algumas folhas de papel e examinou uma delas, segurando-a contra a luz.

– É isso – disse ele. – Já me convenci. Peço desculpas, minha querida amiga. Foi um trabalho muito difícil, passei por vários estágios. Eu já estava desconfiado, e não sem razão...

– O que o senhor está dizendo? – perguntou Clarisse.

– Um segundo, preciso dar uma ordem primeiro.

Ele chamou o secretário:

– Por favor, telefone imediatamente para o Palácio do Élysée, peça desculpas e diga que não preciso mais da audiência, por razões que explicarei mais tarde.

Ele fechou a porta e voltou para sua mesa. Clarisse e Lupin ficaram ofegantes, com a expressão abismada, sem entender a repentina mudança. Ele estava louco? Era algum truque? Uma quebra de confiança? Estava se recusando a manter sua promessa agora que estava com a lista em mãos?

Ele a entregou para Clarisse:

– Pode ficar com ela.

– Ficar com ela?

– E devolver para Daubrecq.

– Para Daubrecq?

– A não ser que prefira queimá-la.

– O que o senhor está dizendo?

– Estou dizendo que, se eu fosse a senhora, queimaria essa lista.

– Por que o senhor diz isso? É absurdo!

– Pelo contrário, é muito razoável.

– Mas por quê? Por quê?

– Por quê? Vou lhe dizer. Nós temos absoluta certeza de que a lista dos Vinte e Sete foi escrita em um papel de carta que pertencia ao presidente da Companhia do Canal, do qual temos algumas amostras no cofre. Todas as amostras têm uma pequena marca d'água, quase invisível, de uma Cruz de Lorena[5], que só é possível ver ao colocar o papel contra a luz. O papel que a senhora me trouxe não contém a Cruz de Lorena.

Lupin sentiu-se estremecer da cabeça aos pés e não ousou olhar para Clarisse, sabendo que isso era um terrível golpe para ela. Ele a escutou gaguejar:

---

[5] A Cruz de Lorena é originalmente uma cruz heráldica, uma relíquia cristã de origem espanhola. Seu formato é uma barra vertical maior, cortada no alto por duas barras menores. (N.R.)

– Então, devemos supor que... que Daubrecq foi enganado?

– De forma alguma! – exclamou Prasville. – A senhora que foi enganada, minha pobre amiga. Daubrecq tem a lista verdadeira, a lista que ele roubou do cofre do moribundo.

– Mas e esta?

– Esta é falsa.

– Falsa?

– Sem a menor dúvida, falsa. Foi uma estratégia admirável de Daubrecq. Hipnotizada pela rolha de cristal que ele colocou embaixo do seu nariz, a senhora só procurou pela rolha, não se importando com mais nada, enquanto ele, tranquilamente, mantinha...

Prasville parou de falar. Clarisse estava se aproximando dele com passos curtos e duros, como se fosse um autômato, e disse:

– Então...

– Então o quê, querida amiga?

– O senhor recusa?

– Certamente, sou obrigado a isso, não tenho escolha.

– O senhor se recusa a dar esse passo?

– Veja bem, como posso fazer o que a senhora me pede? Não é possível, na fé de um documento falso.

– O senhor não fará isso? E amanhã de amanhã, daqui a poucas horas, Gilbert...

Ela estava assustadoramente pálida, o rosto sugado, como de uma moribunda. Os olhos arregalados, a mandíbula contraída.

Lupin, temendo as palavras perigosas e inúteis que ela estava prestes a pronunciar, agarrou-a pelos ombros e tentou arrastá-la para fora. Mas ela o empurrou com uma força indomável, deu mais dois ou três passos, cambaleou como se fosse cair e, de repente, em uma explosão de força e desespero, agarrou Prasville e berrou:

– O senhor tem que ir ao Palácio do Élysée! Tem que ir imediatamente! Precisa salvar Gilbert!

– Por favor, minha cara amiga, acalme-se…

Ela soltou uma gargalhada estridente:

– O senhor quer que eu me acalme? Sabendo que amanhã de manhã Gilbert… Ah, não, não, estou assustada… Isso é horrível! Corra, seu miserável, corra! Consiga a graça para ele! Não entende? Gilbert… Gilbert é meu filho! Meu filho! Meu filho!

Prasville soltou um grito. A lâmina de uma faca brilhava na mão de Clarisse, e ela levantou o braço como se fosse dar um golpe contra si mesma. Mas ela não completou o movimento. Nicole segurou o braço dela e, pegando a faca de sua mão, reduzindo-a à sua impotência, ele disse, com um tom de voz que ressoou pela sala como aço:

– O que a senhora está fazendo é loucura! Eu lhe dei a minha palavra de que vou salvá-lo! A senhora precisa viver por ele! Gilbert não vai morrer. Como ele pode morrer se eu lhe dei a minha palavra?

– Gilbert… meu filho – murmurou Clarisse com um gemido.

Ele a pegou com força, puxou-a para si e tapou sua boca.

– Basta! Quieta! Imploro que fique quieta! Gilbert não vai morrer!

Com uma autoridade irresistível, arrastou-a para fora como uma criança subjugada que de repente se torna obediente; mas, no momento em que abriu a porta, ele se virou para Prasville:

– Espere por mim aqui, senhor – ordenou, em um tom de voz imperativo. – Se o senhor tem interesse na verdadeira lista dos Vinte e Sete, espere por mim. Estarei de volta em uma hora, no máximo duas, e então conversaremos.

E, abruptamente, para Clarisse:

– E a senhora, um pouco de coragem. Exijo que mostre coragem, por Gilbert.

Ele saiu pelos corredores e escadas, segurando-a embaixo do braço como se ela fosse uma boneca, amparando-a, quase a carregando. Um pátio, outro pátio, então a rua.

Enquanto isso, Prasville, que ficara surpreso e confuso com o curso dos eventos, estava começando a se recompor e pensando. Pensou no senhor Nicole, no início um mero ajudante, que desempenhava um papel de conselheiro de Clarisse, a quem ela se apegava nos momentos de crise e que, de repente, afastando toda a sua letargia, se mostrou à luz do dia, resoluto, autoritário, cheio de paixão, transbordando audácia, pronto para superar todos os obstáculos que o destino colocava em seu caminho.

Quem poderia agir assim?

Prasville estremeceu. Mal a pergunta apareceu em sua mente, e a resposta lhe ocorreu, com absoluta certeza. Todas as provas estavam ali, uma mais exata, mais convincente do que a outra.

Apenas uma questão o deixava em dúvida. O rosto e os traços do senhor Nicole não se pareciam minimamente com as fotos que já havia visto de Lupin. Ele era um homem jovem, mais alto, com outra constituição, formato do rosto e da boca, expressão dos olhos, tez, cabelo, absolutamente tudo diferente de todas as descrições do aventureiro. Mas Prasville não sabia que a força de Lupin era exatamente esse prodigioso poder de transformação? Não havia dúvida.

Apressadamente, ele saiu de seu gabinete. Encontrou um inspetor e perguntou com fervor:

– Você chegou agora?

– Sim, senhor secretário-geral.

– Você viu o cavalheiro e a dama que saíram?

– Vi, sim, no pátio, alguns minutos atrás.

– Você reconheceria o homem?

– Sim.

– Então não perca nem mais um minuto, sargento. Leve seis inspetores com você. Vá para a Praça de Clichy. Faça perguntas sobre um homem chamado Nicole e vigie a casa. O senhor Nicole está voltando para lá.

– E se ele sair, senhor secretário-geral?

– Prenda-o. Vou lhe dar um mandado.

ARSÈNE LUPIN E A ROLHA DE CRISTAL

Prasville voltou para seu gabinete, sentou-se à mesa e escreveu um nome em um formulário.

O inspetor pareceu desconcertado.

– Mas o senhor falou de um senhor Nicole.

– E daí?

– O mandado está em nome de Arsène Lupin.

– Arsène Lupin e Nicole são a mesma pessoa.

O CADAFALSO

– Eu vou salvá-lo – repetia Lupin, sem cessar, no táxi que ele e Clarisse pegaram. – Eu juro que vou salvá-lo.

Clarisse não ouvia, estava sentada imóvel como se estivesse entorpecida, como se possuída por um pesadelo mortal, que a deixava alheia a tudo que acontecia fora dela. E Lupin apresentou seus planos, talvez mais para reassegurar a si mesmo do que para convencer Clarisse.

– Não, não, o jogo ainda não está perdido. Ainda temos um trunfo: as cartas e documentos que Vorenglade, o ex-deputado, está oferecendo vender para Daubrecq, dos quais ele falou ontem em Nice. Vou comprar essas cartas e documentos de Stanislas Vorenglade pelo preço que ele pedir. Depois venderemos para o gabinete de polícia, ou seja, para Prasville, dizendo: "Vá ao Palácio do Élysée imediatamente. Use a lista como se fosse genuína, salve Gilbert da morte e contente-se em descobrir amanhã, quando Gilbert estiver salvo, que a lista é falsa. Vá rápido! Do contrário… bem, do contrário as cartas e documentos de Vorenglade serão publicadas amanhã em um grande jornal. Vorenglade será preso. Prasville será preso na mesma noite".

Lupin esfregou as mãos.

– Ele vai fazer o que mandarmos! Percebi isso enquanto estava com ele. O caso me pareceu certo, infalível. E eu encontrei o endereço de Vorenglade no bloco de Daubrecq. Então, motorista, para o Boulevard Raspail!

Eles foram para o endereço. Lupin saiu do táxi e subiu correndo três lances de escada.

A empregada disse que o senhor Vorenglade estava viajando e só voltaria no dia seguinte à noite.

– E a senhora não sabe onde ele está?

– O senhor Vorenglade está em Londres, senhor.

Lupin não deu uma palavra quando voltou para o táxi. Clarisse, por sua vez, nem perguntou, tão indiferente que estava a tudo, tanta certeza tinha de que a morte de seu filho era um fato consumado.

Foram para a Praça de Clichy. Enquanto entrava na casa, Lupin passou por dois homens que estavam deixando correspondência na caixa de correio. Estava absorto demais nos próprios pensamentos para notá-los. Eram os inspetores de Prasville.

– Algum telegrama? – perguntou ele para seu criado.

– Não, patrão – respondeu Achille.

– Alguma notícia de Le Ballu e Grognard?

– Não, patrão, nenhuma.

– Tudo bem – disse ele para Clarisse, em um tom de voz casual. – Ainda são sete horas e não devemos esperar vê-los antes das oito ou nove horas. Prasville terá de esperar. Vou telefonar pedindo que ele espere.

Ele fez isso e estava desligando quando escutou um gemido atrás de si. Clarisse estava de pé, perto da mesa, lendo um jornal noturno. Ela colocou a mão no coração, cambaleou e caiu.

– Achille, Achille – gritou Lupin, chamando seu criado –, me ajude a colocá-la na minha cama. Depois vá ao armário da cozinha e pegue meu frasco de remédio com o número quatro, o frasco com sonífero.

Ele forçou para abrir a boca da amiga com a ponta de uma faca e a fez engolir metade do frasco.

– Bom – disse ele. – A pobrezinha só vai acordar amanhã... depois.

Ele pegou o jornal que ainda estava na mão de Clarisse e leu a nota:

"Foram tomadas medidas rigorosas para manter a ordem durante a execução de Gilbert e Vaucheray, para a hipótese de que Arsène Lupin faça alguma tentativa de resgatar seus cúmplices da pena de morte. À meia-noite de hoje um cordão de tropas será formado nas ruas que cercam La Santé. Como já declarado, a execução acontecerá fora dos muros da prisão, no canteiro central do Boulevard Arago.

Conseguimos obter detalhes sobre a atitude dos dois condenados. Vaucheray, sempre cínico, aguarda o desfecho fatal com grande coragem.

– Droga – disse ele –, não posso dizer que estou feliz, mas, se tenho que passar por isso, melhor ficar calmo. – E acrescentou: – Não me importo com a morte! O que me preocupa é pensar que eles vão cortar a minha cabeça fora. Ah, se o patrão conseguisse fazer algum truque que me mandasse direto para o outro mundo antes que eu tivesse tempo de suspirar! Uma gota de cianeto, por favor, patrão.

A calma de Gilbert é ainda mais impressionante, principalmente quando nos lembramos de como ele desmoronou no julgamento. Ele continua confiante na onipotência de Arsène Lupin:

– O patrão gritou para mim, na frente de todo mundo, dizendo para eu não ter medo, que ele estava lá, que resolveria tudo. Bem, eu não estou com medo. Vou confiar nele até o último dia, até o último minuto, até o momento de colocar o pé na guilhotina. Eu conheço o patrão! Ele não vê perigo. Ele prometeu e vai manter a

palavra. Se cortarem a minha cabeça, ele vai replantá-la sobre os meus ombros. E bem firme! Arsène Lupin deixou seu amigo Gilbert morrer? Ah, não! Desculpem meu humor!

Há algo de comovente e ingênuo nesse entusiasmo, que não deixa de ser nobre.

Veremos se Arsène Lupin merece toda essa confiança cega que foi depositada nele."

Lupin mal conseguiu terminar de ler o artigo, pois lágrimas embaçavam sua visão: lágrimas de afeto, lágrimas de pena, lágrimas de angústia.

Não, ele não merecia a confiança do seu amigo Gilbert. Ele certamente fizera coisas impossíveis, mas há ocasiões em que é necessário fazer mais do que o impossível, nas quais temos de nos mostrar mais fortes do que o destino; e desta vez o destino se provara mais forte do que ele. Desde o primeiro dia e durante toda essa lamentável aventura, os eventos ocorreram de forma contrária ao que ele previa, contrária à própria lógica. Clarisse e ele, embora buscassem o mesmo objetivo, desperdiçaram semanas ao lutar um contra o outro. Depois, quando finalmente uniram seus esforços, os desastres vieram em seguida: o sequestro do pequeno Jacques, o desaparecimento de Daubrecq, sua prisão na Torre dos Amantes, o ferimento de Lupin, sua imobilidade forçada, seguidos pelas manobras inúteis de Clarisse que só a levaram, e a Lupin, para o Sul e para a Itália. E então, para coroar a catástrofe, quando, após as maravilhas da força de vontade, após os milagres da perseverança, eles foram levados a pensar que o velo de ouro havia sido conquistado, tudo se resumiu a nada. A lista dos Vinte e Sete não tinha mais valor do que um pedaço de papel insignificante.

– O jogo acabou! – exclamou Lupin. – Foi uma derrota absoluta. E se eu me vingar de Daubrecq, arruiná-lo e destruí-lo? Ele é o verdadeiro vencedor, já que Gilbert vai morrer.

Ele chorou de novo, não com raiva ou despeito, mas de desespero. Gilbert ia morrer! O rapaz que ele chamava de amigo, o melhor dos seus camaradas, iria embora para sempre dali a poucas horas. Ele não poderia salvá-lo. Não tinha mais meios. Nem tentou criar um último expediente. De que adiantaria?

Mais cedo ou mais tarde ele sabia que a sociedade se vingaria, a hora da expiação sempre chega, e não há criminoso que possa alegar ter escapado da punição. Mas que horror adicional o fato de a vítima escolhida ser o pobre Gilbert, inocente do crime pelo qual iria morrer. Não havia algo de trágico ali, que destacava ainda mais a impotência de Lupin?

Ele estava convencido da própria impotência, que lhe parecia tão profunda e definitiva que nem ficou revoltado ao receber um telegrama de Le Ballu dizendo:

"Problemas no motor. Peça essencial quebrada. Conserto longo. Chegamos amanhã de manhã."

Era a última prova para mostrar que o destino já dera sua decisão. Não pensava mais em se rebelar contra a decisão.

Olhou para Clarisse. Ela dormia tranquilamente; e essa total alienação, sua ausência de consciência, parecia-lhe tão invejável que, cedendo a um acesso de covardia, Lupin pegou o frasco, ainda meio cheio de sonífero, e bebeu.

Então ele se esticou no sofá e chamou seu criado.

– Vá para cama, Achille, e não me acorde por nada.

– Então não há nada mais a fazer por Gilbert e Vaucheray, patrão? – perguntou Achille.

– Nada.

– Eles vão passar por isso?

ARSÈNE LUPIN E A ROLHA DE CRISTAL

– Eles vão passar por isso.

Vinte minutos depois, Lupin caiu em um sono pesado. Eram dez horas da noite.

A noite foi tumultuada em volta da prisão. À uma hora da manhã, a Rua de la Santé, o Boulevard Arago e todas as ruas ao redor da prisão foram cercadas pela polícia, que não permitia que ninguém passasse sem ser interrogado.

Além disso, estava chovendo torrencialmente, e parecia que os amantes desse tipo de espetáculo não seriam muitos. Uma ordem especial fechou todos os cabarés. Por volta das três horas, três companhias de infantaria tomaram suas posições nas ruas, enquanto um batalhão ocupava o Boulevard Arago, caso acontecesse alguma surpresa. Entre as tropas circulavam guardas, iam e vinham oficiais de paz, funcionários públicos, policiais, todos mobilizados para a ocasião, ao contrário do normal.

A guilhotina foi armada em silêncio, no meio do canteiro central formado pelo boulevard e pela rua. E escutou-se o sinistro som de martelos.

Mas, perto das cinco horas, a multidão chegou, apesar da chuva, e as pessoas começaram a gritar. Pediam lampiões, pediam que as cortinam fossem levantadas, ficaram exasperados ao ver que, por causa da distância em que as barreiras foram montadas, eles mal conseguiam distinguir a forma da guilhotina.

Várias carruagens chegaram, trazendo oficiais vestidos de preto. Houve aplausos e protestos, depois dos quais uma tropa armada de guardas municipais dispersou os grupos e esvaziou o espaço a uma distância de trezentos metros do canteiro central. Duas novas companhias de soldados se alinharam.

E, de repente, houve um grande silêncio. Uma luz branca e fraca vinha do céu escuro. A chuva parou de repente.

Dentro da prisão, na extremidade do corredor onde ficavam as celas dos condenados, homens em roupas pretas conversavam em voz baixa.

Prasville conversava com o promotor, que expressava seus temores:

– Não, não – declarou Prasville –, posso assegurar-lhe, tudo caminhará sem nenhum tipo de incidente.

– Os seus relatórios não mencionam nada suspeito, senhor secretário-geral?

– Nada. E não mencionam nada pelo simples fato de que temos Lupin.

– Isso é possível?

– Sim, conhecemos o esconderijo dele. A casa em que vive, na Praça de Clichy, para onde ele foi ontem às sete horas da noite, está cercada. Além disso, eu conheço o esquema que planejou para salvar seus dois cúmplices. O esquema desandou no último momento. Portanto, não temos nada a temer. A lei seguirá seu curso.

A hora chegou.

Eles pegaram Vaucheray primeiro, e o diretor da prisão ordenou que as portas fossem abertas.

Vaucheray pulou da cama, com os olhos arregalados de terror para os homens que entraram na cela.

– Vaucheray, nós viemos anunciar…

– Calem-se, calem-se – murmurou ele. – Nenhuma palavra. Eu sei do que se trata. Vamos acabar logo com isso.

Poderia parecer que ele estava com pressa de acabar com tudo o mais rápido possível, tão prontamente se submeteu aos preparativos. Só não permitia que ninguém falasse com ele:

– Nenhuma palavra – repetia ele. – O quê? Confessar-me para um padre? Não vale a pena. Eu derramei sangue. A lei derrama sangue. É a boa e velha lei. Estamos quites.

Entretanto, ele parou de repente.

– Então, me digam, o meu companheiro também vai passar por isso?

Arsène Lupin e a rolha de cristal

E, quando soube que Gilbert também iria para a guilhotina, hesitou por dois ou três segundos, observou os espectadores, pareceu que ia falar, ficou em silêncio e finalmente murmurou:

– É melhor assim… Nós fizemos isso juntos, vamos brindar juntos.

Gilbert também não estava dormindo quando os homens entraram em sua cela.

Sentando-se na cama, ele escutou as terríveis palavras, tentou se levantar, começou a tremer da cabeça aos pés, como um esqueleto sendo sacudido, depois caiu, soluçando:

– Ah, coitada da mamãe, coitada da mamãe! – exclamou ele, gaguejando.

Tentaram questioná-lo sobre a mãe, de quem ele nunca havia falado, mas suas lágrimas foram interrompidas por um repentino acesso de rebeldia, e ele gritou:

– Eu não matei ninguém… Não vou morrer… Não matei ninguém…

– Gilbert – disseram –, tenha coragem.

– Sim, sim… mas eu não matei ninguém. Por que devo morrer? Não matei ninguém… eu juro… não matei ninguém… eu não quero morrer… não matei ninguém…

Os dentes dele batiam com tanta força que suas palavras ficaram ininteligíveis. Ele deixou que os homens fizessem seu trabalho, confessou-se, ouviu a missa e então, mais calmo, quase dócil, com a voz de uma criancinha resignada, murmurou:

– Diga à minha mãe que eu imploro o perdão dela.

– Sua mãe?

– Sim… Coloque nos jornais, ela vai entender. Depois…

– O quê, Gilbert?

– Bem, quero que o patrão saiba que eu não perdi a confiança…

Ele encarou os espectadores, um a um, como se cultivando uma esperança louca de que o "patrão" fosse um deles, disfarçado de forma a não ser reconhecido e pronto para carregá-los nos braços.

– Sim – disse ele baixinho e, com uma espécie de devoção religiosa, continuou: – Sim, eu ainda confio, mesmo agora... Façam com que ele saiba, por favor. Tenho certeza de que ele não vai me deixar morrer. Tenho certeza disso...

Pelo olhar fixo do condenado, eles imaginaram que ele viu Lupin, que sentiu a sombra de Lupin se esgueirando e procurando uma brecha para pegá-lo. E nunca se havia visto um espetáculo mais comovente: aquele rapaz, usando uma camisa de força, com os braços e as pernas amarrados, vigiado por milhares de homens, a quem o carrasco já tinha em suas inexoráveis mãos, ainda tinha esperança.

A angústia tomou conta do coração de todos os espectadores. Seus olhos estavam marejados de lágrimas.

– Coitadinho! – gaguejou alguém.

Prasville, emocionado como todos os outros e pensando em Clarisse, repetiu em um sussurro:

– Coitadinho!

Mas a hora chegou, os preparativos terminaram. Eles começaram a andar.

As duas procissões se encontraram no corredor. Vaucheray, ao ver Gilbert, zombou:

– Viu, garoto, o patrão nos abandonou!

E ele acrescentou uma frase que ninguém, exceto Prasville, compreendeu:

– Acho que ele preferiu embolsar os lucros da rolha de cristal.

Eles desceram as escadas. Cruzaram os pátios da prisão. Um percurso interminável.

E de repente viram, pelo grande portão, a pálida luz do dia, a chuva, a rua, o contorno das casas, enquanto sons distantes quebravam o terrível silêncio.

Eles caminharam ao longo do muro, até a esquina do Boulevard.

Alguns metros à frente, Vaucheray deu um passo atrás: ele tinha visto!

Gilbert seguiu, com a cabeça baixa, apoiado pelo assistente e por um capelão que o fez beijar o crucifixo.

Lá estava a guilhotina.

– Não, não – gritou Gilbert –, eu não vou morrer... eu não matei ninguém.... Socorro! Socorro!

Um último apelo, perdido no espaço.

O carrasco deu um sinal. Pegaram Vaucheray, levantaram-no, arrastaram-no, quase correndo.

Então aconteceu algo incrível: um tiro, um tiro vindo da casa em frente.

Os ajudantes pararam na mesma hora.

O fardo que eles carregavam se dobrou em seus braços.

– O que é isso? O que houve? – todos se perguntavam.

– Ele está ferido...

Sangue jorrava da testa de Vaucheray, cobrindo o seu rosto.

Ele gaguejou:

– É isso... no alvo! Obrigado, patrão, obrigado... Não vão cortar a minha cabeça... Obrigado, patrão!

– Acabe com ele! Carregue-o para lá! – disse uma voz, no meio da confusão geral.

– Mas ele está morto!

– Vamos... acabe com ele!

O tumulto tomou conta entre o pequeno grupo de magistrados, oficiais e policiais. Todo mundo dando ordens:

– Execute-o! A lei precisa ser cumprida! Não temos o direito de voltar atrás! Seria uma covardia! Execute-o!

– Mas o homem já está morto!

– Isso não faz diferença! Deve-se obedecer à lei! Execute-o.

O capelão protestava, enquanto dois carcereiros e Prasville estavam de olho em Gilbert. Enquanto isso, os assistentes pegaram o corpo de Vaucheray de novo e o estavam carregando para a guilhotina.

– Rápido! – gritou o carrasco, assustado e com a voz rouca. – Ainda temos o outro. Não podemos perder tempo…

Ele nem tinha acabado de falar quando um segundo tirou ressoou. Ele virou e caiu, gemendo:

– Não é nada… um ferimento no ombro… Vamos. Está na vez do outro!

Mas seus assistentes estavam fugindo, gritando horrorizados. O espaço em volta da guilhotina estava vazio. E o chefe de polícia, que conseguiu manter toda a sua compostura, deu um comando em voz estridente, reuniu seus homens e se dirigiu de volta para a prisão, em um tumulto, como um rebanho desordenado: magistrados, oficiais, os condenados, o capelão, todos aqueles que haviam passado pelo arco dois ou três minutos antes.

Enquanto isso, sem se importar com o perigo, um esquadrão de policiais, detetives e soldados estava correndo na direção de uma casa antiga de três andares, cujo andar térreo era ocupado por duas lojas que estavam vazias. Imediatamente após o primeiro tiro, eles tinham visto vagamente, em uma das janelas do segundo andar, um homem segurando uma arma e uma nuvem de fumaça.

Tiros foram disparados contra ele, mas não o acertaram. Calmamente apoiando-se em uma mesa, o homem mirou uma segunda vez, atirou e escutou-se o som do segundo tiro. Então ele entrou para o quarto.

Embaixo, como ninguém atendia ao chamado do sino, derrubaram a porta, que cedeu quase na mesma hora. Foram para as escadas, mas a arremetida deles foi interrompida no primeiro andar por várias camas, cadeiras e outros móveis, que formavam uma barricada tão emaranhada que eles levaram uns quatro ou cinco minutos para conseguir abrir caminho.

ARSÈNE LUPIN E A ROLHA DE CRISTAL

Aqueles quatro ou cinco minutos perdidos foram suficientes para tornar a busca infrutífera. Quando eles chegaram ao segundo andar, escutaram uma voz que os chamava de cima:

– Por aqui, amigos! Mais dezoito degraus. Mil desculpas por dar tanto trabalho a vocês!

Eles subiram os dezoito degraus correndo. Mas no topo, acima do terceiro andar, havia um sótão, que para ser alcançado precisava de uma escada e tinha um alçapão. E o fugitivo tirara a escada e trancara o alçapão.

O leitor não terá esquecido a confusão causada por esse ato incrível, as edições dos jornais saíam em uma rápida sucessão, os jornaleiros gritando pelas ruas, toda a metrópole à beira da indignação e, por assim dizer, curiosa e ansiosa.

Mas foi na sede da polícia que a agitação se tornou um paroxismo. Homens corriam para todos os lados. Mensagens, telegramas, chamadas de telefone, uma atrás da outra.

Finalmente, às onze horas da manhã, houve uma reunião no gabinete do chefe de polícia, e Prasville estava presente. O detetive-chefe leu um relatório de sua investigação, cujo resultado se resumia a isto: pouco depois da meia-noite de ontem, alguém tocou na casa do Boulevard Arago. O porteiro, que dormia em um quartinho no térreo, atrás de uma das lojas, puxou a corda. Um homem entrou e bateu à porta dele. Disse que era da polícia, um assunto urgente relativo à execução do dia seguinte. O porteiro abriu a porta e foi atacado, amarrado e amordaçado.

Dez minutos depois, o senhor e a senhora que moravam no primeiro andar e que tinham acabado de chegar a casa também foram reduzidos à impotência e trancados pelo mesmo indivíduo, cada um em uma das lojas. O inquilino do terceiro andar teve um destino parecido, mas em seu próprio apartamento, em sua própria cama, onde o homem conseguiu entrar sem ser ouvido. O segundo andar estava desocupado, e o homem se instalou ali. Agora ele era o mestre da casa.

227

– E então – disse o chefe de polícia, começando a rir, com certa amargura. – E então! Foi tudo muito simples. Só o que surpreende foi ele ter conseguido escapar com tanta facilidade.

– Peço que entenda, senhor chefe de polícia, que, como mestre absoluto da casa entre uma e cinco horas da manhã, ele teve tempo de preparar sua fuga.

– E como aconteceu essa fuga?

– Pelos telhados. Naquele ponto as casas da rua ao lado, Rua de la Glacière, ficam umas bem perto das outras, e o espaço entre os telhados é só de uns três metros, com uma diferença de altura de apenas um metro.

– Bem?

– Bem, nosso homem pegou a escada que levava ao sótão e usou como uma ponte. Após cruzar o bloco seguinte de prédios, ele só precisou olhar pelas janelas até encontrar um sótão vazio, entrar em uma das casas da Rua de la Glacière e sair calmamente com as mãos nos bolsos. Dessa forma, a fuga dele, que foi devidamente planejada com antecedência, foi efetivamente muito simples e sem o menor obstáculo.

– Mas vocês tomaram as medidas necessárias.

– Todas que mandou, senhor chefe de polícia. Meus homens passaram três horas ontem à noite visitando todas as casas, para nos certificarmos de que não havia nenhum estranho escondido. No momento em que eles saíram da última casa, fechei a rua. Nosso homem deve ter-se esgueirado durante esse intervalo de poucos minutos.

– Perfeito! E não temos dúvidas, claro, de que se trata de Arsène Lupin?

– Nenhuma dúvida. Em primeiro lugar, eram os cúmplices dele. Além disso, ninguém além de Arsène Lupin seria capaz de levar a cabo um golpe de mestre com essa ousadia inconcebível.

– Mas nesse caso – disse o chefe de polícia, e, virando-se para Prasville, continuou –, nesse caso, caro Prasville, o camarada de quem

ARSÈNE LUPIN E A ROLHA DE CRISTAL

você falou, que seus homens estavam vigiando desde ontem à noite, no apartamento na Praça de Clichy, não é Arsène Lupin?

– É, sim, senhor chefe de polícia. Não há dúvida sobre isso.

– Então por que ele não foi preso quando saiu ontem à noite?

– Ele não saiu.

– Ora, isso está ficando complicado!

– É simples, senhor chefe de polícia. Como todas as casas em que encontramos rastros de Arsène Lupin, a casa na Praça de Clichy tem duas saídas.

– E você não sabia disso?

– Eu não sabia. Só descobri nesta manhã, ao inspecionar o apartamento.

– Havia alguém no apartamento?

– Não. O criado, um homem chamado Achille, saiu hoje cedo acompanhado de uma senhora que estava hospedada na casa de Lupin.

– Qual é o nome dessa senhora?

– Eu não sei – respondeu Prasville, após uma pausa imperceptível.

– Mas você sabe o nome que Arsène Lupin estava usando?

– Sim, senhor Nicole, um professor particular, bacharel em artes. Aqui está o cartão dele.

Assim que Prasville acabou de falar, um mensageiro veio dizer ao chefe de polícia que ele estava sendo chamado ao Palácio do Élysée imediatamente. O primeiro-ministro já estava lá.

– Eu já vou – disse ele. E, entredentes, acrescentou: – O destino de Gilbert será decidido.

Prasville se arriscou a falar:

– O senhor acha que ele receberá a graça, senhor chefe de polícia?

– Nunca! Depois do que aconteceu hoje, deixaria uma impressão deplorável. Gilbert deve pagar sua dívida amanhã de manhã.

Ao mesmo tempo, o mensageiro entregara um cartão de visitas a Prasville, que olhou, ficou sobressaltado e murmurou:

229

– Estou morto! Que coragem, que atrevimento!

– Qual é o problema? – perguntou o chefe de polícia.

– Nada, nada, senhor chefe de polícia – respondeu Prasville, que não desejava compartilhar com ninguém a honra de encerrar esse assunto. – Nada… uma visita inesperada. Espero logo ter o prazer de lhe contar o resultado.

Ao se afastar, ele murmurou, com ar confuso:

– Que coragem tem esse vagabundo!

O cartão de visitas que ele segurava tinha apenas duas linhas:

Senhor Nicole
Professor particular, bacharel em Artes

A ÚLTIMA BATALHA

Quando Prasville voltou ao seu gabinete, encontrou o senhor Nicole sentado em um banco na sala de espera, com as costas arqueadas, seu ar sofredor, o guarda-chuva de algodão, o chapéu surrado e sua única luva.

– É ele mesmo – disse Prasville, que temeu, por um momento, que Lupin pudesse ter enviado outro Nicole para vê-lo. – E o fato de ter vindo pessoalmente prova que ele não desconfia de que eu descobri quem ele é. – E pela terceira vez Prasville repetiu: – Que coragem!

Fechou a porta de sua sala e ligou para seu secretário.

– Senhor Lartigue, vou receber uma pessoa muito perigosa aqui e é bem provável que ele saia do meu gabinete algemado. Assim que ele entrar na minha sala, tome todas as providências necessárias: mande uma dúzia de inspetores para ficarem na sala de espera e na sua sala. A próxima instrução é a mais importante: quando eu tocar a campainha elétrica, todos devem entrar, empunhando armas, e cercar o camarada. Entendeu?

– Sim, senhor secretário-geral.

– Acima de tudo, nada de hesitação. Entrada repentina, armas nas mãos. Agora, mande o senhor Nicole entrar, por favor.

Assim que ficou sozinho, Prasville cobriu o botão da campainha elétrica em sua mesa com alguns papéis e colocou dois revólveres de tamanho respeitável atrás de uma pilha de livros.

– Agora – disse para si mesmo – está na hora do jogo. Se ele tiver a lista, vamos pegá-la. Se ele não tiver, vamos pegá-lo. E, se possível, vamos pegar os dois, Lupin e a lista dos Vinte e Sete, no mesmo dia, ainda mais depois do escândalo desta manhã. Isso me colocaria sob os holofotes.

Bateram à sua porta.

– Entre – disse Prasville.

E, levantando-se de sua cadeira:

– Entre, senhor Nicole, entre.

Nicole entrou timidamente na sala, sentou-se na beirada da cadeira que Prasville lhe apontou e disse:

– Vim terminar… nossa conversa de ontem. Por favor, perdoe-me a demora, senhor.

– Por favor, me dê licença um segundo – pediu Prasville.

Ele se dirigiu com agilidade para a outra sala e, ao ver seu secretário, disse:

– Eu estava esquecendo, senhor Lartigue. Peça para fazerem uma busca nas escadas e corredores… para o caso de haver cúmplices.

Ele voltou, sentou-se confortavelmente, como se para uma longa e interessante conversa, e começou:

– O senhor estava dizendo?

– Eu estava dizendo, senhor secretário-geral, que sinto muito por fazê-lo esperar ontem à noite. Fiquei preso por diferentes assuntos. Primeiro de tudo, madame Mergy….

– Sim, o senhor levou madame Mergy para casa.

– Exatamente, e cuidei dela. O senhor pode imaginar o desespero da coitada. O filho dela, Gilbert, tão perto da morte! E que morte! Àquela altura, só podíamos esperar um milagre… um milagre impossível. Eu mesmo já havia me resignado ao inevitável. O senhor sabe tão bem quanto eu que, quando o destino se mostra implacável, as pessoas acabam se desesperando.

– Mas eu achei – observou Prasville – que sua intenção, ao me deixar, fosse arrancar o segredo de Daubrecq a qualquer custo.

– Certamente. Mas Daubrecq não estava em Paris.

– Não?

– Não. Ele estava vindo para Paris em um automóvel.

– O senhor tem um automóvel?

– No momento, sim, uma lata velha, fora de moda. Bem, ele estava a caminho de Paris em um automóvel, ou melhor, em cima de um, dentro de um baú onde eu o tranquei. Mas, infelizmente, o automóvel só conseguiu chegar a Paris depois da execução. Assim...

Prasville encarou Nicole boquiaberto. Se ele tivesse alguma dúvida sobre a verdadeira identidade do indivíduo, essa forma de lidar com Daubrecq teria acabado com ela. Céus! Trancar um homem em um baú e colocá-lo em cima de um automóvel! Só Lupin era capaz de realizar tal proeza, só Lupin confessaria isso com tamanha ingenuidade e frieza!

– Assim – repetiu Prasville –, o que o senhor decidiu?

– Procurei outro método.

– Qual método?

– Ora, secretário-geral, o senhor sabe tão bem quanto eu!

– O que o senhor quer dizer?

– Ora, o senhor não estava na execução?

– Estava.

– Nesse caso, o senhor viu Vaucheray e o carrasco serem baleados, um mortalmente e o outro apenas com um ferimento leve. E o senhor deve perceber...

– Ah – exclamou Prasville, abismado –, então o senhor confessa? Foi o senhor quem disparou os tiros hoje de manhã?

– Pense, senhor secretário-geral! Que escolha eu tinha? A lista dos Vinte e Sete que o senhor examinou era falsa. Daubrecq, que possui a lista genuína, só chegaria depois da execução. Portanto, não havia outra maneira para eu salvar Gilbert e conseguir sua graça. Aquilo foi para atrasar a execução em algumas horas.

– Evidentemente.

– Bem, claro. Ao matar aquele criminoso frio do Vaucheray, e ferindo o carrasco, eu espalhei desordem e pânico, o que tornou a execução de Gilbert física e moralmente impossível. Assim, ganhei algumas horas que foram indispensáveis aos meus propósitos.

– Evidentemente – repetiu Prasville.

– Bem, claro – repetiu Lupin –, isso deu a todos nós, ao governador, ao presidente e a mim, tempo para refletir e ver a questão com mais clareza. O que o senhor acha, secretário-geral?

Prasville pensava em diversas coisas, principalmente que esse Nicole estava dando provas de uma proeza tão grande que o policial se questionou se estava certo em identificar Nicole com Lupin e Lupin com Nicole.

– Eu acho, senhor Nicole, que um homem tem de ser muito hábil para, a uma distância de cento e cinquenta passos, matar um indivíduo que deseja matar e ferir um indivíduo que só deseja ferir.

– Eu tenho um pouco de prática – disse Nicole, com modéstia.

– E eu também acho que o seu plano só pode ser fruto de uma longa preparação.

– De modo algum! Aí o senhor se engana! Foi absolutamente espontâneo! Se meu criado, ou melhor, o criado do meu amigo que me emprestou esse apartamento na Praça de Clichy não tivesse me acordado durante o sono para me dizer que já havia trabalhado como vendedor em uma pequena casa no Boulevard Arago, que não tinha muitos inquilinos e que algo poderia ser feito dali, nosso pobre Gilbert já teria tido sua cabeça cortada agora... e madame Mergy provavelmente estaria morta.

– Ah, o senhor acha isso?

– Tenho certeza. E foi por isso que mergulhei de cabeça na sugestão do fiel criado. Só que o senhor interferiu nos meus planos, secretário-geral.

– Eu?

– Sim. O senhor tomou a precaução bizarra de colocar doze homens na porta da minha casa. Precisei subir cinco andares pela escada dos fundos para sair pela porta de serviço e passar pela casa vizinha. Um trabalho desnecessário!

– Sinto muito, senhor Nicole. Da próxima vez...

– Foi a mesma coisa às oito da manhã de hoje, quando eu estava esperando o automóvel que me traria o baú com Daubrecq: precisei dar voltas pela Praça de Clichy para evitar parar na frente da minha casa, já que seus homens estavam interferindo nos meus assuntos pessoais. De outro modo, Gilbert e Clarisse Mergy estariam perdidos.

– Mas – disse Prasville – me parece que esses eventos dolorosos só serviram para atrasar em um, dois ou três dias, no máximo. Para evitar definitivamente, seria necessária...

– A lista verdadeira, eu suponho.

– Exatamente, e eu ouso dizer que o senhor não a possui.

– Eu a possuo.

– A lista verdadeira?

– Sim, sem a menor dúvida, a lista verdadeira.

– Com a Cruz de Lorena?

– Com a Cruz de Lorena.

Prasville ficou em silêncio. Uma violenta emoção se apoderou dele, agora que travava um duelo com esse adversário cuja espantosa superioridade ele reconhecia. Tremeu ao pensar que Arsène Lupin, o formidável Arsène Lupin, estava ali, na sua frente, calmo e plácido, buscando seus objetivos com tal frieza como se estivesse com todas as armas nas mãos e encarando um inimigo desarmado.

Ainda não ousando um ataque frontal, sentindo-se quase intimidado, Prasville disse:

– Então Daubrecq a deu para o senhor?

– Daubrecq não dá nada a ninguém. Eu a peguei.

– Por meio da força, acredito.

– Por Deus, não – disse Nicole, rindo. – Claro que eu estava pronto para tudo, e, quando nosso bom Daubrecq foi tirado do baú em que estava viajando, com algumas gotas de clorofórmio para alimentá-lo, eu já havia preparado tudo para a diversão começar imediatamente. Ah, nada de torturas inúteis, nada de sofrimento em vão! Não... Morte, simplesmente... É só pressionar uma agulha no peito, onde fica o coração, e introduzi-la pouco a pouco, com doçura e gentileza. Isso é tudo, mas o ponto teria sido dirigido por madame Mergy. O senhor entende: uma mãe impiedosa, uma mãe cujo filho está prestes a morrer!

"'Fale, Daubrecq, ou vou entrar mais fundo... Não vai falar? Então vou empurrar mais um centímetro... mais um.'

"E o coração do paciente para de bater, o coração que sente a agulha se aproximar... E mais um centímetro, mais um... Juro por Deus que o vilão teria falado! Debruçamos sobre ele e esperamos que acordasse, tremendo de impaciência, tanta era a nossa pressa. O senhor consegue imaginar a cena, secretário-geral? O idiota deitado no sofá, amarrado, o peito nu, se esforçando para expulsar o clorofórmio que deixava sua mente entorpecida. Ele respira rápido, arqueja... recupera a consciência, os lábios se movem. Clarisse Mergy sussurra:

"'Sou eu, Clarisse... Você vai falar, seu miserável?'.

"Ela coloca o dedo no peito de Daubrecq, onde o coração se agita como um animal preso sob a pele dele. Mas ela me diz:

"'Os olhos dele, não consigo vê-los por baixo dos olhos... Quero vê-los'.

"E eu também quero ver aqueles olhos que não conheço, quero ver a angústia e quero lê-los antes de ouvir uma palavra, o segredo que está prestes a ser revelado dos mais profundos recessos do corpo aterrorizado. Eu quero ver. Desejo ver. A ação que vou fazer me excita extraordinariamente. Eu acho que, quando vir aqueles olhos, o véu será rasgado. É um pressentimento. A intuição profunda da verdade me agita. Os óculos são tirados. Mas o segundo par de lentes opacas e grossas ainda está lá. Eu as arranco de repente. E, surpreso com a visão desconcertante, deslumbrado com a clareza que me toma, começo a rir, morro de rir, e com meu polegar faço o olho esquerdo dele pular para fora!"

Nicole estava realmente rindo, como ele dissera, morrendo de rir. E ele não era mais aquele provinciano tímido e obsequioso, mas um camarada cheio de prumo que, após reproduzir e gesticular toda a cena com um ardor impressionante, agora estava rindo com uma gargalhada cujo som deixava Prasville arrepiado.

– Vamos! Pule, marquês! Para fora do ninho, açor! Para que dois olhos? Um a mais do que precisa. Vamos, Clarisse, olhe, está rolando pelo tapete! Cuidado com o olho de Daubrecq! Cuidado com a gaiola!

Nicole, que se levantara e fingia estar procurando algo pela sala, sentou-se de novo, tirou um objeto do bolso, fê-lo rolar pela palma de sua mão, fê-lo saltar como uma bola, depois guardou no bolso de novo e disse, friamente:

– O olho esquerdo de Daubrecq.

Prasville estava atordoado. Qual era o objetivo desse estranho visitante? O que toda essa história queria dizer? Pálido, ele disse:

– Explique-se.

– Mas já está tudo explicado, pelo que me parece. E tudo se encaixa perfeitamente com as coisas como elas são, com as hipóteses que eu vinha criando e que, inevitavelmente, me levariam a solucionar o mistério, se aquele maldito Daubrecq não tivesse me tirado do meu caminho com tanta destreza! Sim, pense comigo: uma vez que não encontramos a lista fora de Daubrecq, como não estava nas roupas que ele usa, devia estar ainda mais escondida, nele mesmo, em sua carne, sob sua pele...

– Em seu olho, talvez? – sugeriu Prasville, de brincadeira.

– Em seu olho! Secretário-geral, o senhor disse a palavra.

– O quê?

– Repito, no olho dele. É verdade que isso deveria ter-me ocorrido de forma lógica, e não apenas por acidente. E vou lhe dizer por quê. Daubrecq sabia que Clarisse vira uma carta que ele enviara para um vidraceiro inglês, dando instruções para fazer uma "rolha de cristal oca por dentro, com um espaço vazio que fosse acima de qualquer suspeita". Então Daubrecq, por prudência, desviou a atenção das buscas. E foi por isso que ele mandou fazer a rolha de cristal, oca por dentro, seguindo um modelo que ele mesmo deu. E é essa rolha de cristal que eu e o senhor passamos meses procurando, é essa rolha de cristal que eu encontrei dentro da embalagem de tabaco. Enquanto tudo que eu precisava fazer...

– O quê? – perguntou Prasville, intrigado.

Nicole caiu na gargalhada de novo:

– Era simplesmente pegar o olho de Daubrecq, aquele olho "oco por dentro, com um espaço vazio que fosse acima de qualquer suspeita", o olho que o senhor acabou de ver.

E o senhor Nicole mais uma vez o tirou de seu bolso e jogou na mesa, produzindo um som de corpo duro.

Prasville sussurrou, incrédulo:

– Um olho de vidro!

– Ora, claro! – exclamou Nicole, rindo. – Um olho de vidro! Uma simples tampa que o bandido inseriu na órbita ocular no lugar do olho que havia perdido. Uma rolha de cristal, se preferir, mas desta vez a verdadeira, que ele manipulou, escondeu atrás das lentes duplas de seus

ARSÈNE LUPIN E A ROLHA DE CRISTAL

óculos, que continha e contém o talismã que permitiu que Daubrecq agisse a seu bel-prazer em segurança.

Prasville abaixou a cabeça e apoiou a testa na mão para esconder seu rosto corado: estava quase de posse da lista dos Vinte e Sete. Estava na sua frente, em cima da mesa.

Controlando suas emoções, ele disse, de forma çasual:

– Então ainda está aí?

– Pelo menos eu suponho que sim – respondeu Nicole.

– O quê? O senhor supõe?

– Eu não abri o esconderijo. Resolvi deixar esse prazer para o senhor secretário-geral.

Prasville estendeu a mão, pegou o objeto e o inspecionou. Era um bloco de cristal que imitava a natureza à perfeição, com todos os detalhes de um globo ocular, a íris, a pupila, a córnea.

Nâo demorou e viu uma parte móvel no lado de trás, que deslizava. Empurrou-a. O olho era oco.

Havia um pedaço de papel dentro. Ele o desdobrou, alisou e, rapidamente, sem perder tempo examinando os nomes, a caligrafia ou a assinatura, levantou os braços e colocou o papel contra a luz da janela.

– A Cruz de Lorena está aí? – perguntou Nicole.

– Sim, está – respondeu Prasville. – Esta é a lista genuína.

Ele hesitou alguns segundos e continuou com os braços levantados enquanto refletia sobre o que iria fazer. Então, dobrou o papel de novo, recolocou-o em seu pequeno esconderijo de cristal e guardou no bolso. Nicole, que o estava encarando, perguntou:

– O senhor está convencido?

– Totalmente.

– Então temos um acordo?

– Temos um acordo.

Houve uma pausa durante a qual os dois homens se encararam disfarçadamente. Nicole parecia estar esperando que a conversa recomeçasse. Prasville, protegido atrás das pilhas de livros em sua mesa, sentou-se com uma das mãos segurando o revólver e a outra tocando a campainha elétrica. Sentiu todo o poder de sua posição. Ele tinha a lista. Ele tinha Lupin.

"Se ele se mover", pensou, "aponto a arma para ele e aperto a campainha. Se me atacar, eu atiro."

E a situação lhe pareceu tão prazerosa que a prolongou.

No final, Nicole retomou a conversa:

– Então, se temos um acordo, senhor secretário-geral, acho que deve se apressar. A execução não será amanhã?

– Sim, amanhã.

– Nesse caso, vou esperar aqui.

– Esperar o quê?

– A resposta do Palácio do Élysée.

– Alguém vai lhe trazer essa resposta?

– Sim. O senhor, secretário-geral.

Prasville balançou a cabeça:

– Não conte comigo, senhor Nicole.

– Mesmo? – questionou Nicole, com um ar de surpresa. – Posso perguntar por quê?

– Eu mudei de ideia.

– Só isso?

– Só isso. Eu cheguei à conclusão de que, na situação atual, depois do último escândalo é impossível tentar fazer qualquer coisa para salvar Gilbert. Além disso, uma tentativa nessa direção no Palácio do Élysée, nas condições atuais, constituiria um caso de chantagem, do qual eu me recuso a participar.

– O senhor é livre para fazer o que bem entender. Seus escrúpulos o honram, mas chegaram tarde, já que ontem eles não existiam. Mas, nesse caso, senhor secretário-geral, como o acordo entre nós foi destruído, me devolva a lista dos Vinte e Sete.

– Para quê?

– Para que eu possa procurar outro intermediário.

– Para quê? Gilbert é uma causa perdida.

– De forma alguma. Muito pelo contrário, acredito que, agora que o cúmplice dele está morto, será muito mais fácil conseguir para ele a graça que todos veem como justa e humana. Senhor, devolva a lista.

– Não.

– Francamente, o senhor tem memória curta e nenhuma consciência. Esqueceu a promessa que fez ontem?

– Ontem eu fiz uma promessa ao senhor Nicole.

– Bem?

– O senhor não é Nicole.

– Verdade! Então me diga, quem eu sou?

– Preciso dizer?

Nicole não respondeu, mas começou a rir baixinho, como se feliz pelo caminho que a conversa estava seguindo; e Prasville sentiu certa apreensão ao perceber a alegria. Segurou o cabo de sua arma e se perguntou se deveria ou não tocar a campainha pedindo ajuda.

Nicole aproximou mais sua cadeira, colocou os dois cotovelos em cima da mesa, fitou Prasville e disse:

– Então, Prasville, o senhor sabe quem eu sou e, mesmo assim, está confiante de que quer fazer esse jogo comigo?

– Estou confiante – garantiu Prasville, aceitando a provocação sem piscar.

– Isso prova que o senhor acredita que sou Arsène Lupin, podemos usar o nome, sim, Arsène Lupin, o que prova que me considera tolo o suficiente para me entregar assim, de pés e mãos atados, para o senhor?

– Meu Deus – disse Prasville, distraído, dando tapinhas no bolso do colete no qual guardara a bola de cristal –, eu não sei o que você poderia fazer, senhor Nicole, agora que o olho de Daubrecq está aqui, com a lista dos Vinte e Sete dentro dele.

– O que eu posso fazer? – repetiu Nicole, com ironia.

– Sim! O senhor não tem mais a proteção do talismã e não é melhor do que qualquer outro homem que entre no coração da sede da polícia, entre dezenas de camaradas atrás de cada uma dessas portas e algumas centenas de outros que viriam correndo ao primeiro sinal.

Nicole deu de ombros e lançou um olhar de comiseração para Prasville.

– Posso lhe contar o que está acontecendo, senhor secretário-geral? Bem, toda essa história virou a sua cabeça. Agora que possui a lista, a sua mente afundou para o mesmo nível da de Daubrecq ou d'Albufex. Não existe nenhuma dúvida na sua cabeça se deve levá-la aos seus superiores, de modo a acabar com esse fermento da desgraça e da discórdia. Não, não. Uma tentação repentina se apoderou e intoxicou o senhor. E, perdendo a cabeça, fala para si mesmo: "Está aqui no meu bolso. Com a ajuda da lista, sou onipotente. Ela significa riqueza, poder absoluto e ilimitado. Por que não me beneficiar dela? Por que não deixar Gilbert e Clarisse Mergy morrer? Por que não prender o idiota do Lupin? Por que não aproveitar essa sorte única?".

Ele se debruçou sobre a mesa, aproximando-se de Prasville, e bem baixinho, em um tom de voz amigável e confiante, disse:

– Não faça isso, senhor, não faça.

– Por que não?

– Não é do seu interesse, acredite em mim.

– Não diga!

– Não. Ou, se insiste em fazer isso, tenha a gentileza de consultar os vinte e sete nomes na lista que acabou de roubar de mim e reflita, por um instante, no nome da terceira pessoa.

– Ah… O nome da terceira pessoa?

– É o nome de um amigo seu.

– Qual amigo?

– Stanislas Vorenglade, o ex-deputado.

Arsène Lupin e a rolha de cristal

– E então? – questionou Prasville, que parecia estar perdendo um pouco de sua autoconfiança.

– Então? Pergunte-se se uma investigação, mesmo sumária, não acabaria descobrindo, por trás de Stanislas Vorenglade, o nome de uma pessoa que compartilhou certos lucros com ele.

– E de quem seria esse nome?

– Louis Prasville.

– O que o senhor está dizendo? – balbuciou Prasville.

– Eu digo que, se o senhor me desmascarou, sua máscara também está prestes a cair, e que, por trás dela, o que vemos não é bonito.

Nicole se levantou, bateu com o punho na mesa e gritou:

– Basta dessas besteiras, senhor! Estamos aqui há vinte minutos dando voltas. Chega. Vamos nos entender. E, para começar, largue suas armas. O senhor não acha que eu estou com medo desses brinquedinhos! Levante-se, senhor, levante-se como eu e termine esse negócio. Estou com pressa.

Ele colocou a mão no ombro de Prasville e falou:

– Se, dentro de uma hora, o senhor não estiver de volta do Palácio do Élysée, trazendo a notícia de que o decreto de graça foi assinado... Se, daqui a uma hora e dez minutos, eu, Arsène Lupin, não sair deste prédio são e salvo e totalmente livre, quatro jornais de Paris receberão nesta noite quatro cartas escolhidas entre a correspondência trocada entre o senhor e Stanislas Vorenglade, correspondência essa que Stanislas Vorenglade me vendeu hoje de manhã. Aqui estão o seu chapéu, seu sobretudo, sua bengala. Vá. Vou esperá-lo aqui.

Então aconteceu algo extraordinário e compreensível: Prasville não fez o menor protesto nem tentou resistir. Ele compreendeu total e profundamente o que a personalidade conhecida como Arsène Lupin queria dizer, em toda a sua amplitude. Nem pensou em discursar ou fingir, como acreditara até então, que as cartas tinham sido destruídas pelo deputado Vorenglade, ou que o deputado não ousaria entregá-las,

243

porque, ao fazer isso, Vorenglade estaria se autodestruindo. Não, Prasville não falou nenhuma palavra. Ele se sentia preso a um torno do qual nenhuma força poderia livrá-lo. Não havia nada a fazer a não ser ceder.

Ele cedeu.

– Daqui a uma hora – repetiu Nicole.

– Daqui a uma hora – acrescentou Prasville, com perfeita docilidade. Entretanto, para saber exatamente onde estava pisando, acrescentou: – As cartas, claro, serão devolvidas a mim depois que Gilbert receber a graça?

– Não.

– Como assim, não? Nesse caso, é inútil...

– Elas lhe serão devolvidas intactas dois meses depois que eu e meus amigos tivermos tirado Gilbert da prisão... de sua fuga, graças à vigília displicente que, seguindo suas ordens, lhe será dispensada.

– Só isso?

– Não, mais duas condições: primeiro, o pagamento imediato de um cheque de quarenta mil francos.

– Quarenta mil francos?

– O valor pelo qual Stanislas Vorenglade me vendeu as cartas. É justo...

– E o que mais?

– Segundo, sua renúncia do seu cargo atual, daqui a seis meses.

– Minha renúncia? Por quê?

Nicole fez um gesto muito digno:

– Porque é contra a moral pública que um dos mais altos cargos da polícia seja ocupado por uma pessoa que não tenha as mãos totalmente limpas. Faça com que lhe mandem para o Parlamento ou o façam ministro, conselheiro de Estado, embaixador, qualquer cargo que seu sucesso no caso Daubrecq lhe dê o direito de pleitear. Menos secretário--geral. Só de pensar nisso, fico enojado.

Prasville refletiu por um momento. Teria ficado feliz com a repentina destruição de seu adversário e buscou em sua mente meios para fazer isso. Mas o que poderia fazer?

Foi para a porta e chamou:

– Senhor Lartigue. – E diminuindo o tom de voz, mas não muito, para que Nicole escutasse: – Senhor Lartigue, dispense seus homens. Foi um erro. E não deixe ninguém entrar na minha sala enquanto eu estiver fora. Este cavalheiro irá me esperar aqui.

Voltou, pegou o chapéu, a bengala e o sobretudo que Nicole lhe entregou e saiu.

– Muito bem, senhor – murmurou Lupin entre dentes quando a porta se fechou –, comportou-se como um perfeito cavalheiro. Assim como eu, mas talvez eu tenha usado um toque muito óbvio de desprezo... e um pouco de grosseria. Mas negócios assim precisam de mãos firmes! O inimigo precisa ser derrotado! Além disso, quando a consciência está limpa, não podemos facilitar com esse tipo de pessoa. Levante a cabeça, Lupin. Você foi o campeão da ofensiva da moralidade. Sinta-se orgulhoso de seu trabalho. E agora pegue uma cadeira, estique as pernas e descanse. Você merece.

Quando Prasville voltou, encontrou Lupin cochilando e teve de dar um tapa ligeiro em seu ombro para acordá-lo.

– Está feito? – perguntou Lupin.

– Está feito. A graça logo será assinada. Aqui está a promessa escrita.

– E os quarenta mil francos?

– Aqui está seu cheque.

– Bom. Não me resta nada senão agradecer, senhor.

– E a correspondência...

– A correspondência de Stanislas Vorenglade será entregue ao senhor sob as condições indicadas. Entretanto, como forma de agradecimento, fico feliz em lhe entregar as quatro cartas que eu planejava entregar aos jornais nesta noite.

– Ah, o senhor está com elas? – perguntou Prasville.

– Eu tinha tanta certeza, senhor secretário-geral, que nós chegaríamos a um entendimento...

Lupin tirou do chapéu um envelope grosso, fechado com cinco selos vermelhos, que estava preso dèntro do forro, e entregou a Prasville, que o enfiou no bolso. Então ele disse:

– Senhor secretário-geral, não sei quando terei o prazer de vê-lo de novo. Se quiser entrar em contato comigo, deixe uma linha na coluna de propaganda do jornal. Isso será suficiente. Só escreva "Senhor Nicole". Bom dia para o senhor.

E se retirou.

Prasville, quando estava sozinho, sentiu como se estivesse acordando de um pesadelo durante o qual cometera atos incoerentes que sua mente não controlava. Chegou a pensar em ligar e causar um tumulto nas saídas da delegacia, mas escutou uma batida na porta, e um de seus mensageiros entrou.

– O que houve? – perguntou Prasville.

– Senhor secretário-geral, o senhor deputado Daubrecq está pedindo para vê-lo... uma questão da mais alta importância.

– Daubrecq! – exclamou Prasville, estupefato. – Daubrecq aqui! Deixe-o entrar.

Daubrecq nem esperou a ordem. Correu para Prasville, sem fôlego, com suas roupas desarrumadas, um curativo cobrindo o olho esquerdo, sem gravata, sem colarinho, parecendo um fugitivo lunático. E a porta foi fechada antes que suas enormes mãos tocassem Prasville.

– Você está com a lista?

– Estou.

– Você a comprou?

– Sim.

– Em troca da graça de Gilbert?

– Sim.

Arsène Lupin e a rolha de cristal

– Está assinada?

– Sim.

Daubrecq fez um gesto furioso.

– Seu tolo! Você caiu em uma armadilha! Por ódio por mim, imagino. E agora vai se vingar?

– Com certa satisfação, Daubrecq. Lembre-se da minha amiga dançarina em Nice... Agora é a sua vez de dançar.

– Isso quer dizer que vou ser preso?

– Isso não importa – disse Prasville. – De qualquer forma, você está acabado. Sem a lista, você está fadado a entrar em colapso sozinho. E eu serei testemunha do seu desastre. Essa é a minha vingança.

– Você realmente acredita nisso! – gritou Daubrecq, furiosamente. – Você acha mesmo que eles vão me estrangular como se eu fosse uma galinha e que eu não sei me defender? Que não tenho mais unhas e dentes para lutar? Bem, meu rapaz, se eu vou cair, sempre tem alguém para cair comigo, e esse alguém é o senhor Prasville, sócio de Stanislas Vorenglade, que vai me entregar todas as provas que existem contra ele para que eu possa mandá-lo para a prisão a qualquer momento. Ah, peguei você, meu velho! Com aquelas cartas, você fará o que eu quiser, e o deputado Daubrecq ainda terá muitos bons dias! O quê? Você está rindo? Talvez essas cartas não existam?

Prasville deu de ombros.

– Sim, elas existem. Mas elas não estão mais com Vorenglade.

– Desde quando?

– Desde hoje de manhã. Vorenglade as vendeu, duas horas atrás, por quarenta mil francos; e eu as comprei de volta pelo mesmo preço.

Daubrecq caiu na gargalhada:

– Céus, que engraçado! Quarenta mil francos! Você pagou quarenta mil francos! Suponho que para o senhor Nicole, que também lhe vendeu a lista dos Vinte e Sete. Bem, você gostaria que eu lhe dissesse o verdadeiro nome do senhor Nicole? É Arsène Lupin!

– Eu sei.

– Possivelmente. Mas o que você não sabe, seu imbecil, é que eu acabei de sair da casa de Stanislas Vorenglade e que ele deixou Paris quatro dias atrás! Que piada! Eles lhe venderam papel velho! E por quarenta mil francos! Que idiota!

Ele saiu da sala, rindo e deixando Prasville totalmente desnorteado.

Então Arsène Lupin não possuía nenhuma prova; e, quando estava ameaçando e tratando Prasville com insolência, era tudo uma farsa, um blefe!

"Não, não, é impossível", pensou o secretário-geral. "Eu estou com o envelope selado. Está aqui. Só preciso abri-lo."

Não ousava abri-lo. Pegou-o, pesou-o, examinou-o… E a dúvida se instalou tão rapidamente em sua mente que não ficou nem um pouco surpreso quando abriu e encontrou quatro folhas de papel em branco.

– Bem, bem – disse ele. – Eu não sou páreo para esses safados. Mas essa história ainda não acabou!

E não acabou mesmo. Se Lupin agira de forma tão ousada, mostrava que as cartas existiam e que ele contava que iria comprá-las de Stanislas Vorenglade. Mas, de outro lado, Vorenglade não estava em Paris. Prasville só precisava chegar a Vorenglade antes de Lupin e conseguir reaver aquelas perigosas cartas a todo custo. O primeiro a chegar seria o vencedor.

Novamente Prasville pegou seu chapéu, sobretudo e bengala, desceu, pegou um táxi e se dirigiu ao apartamento de Vorenglade.

Ali, ficou sabendo que esperavam que o ex-deputado chegasse em casa às seis horas daquela noite.

Eram duas da tarde. Portanto, Prasville tinha muito tempo para preparar seu plano.

Ele chegou à estação du Nord às cinco horas e espalhou por todos os lados, nas salas de espera e nos escritórios, as três ou quatro dúzias de inspetores que levara.

Isso o deixou tranquilo. Se o senhor Nicole tentasse falar com Vorenglade, eles prenderiam Lupin. E, por garantia, prenderiam qualquer suspeito de ser Lupin ou um emissário dele.

Além disso, Prasville fez uma busca minuciosa em toda a estação. Não encontrou nada suspeito. Mas, às dez para as seis, o inspetor-chefe Blanchon, que estava com ele, disse:

– Olhe, ali está Daubrecq.

Lá estava Daubrecq; e a visão de seu inimigo deixou o secretário-geral tão exasperado que estava a ponto de prendê-lo. Mas por qual motivo? Com que direito? Com qual mandado?

Além disso, a presença de Daubrecq era uma prova ainda mais contundente de que tudo agora dependia de Stanislas Vorenglade, que possuía as cartas. Quem acabaria ficando com elas? Daubrecq? Lupin? Ou ele, Prasville?

Lupin não estava ali, nem poderia. Daubrecq não estava em posição de lutar. Assim, não havia dúvida do resultado: Prasville voltaria a ser o dono de suas cartas e, com isso, escaparia das ameaças de Daubrecq e de Lupin e recuperaria sua liberdade de ação contra eles.

O trem chegou.

Seguindo as ordens de Prasville, o comissário da estação dera instruções de que ninguém tinha autorização para ficar na plataforma. Prasville, portanto, cruzou a plataforma sozinho, na frente de seus homens, liderados pelo inspetor-chefe Blanchon.

O trem parou.

Na mesma hora Prasville viu Stanislas Vorenglade na janela do vagão da primeira classe, no meio do trem.

O ex-deputado desceu e, então, estendeu a mão para ajudar um senhor idoso que tinha viajado com ele.

Prasville correu até ele e disse ansiosamente:

– Vorenglade... preciso falar com você...

No mesmo momento, Daubrecq, que conseguira ultrapassar a barreira, apareceu e exclamou:

– Senhor Vorenglade, recebi a sua carta. Estou à sua disposição.

Vorenglade olhou para os dois homens, reconheceu Prasville, reconheceu Daubrecq e sorriu:

– Nossa! Parece que a minha volta estava sendo aguardada com alguma impaciência! Que agitação é essa? Acredito que sejam certas cartas.

– Sim, sim – responderam os dois homens em volta dele.

– Os senhores estão atrasados – declarou ele.

– Como? O que está dizendo?

– Estou dizendo que as cartas foram vendidas.

– Vendidas! Para quem?

– Para este senhor – respondeu Vorenglade, apontando para seu companheiro de viagem –, para este senhor que achou que valia a pena sair de seu caminho para fazer esse negócio e foi me encontrar em Amiens.

O velho senhor, um idoso envolto em peles e apoiado na sua bengala, tirou o chapéu e cumprimentou-os.

"É Lupin", pensou Prasville, "é Lupin, sem a menor dúvida".

E ele olhou para seus detetives, já ia chamá-los, quando o velho senhor explicou:

– Sim, eu achei que essas cartas valiam algumas horas de viagem e o custo de duas passagens de volta.

– Duas passagens?

– Uma para mim e outra para meu amigo.

– Seu amigo?

– Sim, ele nos deixou alguns minutos atrás, indo para a parte da frente do trem pelo corredor. Ele estava com muita pressa.

Prasville compreendeu: Lupin tomara a precaução de levar um cúmplice, e esse cúmplice estava com as cartas. O jogo estava perdido.

ARSÈNE LUPIN E A ROLHA DE CRISTAL

Lupin o tinha em suas mãos. Não havia nada a fazer além de se submeter e aceitar as condições do vencedor.

– Muito bem, senhor – disse Prasville. – Nós nos encontraremos quando a hora chegar. Adeus. Daubrecq, você ainda vai ter notícias minhas. – E, puxando Vorenglade: – Quanto a você, Vorenglade, está jogando um jogo perigoso.

– E por quê, meu Deus? – questionou o ex-deputado.

Os dois homens de afastaram.

Daubrecq não pronunciara uma palavra e estava imóvel, como se plantado no chão.

O idoso foi até ele e sussurrou:

– Daubrecq, meu velho, acorde… deve ser o clorofórmio…

Daubrecq fechou os punhos e rosnou baixinho.

– Ah, vejo que me reconheceu! – disse o senhor idoso. – Então, deve se lembrar do dia, alguns meses atrás, em que fui à sua casa na Praça Lamartine e pedi que intercedesse a favor de Gilbert. Naquele dia eu lhe disse: "Abaixe suas armas, salve Gilbert e o deixaremos em paz. Caso contrário, eu tomarei a lista dos Vinte e Sete e você estará acabado". Bem, tenho uma forte suspeita de que você está realmente acabado. Isso acontece com quem não chega a um acordo com o senhor Lupin. Mais cedo ou mais tarde, está fadado a perder. Mas que lhe sirva de lição. A propósito, aqui está a sua carteira, que me esqueci de lhe devolver. Perdoe-me se estiver faltando alguma coisa. Havia apenas umas poucas cédulas, mas também o recibo do armazém onde você guardou os móveis de Enghien que pegou de mim. Pensei em poupá-lo do trabalho de ir buscá-los. A esta altura, o trabalho já deve estar acabado. Não precisa me agradecer! Adeus, Daubrecq. E, se precisar de uma ou duas moedas de luíses[6] de ouro para comprar uma rolha nova, me avise. Adeus, Daubrecq.

---

[6] Antiga moeda francesa da época do rei Luís XIII, na qual sua efígie aparecia estampada em uma das faces. (N.R.)

251

Ele se afastou.

Ainda não havia dado cinquenta passos quando ouviu o som de um tiro.

Virou-se.

Daubrecq explodiu seus miolos.

– *De profundis*[7] – murmurou Lupin, tirando o chapéu.

Um mês depois, Gilbert, cuja sentença havia sido comutada para trabalhos forçados vitalícios, fugiu da Ilha de Ré, na véspera do dia em que seria transportado para a Nova Caledônia.

Foi uma fuga estranha. Os detalhes permaneceram inexplicáveis; e, assim como os dois tiros no Boulevard Arago, o prestígio de Arsène Lupin aumentou muito.

– No entanto – Lupin me disse, um dia depois de contar os diferentes episódios da história –, no entanto nenhuma aventura me deu mais problemas e mais trabalho do que essa, que, se não se importa, vou chamar de "A rolha de cristal" ou "Nunca desanime". Em doze horas, entre as seis da manhã e as seis da noite, eu compensei seis meses de azar, de tentativas, de erros e derrotas. Eu certamente conto aquelas doze horas como as melhores e mais gloriosas da minha vida.

– E Gilbert? – perguntei. – O que aconteceu com ele?

– Ele está cultivando sua própria terra na Argélia, usando seu nome verdadeiro, Antoine Mergy. Ele se casou com uma inglesa e eles têm um filho a quem insistiram em dar o nome de Arsène. De vez em quando recebo cartas carinhosas e alegres dele. Recebi uma hoje. Escute: "Chefe, se você soubesse o que é ser um homem honesto, levantar de manhã com um longo dia de trabalho pela frente e ir para a cama à noite exausto de cansaço… Mas você sabe disso, não é? Arsène Lupin tem um jeito especial, não muito católico. Mas, no julgamento final,

---

[7] Palavras iniciais do salmo 130, em latim, recitadas em cerimônias fúnebres. (N.T.)

a lista de suas boas ações ficará tão cheia que o resto será preterido. Gosto de você, chefe." – E Lupin acrescentou: – Que rapaz corajoso!

– E madame Mergy?

– Ela e o pequeno Jacques moram com eles.

– Você a viu de novo?

– Nunca mais a vi.

– Mesmo?

Lupin hesitou por alguns instantes e, então, disse com um sorriso:

– Meu querido amigo, vou lhe contar um segredo que fará com que me ache ridículo. Mas você sabe que sempre fui sentimental como um colegial e tolo como um cordeirinho. Bem, à noite, quando voltei para encontrar Clarisse Mergy e contei a ela as novidades do dia, parte delas, pois algumas ela já sabia, senti duas coisas no fundo do meu coração. Uma era que eu nutria por ela um sentimento muito mais profundo do que eu imaginava. A outra era que ela, ao contrário, nutria por mim um sentimento que não era desprovido de desprezo, ressentimento ou mesmo de uma certa aversão.

– Não pode ser! Por quê?

– Por quê? Porque Clarisse Mergy é uma mulher excepcionalmente honesta e porque eu sou... Arsène Lupin.

– Ah!

– Sim, meu caro, um bandido simpático, um ladrão romântico e cavalheiresco, o que você preferir. Ainda assim, aos olhos de uma mulher verdadeiramente honesta, com uma natureza direita e mente equilibrada, eu não passo de um simples canalha.

Eu vi que a ferida era mais profunda do que ele estava disposto a admitir. E perguntei:

– Então você realmente a amou?

– Eu até acredito – ele respondeu, com um tom de voz zombeteiro – que a pedi em casamento. Afinal, eu havia salvado o filho dela, não? Então eu pensei... quanta rejeição! Desde então...

– Você a esqueceu?

– Certamente! Mas precisei do consolo de uma italiana, duas americanas, três russas, uma grã-duquesa alemã e uma chinesa para conseguir!

– E depois disso…?

– Depois disso eu coloquei uma barreira insuperável entre nós: eu me casei.

– Como? Você é casado? Você, Arsène Lupin?

– Casado, da forma mais legítima do mundo. Com um dos maiores nomes da França. Filha única. Enorme fortuna… O quê? Você não conhece essa história? Bem, vale a pena ouvir.

E então Lupin, que estava com um espírito confidente, começou a me contar a história de seu casamento com Angelique de Sarzeau--Vendôme, princesa de Bourbon-Condé, hoje irmã Marie-Auguste, uma humilde freira enclausurada no convento dominicano[8].

Mas, depois de algumas palavras, ele parou, como se sua narrativa de repente não lhe interessasse mais, e ficou pensativo.

– Qual é o problema, Lupin?

– Problema? Nenhum.

– Sim, agora você está sorrindo. É o esconderijo secreto de Daubrecq, o olho de vidro dele, que está fazendo você rir?

– De forma alguma.

– O quê, então?

– Nada, apenas uma lembrança.

– Uma lembrança agradável?

– Sim! Sim, uma memória deliciosa! Uma noite, na Ilha de Ré, no barco de pesca em que Clarisse e eu estávamos levando Gilbert embora… Estávamos sozinhos, nós dois, na popa do barco… E eu me

---

[8] Ver *As confidências de Arsène Lupin.* (N.T.)

lembro… eu falei, falei mais e mais palavras… Disse tudo que estava no meu coração… E então… veio o silêncio, um silêncio constrangedor.

– Então?

– Bem, eu juro para você que a mulher que tomei nos braços naquela noite, por pouco tempo, apenas alguns segundos, mas não importa! Eu juro que ela era mais do que uma mãe agradecida, muito mais do que uma amiga cedendo a um momento de suscetibilidade, que ela também era uma mulher trêmula e abalada. – E ele continuou, com um riso amargo: – Que fugiu no dia seguinte, e nunca mais me viu.

Lupin ficou em silêncio de novo e então sussurrou:

– Clarisse… Clarisse… No dia em que eu estiver cansado e decepcionado com a vida, vou encontrá-la aí, em sua casinha árabe, sua casinha branca, onde, tenho certeza, espera por mim…